新潮文庫

爆魔

上巻

フリーマントル
松本剛史訳

新潮社版

7593

リジーとデニス・ライリーに、愛をこめて

作者から一言

『爆魔』は完全なフィクションであり、二〇〇一年九月十一日に起こったテロリストによるニューヨーク世界貿易センターおよび国防総省への攻撃と、その後の炭疽菌騒ぎに先立つ数カ月前から構想され、すでに書きあげられていた。これらの事件に最小限言及することは論理的に必要だろうと感じ、校正刷りの段階で加筆したが、本書は決して九月十一日の凶行を予言したものでも、事件をもとにして書かれたものでもない。

二〇〇一年、ウィンチェスターにて

町を行き巡る夜回り(ウオッチメン)たちが私を見つけました。
彼らは私を打ち、傷つけました。
城壁を守る者たちは、私のかぶり物をはぎ取りました。

――雅歌

爆魔

上巻

主要登場人物

ウィリアム・カウリー………ＦＢＩ本部ロシア課の課長
レナード・ロス……………… 〃 長官
パメラ・ダーンリー………… 〃 捜査官
フランク・ノートン…………合衆国大統領首席補佐官
ディミトリー・ダニーロフ…モスクワ民警の上級警官
ニコライ・ベリク……………ロシア内務大臣。ダニーロフの上司
ゲオルギー・チェリャグ…… 〃 大統領首席補佐官
ユーリー・パヴィン…………ダニーロフの補佐役
オリガ………………………… 〃 妻
ヴィクトル・ニコフ…………武器商人
ヴァレリー・カルポフ………ロシア・マフィア
アナトリー・ラシン………… 〃
ミハイル・オシポフ………… 〃

1

ニューヨークのイースト・リヴァーと一番街にはさまれて建つ国連本部ビルからは、昼夜を問わず人が完全にいなくなることは一瞬たりともない。しかし緑色のガラスに覆われた超高層の国連事務局タワーにミサイルが着弾したのは、夜明けの直後というちょうどいちばん人気のない時刻で、結果的にそれが幸いした。のちに奇跡と呼ばれるその幸運はしかし、すぐにはだれからも察せられなかった。

ミサイルは高層ビルの、中国が事務局を置いている階に飛びこみ、五人の人間が即死した。内訳は夜間勤務の事務員三人、清掃係ふたりだった。

国連のビル群が誕生した一九四七年の外交協定にもとづくなら、その三つの建物のある地所は、アメリカではなく国連のものとなる。したがってアメリカの管轄権や法的権限はおよばない。中国は当初、厳密にいえば自国の領土である場所にニューヨークの救急隊が立ち入ることを拒み、死者が出たことを認めず、遺体の搬出にも応じなかった。

行き詰まりの状態がようやく打開されたのは、現職のエジプト人事務総長が、外の廊下で中国の国連大使に相対したときだった。これまでの被害はあきらかにミサイル着弾の衝撃によるものだけで、弾頭は破裂していないが、いつ爆発が起こってもおかしくないのだ、と事務総長は告げた。それでも大使は、装甲服を着て破壊現場に立ち入るニューヨーク市警の爆発物処理班に、まったく無防備な自分の部下ふたりを同行させると主張してゆずらなかった。

こうしたチームの作業では、ライブのテレビ・音声装置を装備するのが標準的な手順である。万一最悪のミスがあった場合にそなえて、隊員たちの一挙一動が分析用に記録されるのだ。そして装置自体やその他の設備の組み立てがまだ終わらないうちに、ミサイルの映像がたちまちオフィスの外まで伝えられた。主モニターはずっと下の、一番街に面する万国旗で飾られた前庭の管制トラックにあった。外の廊下では事務総長と中国大使が中継の画像を見守っていた。落ち着かなげに画像を操作しているのは、イヴァン・ブイコフという警察の技術者だった。彼の祖父母はロシア移民で、彼自身もその母語のロシア語を話すことができた。おかげで惨事は最小限に食いとめられたのだが、その貢献が認識されることは一度もなかった。

ミサイルはほぼ無傷のまま、イースト・リヴァーに面した四階のオフィスの壁を突きがわきあがるのを感じた。おれは死ぬかもしれない。最初の言葉は声にならなかったが、それでもなんとかしぼりだした。「止まれ！」だがその声は弱々しすぎ、ヘッドセットを通して処理班のメンバーの耳には届かなかった。つぎの瞬間、彼はパニックに襲われ、警告の言葉が絶叫となってほとばしった。「だめだ！　早く止まれ！　ここから出るんだ！」

　カメラが――チーム全体が――停止した。処理班の班長が訊いた。「どうした？」

　ブイコフが言った。「上の行の、三つめの単語だ。〝毒〟とある、ロシア語で。つぎの単語は〝物質〟だ。生物もしくは化学弾頭だ。亀裂が入っていれば、もう漏れ出しているはずだ」

　班長は言った。「くそっ。われわれは終わりか」あとで録音が再生されるのを聞いたとき、彼は自分のその声の穏やかさが信じられなかった。先端の折れたミサイルにカメラのピントを合わせたままにしたという記憶もなかったが、本人はあとで公に、あれは意図的な判断だったと主張した。

　事務総長はそのとき、弾頭の中身が外に漏れ出しているとすれば、自分の命も助からないだろうとさとった。しかし彼のその後の対応は、のちに世界的な称賛を浴びる勇敢なものだった。彼は即座に、おそらく無意味ではあったろうが、史上はじめて国連事務局タワーから全員避難せよという指令を発した。そして総長自身は、自分のオフィスに行くよりもその場の電話を使うほうが早いという理由から、汚染された公算の強いフロアにとどまった。中国代表団の郵便室として使われているオフィスから、考えぬいた優先順位にしたがって、まずニューヨーク市長に連絡をとった。早朝のマンハッタンに向かう交通を遮断し、住民とすでに出勤してきた人間を島の外に出さなければならない。その要請のあとで、彼はアメリカの国務長官、さらに大統領と直接会話した。国連常任理事国五カ国の代表のうち、彼が二番目に話したのは、ロシア大使だった。最初に協力を拒んだ中国大使はそのころ、もっと飛ばせと運転手をせきたて、すでに渋滞しているハドソン河のトンネルからニュージャージーへ向かっていた。

ＦＢＩ長官の直接指令を受け、メリーランド州フォートデトリックの科学者たちを乗せたヘリコプターが、ロシア課課長ウィリアム・カウリーを拾うためにアンドルーズ空軍基地へ向かった。カウリーが頭を下げながら急いで乗りこむと、科学者チームのリーダーであるジェームズ・シュネッカーが訊いた。「また、あれがはじまるんだろうか？」

「いまの時点では、なんとも言いようがない」カウリーは答えた。このときばかりは酒を飲んでいても後ろめたさはなかっただろう。ほんとうにそうすればよかったと、彼は心から感じていた。

目が信じられず、腹の奥がうごめいていた。これはゲームのはずだ——実際、ただのゲームだったのだ。彼が毎晩、ウォー・ゲームのサイトでやっているのとおなじ。こんなことはありえない。まさか現実だなんて。〈将軍（ジェネラル）〉にだまされた。それが〈主計将校（クォーターマスター）〉の役割だ、補給を確保しろと言いくるめられ、軍事行動の資金調達の手段を明かしてしまった。でも心配はない。ホリスは自信をとりもどし、ため息をついた。あれは偽名だ。好きな場所をうろつき、ハッキングするための。だれにも知られない、あやしまれもしない。〈主計将校〉。一兵士。ローン&セキュリティ部長のパトリック・ホリスじゃない。つかまりはしない。見つかるはずがない。

「このレンセラーまで、届いたりしないだろうね?」

キッチンのほうからひびいた母親の声に、ホリスは文字どおり飛びあがった。

「ああ」彼は言った。「だいじょうぶだよ」〈将軍〉はどこであれを手に入れたのだろう? どんな方法で? ウォー・ゲームでは、人は死なない。あれは違う、もうゲームじゃない。

「まだワッフルがあるよ」

「腹がすいてないんだ」

「もっと体力をつけなきゃ。あんたは丈夫じゃないんだから」

「いやいいよ、悪いけど」

「ほんとにここは、だいじょうぶかしらね？」

「ほんとにほんとさ」

「あんたがいないと、あたしはどうしたらいいかわからないよ、パトリック」

「言ってるだろ、そんな心配しなくていいって」

2

もともとNASAが宇宙遊泳および月面歩行用に開発した防護服は、外部の環境をいっさい遮断し、着用している人間を守るよう設計されていた。内部には温度調節機能があり、酸素も内蔵のバックパックから供給される。ヘルメットは二重の音声中継システムを備え、あらゆる会話が同時にモニター・録音される仕組みだった。

ヘリコプターがアンドルーズを発つとすぐに、シュネッカーはチームの三人に防護服を着るよう指示した。それには主としてカウリーを装備に慣れさせるという目的があった。彼はつきっきりで操作の手順を教えながら、服の表面に穴があきさえしなければ、気密性は完全だと何度もくりかえした。

「現場の様子を見ると、あちこちにやたら尖った場所がある。あれは避けなきゃいけない」ひげ面の科学者はそう言い、放棄された爆発物処理班のテレビカメラから飛行中のヘリコプターまで送られてくる、不安定な、ときおり乱れる映像を指した。「気分はどうだい?」

カウリーは巨漢で、身長は六フィート二インチ、大学時代のアメリカンフットボールできたえた筋肉がゆるみ、体重は二百ポンドをすこし超えている。肩をすくめたとき、きゅうくつな防護服の圧力がさらにかかるのを感じた。「問題ないと思う」

シュネッカーが言う。「動く前には、かならず行き先を見るように。動くときはゆっくりとだ」

テレビの映像と手もとのマニュアルを見くらべていた、チームの弾道学の専門家ニール・ヘイミッシュが顔を上げて言った。「この国じゃ、あんなものはありません。双頭の弾頭のようです。一発で二種類ってことかもしれない」横目でカウリーを見ると、おそろしく粘っこいテネシー訛り（なま）で言った。「あの側面に書いてある字が読めますか？」

「たしかに〝毒〟とある。そのあとは〝物質〟だ」カウリーが答える。

「どのメーターで検知できるかわかれば、ありがたいんだがな」三人目の科学者、リチャード・ポインデクスターがぼやいた。彼は目盛りのついたダイヤルのある装置を二つ、別々のストラップで手首に留めつけていた。

「まったくだ」やはり腕におなじような探知装置をつけた、四人目のハンク・バージェスが言う。

「われわれにできるのは、予想可能なあらゆるものを試してみることだけだ」シュネッカーが断じた。

いた者も、いっせいに顔を向けた。ニューヨークの街が地平線上に開けていた。その街並みと彼らとのあいだに、超現実的な津波を思わせる光景がひろがっていた。およそありとあらゆる種類の車があらゆる道路やハイウェイ上にあふれ、そのすべてがただ一方向へと押し寄せ、乱杭歯のようなマンハッタンのスカイラインから逃れようとしている。その一方通行の流れの上をヘリが反対向きに飛んでいくあいだ、数えきれないほどいたるところに衝突した車やトラックの車体がひしめき、盛りあがっていた。後続のドライバーたちがそれを迂回しようと、やみくもに隣の空き地や敷地に入りこんでいくがうまくいかず、障害物はどんどん膨らんでいた。

　ヘイミッシュが口を開いた。「オーソン・ウェルズの『宇宙戦争』そのままだ」

　シュネッカーは訊いた。「現在の風向きは？」

　パイロットが答える。「北西、やや北寄り。微風です」

　シュネッカーが言う。「下の連中にはほとんど危険はない。もし漏れ出していれば、ブルックリンのほうに向かうだろう」

「ブルックリンはどうなる？」今度はカウリーが訊いた。

「あれの正体をつきとめるまで、どこまで汚染されるかはなんとも言えない」科学者チームのリーダーが答えた。

「爆発物処理班のひとりに見られた呼吸の問題は、ただの喘息です」医師の資格をもつバージェスが指摘した。「連中は弾頭のすぐ近くに、三分と四十秒いました。何か漏れていたら影響が出て当然でしょう」

「われわれはあの弾頭についてまだ何も知らない。どう作動するのかも」ヘイミッシュが言う。

「だれが発射したのかも」とカウリー。

「ああ、それはおたくたちの領分だ。われわれのじゃない」とシュネッカー。

「われわれはかんたんなほうを引き受けますよ」とポインデクスター。

「あれを見てください！」パイロットが言った。彼は空中の汚染を避けるためにニュージャージーの西部まで飛んだあと、ようやくニューヨーク州の北部から、たえず追い風を受けるようにしながらマンハッタンへ接近しつつあった。

月面着陸の準備は整った、とカウリーは思った。実際、それが眼下の街を見たときの彼の第一印象だった。わずかな動きはあるものの——トライボロ橋とブルックリン橋の島側に救急隊が集まり、上空にはメディアのヘリコプターが群がっている——下に見える凍りついたような通りは不気味なほど人気がなく、パニックのなかでやみくもに乗り捨てられた車があちこちの道路をふさぎ、ハリウッドの映画で見た核攻撃の場面をカウりと視界に入ってきた。

コロンバス・サークル近くでは、ある一団が踊りながら路上パーティをくりひろげ、セントラルパークのレストラン〈タヴァーン・オン・ザ・グリーン〉の外にも別のパーティの一団がいた。ブロードウェイでは、レストランかカフェからテーブルが引っぱり出され、あちこちに捨てられた車のあいだにしつらえられていた。酔ったまま死のうというのだろう、盗み出したワインの瓶を囲んですわりこんでいる連中が、カウリーの数えたところ十二人もいた。ひとりの男はすでに、側溝に長々と伸びたまま動かない。ふたりの女が顔を上げて手を振った。ひとりがセーターをたくしあげ、ノーブラの胸をさらしてみせる。まだ灯ったままの映画館や劇場の明かりが、いかにもパーティらしい雰囲気をかもしだしていた。やがてヘリコプターが街を横断するように飛んでいくと、掠奪の跡はさらに顕著になったが、タイムズ・スクエアの〈メイシー〉や四十二丁目から奪われた品物のほとんどは、店のすぐ外で捨てられているようだった。ひとりの男が決然たる様子で、テレビや電子レンジを積んだカートを押してレキシントン・アヴェニューを進みながら、頭上をうろつくヘリに向かってうるさいというように片手をぐるぐる回していた。

シュネッカーがウィリアム・カウリーの防護服をチェックした。「準備はいいかな？」

カウリーは黙ってうなずいた。自分のヘリコプターがゆっくり降下するにつれ、ほかのヘリが上から迫ってくるのを意識した。そして、国連ビルの正面に直接着陸できるだけのスペースがあることに驚いた。

カメラを突き出させたほかのヘリコプターの群を見ながら、ヘイミッシュが言った。

「これから十五分だけ有名人だ」

シュネッカーが言う。「しゃべるのは定められた必要事項だけにしておこう。点呼をとる。カウリー？」

「準備よし」

「ヘイミッシュ？」

「オーケイ」

「ポインデクスター？」

「バージェス？」

「見るべきものを見にいきましょう」

やはり防護服を着こんでいるにもかかわらず、パイロットはローターを停めようとしなかったので、彼らは前かがみになって機から降り立ち、シュネッカーを先頭に一列にネッカーの合図で全員が立ちどまった。ポインデクスターとバージェスが、教会の供物のように体の前に捧げ持った目盛りつきのメーターを見おろす。ポインデクスターが改まって言った。「時刻は九時十分。グラウンド・レベルの数値はゼロ」

バージェスが言う。「こちらもおなじです」

これほどらくに動けるとは、カウリーには予想外だった。この汗は防護服の温度調節の不調ではなく、緊張のせいだろう。いままで自分が緊張しているとは意識していなかったのだが。ニール・ヘイミッシュがすこしわきに寄り、肩掛け型のテレビカメラを操作した。彼らの一挙一動を追うこのカメラは、口頭の会話とともに――しばらく前にニューヨーク市警の爆発物処理班の様子を記録したフィルムや録音と同様――もし自分たち五人が死んだ場合にあとで正確な評価をおこなうためのものなのだ。カウリーはそう気づき、もっと意味のある、役に立つことを思いつけないのかといやになった。これまで彼が出した声といえば、耳障りな息遣いの音だけだった。頭上のヘリコプターから中継されるテレビ映像を、ポーリーンは見ているだろうか、ふとそう思った。ほかの者たちの声がキンキンとひずんでいるのを考えると、もし自分が言葉を発したとしても、彼女にはわからないだろう。こんな宇宙服を着こんでいればきっと見分けはつかないし、FBIがカウリーの名前を出すとも思えない。もしそうなるとすれば、それは自分が死んだときだけだ。

国連事務局タワーの玄関から内部に入るとすぐ、彼らはポインデクスターとバージェスのまわりに集まった。硬い言葉使いを保ったまま、ポインデクスターが言った。「九時十五分。まだ数値はゼロ」

「おなじです」バージェスが自分のメーターの上にかがみこんで言う。

「慎重にいこう」シュネッカーがうながした。「もう一度、すべてチェックしろ」

計器係の科学者ふたりは、反論せずに従った。やがてポインデクスターが言った。

「やはりゼロです」

つかの間ためらったあとで、シュネッカーが口を開いた。「電気はまだ止まっていない。エレベーターを使おう」そしてすぐに、手を上げて制止した。「この服と装備では、一度に全員はむりだ。わたしとヘイミッシュ、ポインデクスターがこの一基に、バージェスとカウリーが別の一基に乗る」

カウリーはもう自分が汗をかいているとは感じなかった。彼とバージェスが二つめのエレベーターから降りるところを、ヘイミッシュがカメラにおさめていた。先に乗りこんだ三人が待っていたのは、おそらく礼儀の問題ではないのだろう。バージェスのメーターを確認することが必要な手順なのだ。彼はまもなく、化学物質も細菌も検出されな

「弾頭のタイプはまだわかりません」弾道学の専門家が釘を刺した。「このなかにあるのはわれわれには未知のものかもしれない」

ビルの見取図は、カウリーの属するFBIが提供したものだったが、このときは必要なかった。ゆがんだ窓枠からひろがった穴が口をあけ、そこからイースト・リヴァーと、高層ビルの階を示す縞模様のような線が右手にはっきりと見えた。左手には引き裂かれたオフィスが並び、調査を待っていた。二つの内壁が崩れたために、支えきれなくなった天井が落ち、外壁の一部を破壊したと見える。内部のドアのひとつが、上からなだれ落ちた残骸の圧力にたわみながら、かろうじてもちこたえていた。もうひとつのドアはどこかに消え、留め金のついた枠だけが残っていた。地表では強くないように思えた風が、外壁の隙間を通ってビュウッと音をたて、たえず紙きれや書類を宙に舞わせている。その大半が外に吸い出され、イースト・リヴァーのほうへ漂っていく。ドアの開いた後ろのオフィスの一室で、いきなり電話のベルが鳴りだし、五人は飛びあがった。

「こんなときに、二重ガラスのセールスマンめ!」バージェスが言った。ヘイミッシュが笑い声をあげた。

シュネッカーが「コメディはあとにしよう」と言い、先頭に立って進んでいくと、四番目のオフィスに着いた。ドアは内向きにつぶれ、動物か人間をとらえる中世の罠のような、ぎざぎざの裂片をこちらに向けていた。仕切り壁はひとつも残っておらず、キャビネット類がドミノ倒しに倒れ、引き出しがすべて飛び出し、ミサイルの通った跡を示しているようだった。そしてミサイルはばらばらの状態で、あわてて放棄された警察のカメラの前に横たわっていた。彼らの右手には、ほとんど何もなくなったスペースがあり、その向こうにミサイルの突き抜けた穴が口をあけていた。

最奥のこのオフィスには五人の死体があったが、落ちた天井の下敷きになった清掃係のひとりが発見されるのは、さらに一週間先のことだった。ロケットは事務員ふたりの首を完全に切断していた。もうひとりの清掃係の体には、なんの傷もないように見えた。四人目の事務員も同様で、椅子にすわって体を起こしたままだった。

「かわいそうに」ヘイミッシュが言った。「しかし、あっという間だったろうな」

ミサイルが窓をきれいに貫通していることに気づき、カウリーはわが目を疑った。窓ガラスはおそらくなんの障害にもならず、おかげで弾頭が無傷のままでいられたのだ。ほかの被害はすべて衝撃波によるものだろう。カウリーがそのことを口にすると、シュネッカーも同意した。これで自分の知性的な所見が記録に残る。そう思ったとたん、犠牲者のすぐそばで何を考えているのかと、恥ずかしさに襲われた。

コンクリートのきしむ音がして、隣のオフィスのあった場所からすこし埃と塵が落ちヘイミッシュが体の前にカメラを構え、ドアの尖った部分からできるだけ体を離しながら、じりじり入っていった。警察の残したカメラの電源を切る。「まったくはじめて見る。こんなものはうちのどのマニュアルにも載っていない。双頭のキャニスターの弾頭で、長さは推定一メートル、外周は十五ミリ——」

「ダメージがある」シュネッカーがさえぎった。「左のノーズコーンのくぼみだ。動かす前にテストしてみよう。詳細は映像で記録される」

バージェスとポインデクスターが隣り合って立ち、それぞれのメーターのつまみをいじりながらテストをつづけた。やがてポインデクスターが口を開いた。「九時三十二分、弾頭の外見は無傷、漏出の徴候なし」

「おなじです」バージェスが確認した。

ゆっくりと言葉を区切りながら、シュネッカーが言った。「これから、側面の文字が読めるように、弾頭を動かす。外見上は、運搬システムに取り付けられた台から折れているように見え、フィンとボディがひどくつぶれ、ゆがんでいる。ハンク……？」

「もし構造上安全であれば、わたしはミサイルの突入箇所と考えられる場所を調べるつもりです」バージェスが引き取って言った。「外部から調べたかぎりでは、たしかにこう考えるのは可能でしょう。衝撃の弱い箇所、つまり窓を突き破ったとき、装置全体が逆回転を起こし、ミサイルの運搬部分と衝撃波が被害をもたらした」

「それがノーズコーンを守る効果を生み、弾頭の破裂となんらかの内容物の放出を防いだのだろう」シュネッカーが締めくくった。「探知機の準備は？」

「オーケイ」ポインデクスターとバージェスが声をそろえた。ふたり肩を並べ、メーターをキャニスターの端に向けてセットする。

シュネッカーが肩からバッグを外し、ちょうどサイズの合う、長い先端がゴムで包まれているプライヤーを取り出した。軸についたコントロールつまみを調節することで、あごの幅を対象物の直径に合わせられるようになっている。チームリーダーはそれぞれの先端を弾頭の上側と下側に接着させ、あごを適切な位置でロックした。「十時五分。これから持ち上げる。弾頭と運搬ロケットをつなぐ連結装置はないようだ……外から見えない何かによる抵抗もない……探知機三つの数値もゼロ……いま弾頭を回している、文字が見えるように……」

「ゴーリキー」すかさずカウリーが声に出して読みはじめた。「第三十五工場。つづいて間隔をおいた数字のグループ。19－38－22－22－0。つぎにサリン。サリンという文字が、弾頭のいちばん近い箇所に見える。つぎに〝毒〟、強い毒性の警告を示す言葉。それから、緊急用の電話番号――8765323。日付は、一九七四年一月」シュネッ

20―49―88―0―6……炭疽菌。炭疽菌という文字がある。ひとつめと同一の日付。同一の毒および毒性の警告の言葉。同一の緊急用電話番号。あきらかに、ひとつめはサリン、二つめは炭疽菌だ」

彼の前にいたポインデクスターとバージェスが、探知機を細菌・化学物質用に調整し終えた。ポインデクスターが言った。「漏出はなし」

「おなじです」とバージェス。

中継による録音のために、シュネッカーが説明した。「われわれは双頭のミサイルを無傷のまま回収した。未知の設計で、製造元の名称はロシアのゴーリキー、第三十五工場。ミサイルが運搬ロケットから分離した状態で、弾頭がもともと固定されていた基部を見ることが可能になった。その部分に弾頭を貫いて破裂させる目的のものと見られるピンが二本ある」チームリーダーはわずかな身振りで、ヘイミッシュにカメラを近づけるよう指示した。「ピンはどちらもねじ曲がり、一本は完全に折れ、床に落ちている……いま、運搬システムから分離した弾頭を移している。ここでは、さらに天井か部屋の残骸が崩れ落ちてきてつぶされる恐れがある……バージェス技師が単独で、運搬システムを運ぶ」

ヘイミッシュが言った。「これに合う密閉容器がありません」

「そのままで持っていくしかない——」シュネッカーが言いかけ、口をつぐんだ。こすれるようなすさまじい音がひびいたかと思うと、最も被害のひどいイースト・リヴァーに面したオフィスでさらに天井が崩れ、埃が舞いあがった。「全員、ゆっくり出ろ」ふたたび口を開く。「ミサイルの突入箇所の調査はたしかに必要なのか、ニール?」

「注意してやりますよ」弾道学の専門家が答えた。

ヘイミッシュ以外の全員が、エレベーター前の安全な場所に歩いてもどった。そこでシュネッカーとポインデクスターは、ゴムでできた網目状の運搬用スリングに弾頭を移し変えた。

シュネッカーが言った。「ワシントンで回り道をせずにこいつを持ち帰り、安全にしまいこみたいんだが」

「わたしは残ろう。このニューヨークでやることがいくらもある」カウリーは言った。どこから手をつければいい? そう内心で思った。

廊下の向こうの崩れかかったオフィスからヘイミッシュが現われ、全員がそちらを向いた。死体のある部屋のドアのなくなった戸口で、彼は立ちどまり、さっと胸で十字を切ると、こちらにやってきながら、満足げにカメラをたたいてみせた。

FBIの課長に向かって、シュネッカーが言った。「われわれはフォートデトリック

「どういうわけで？」

するとバージェスが手を伸ばし、カウリーの防護服の左袖(ひだりそで)にできた裂け目に触れた。バージェスが言った。「もしあれがひとつだけ破裂して、中身の正体がわかっていたとしたら、たぶんあんたを助けることはできた。ただし当分はひどいざまだったろう。もし両方とも破裂してたら、どうなっていたかはよくわからない。そしてあれを発射したやつらは、あきらかにそのつもりだった」

ペトロフカのオフィスに備えつけられた最新型のフラットスクリーン・テレビは、ディミトリー・イヴァノヴィチ・ダニーロフがモスクワの犯罪捜査局を統轄(とうかつ)する本部長に任じられて以来、自分に許したいくつかの贅沢(ぜいたく)のひとつだった。そしてもうひとつ、アメリカのCNNのニュース放送を受信できるよう手配したおかげで、彼はニューヨークで起こっている事件の一部始終を生で見ることができた。ヘリコプターに乗ったレポーターが言っていた名前のわからないFBI捜査官とは、カウリーのことだろうか。ダニーロフがそう考えはじめてしばらくしたころ、見なれた大柄な人物が国連ビルから現われた。防護服を脱いで腕にかけ、おなじスーツを着こんだままの一団のすこしあとを歩いてくる。カウリーの隣には完璧(かんぺき)な身なりの地中海人種らしい容貌(ようぼう)の男がいたが、CN

Nのレポーターがすぐに、あれは国連事務総長だと伝えた。カメラがとらえている映像のなかで、カウリーは防護服とヘルメットをヘリコプターにほうりこみ、やがて事務総長とともに玄関の庇の下にひっこんだ。

そのまま一時間ほどニュース放送を見ていたあとで、内務省からダニーロフに呼び出しがかかった。そのころには交通事故とストレス関連の原因による——大半は喘息と心臓発作だった——死者の数は、五十四人に達していた。犠牲者のひとりは、最初に駆けつけたニューヨーク市警爆発物処理班の喘息もちの隊員だった。そしてミサイルがロシア製であることも、すでに確認されていた。

今日ばかりは彼が混み合ったテーブルにくわわろうとしても、もぞもぞと隙間をせばめて阻もうとする動きはなかった。おかげでパトリック・ホリスは、ふだんは銀行のカフェテリアでのけ者にされているグループのなかに、すんなり入りこんでいった。それでも会話が自分の周囲を飛びかうのにまかせ、どんな意見も口にせずにいた。やっとこうしてテーブルにつけたいま、笑い者にされるのはいやだった。

「頭のいかれた連中だ！」ロバート・スタンディングが言った。ローン部門の上級行員で、ホリスにとってはいちばんの目の上のこぶでもある。「つかまえたら、電気椅子送近のホリスの憧れの対象だった。

「そこがつけ目さ」スタンディングがうなずいた。「金の受け渡しのときに、罠をしかけるんだ」

この男に反論してやれたら、きっと胸がすかっとするだろう。こいつが自慢たらたらのくせに何ひとつ知らず、片っ端からスカートに手を伸ばそうとする阿呆であることを暴露してやれたら。そしてこのテーブルにいる全員に——だれよりもキャロルに——ほんとうのことを知らせてやれれば、どんなにすばらしいだろう。彼はだれも知らないうちに——知りようがない——ほぼ二百万ドルの金を貯めこんできたのだ。

3

事務総長のイブラヒム・サーズは、華奢な体格ではあるが長身で、若白髪の頭がいかにも威厳に満ちた雰囲気をたたえていた。それでも、ふたたびビルに足を踏み入れるときは、カウリーともどもいささかおぼつかない気分だった。サーズが言った。「事故がなくて何よりでした」

「ええ」カウリーが答えた。シュネッカーとヘイミッシュが無防備な弾頭をスリングに吊るしたまま、そろそろと玄関へ出ていったとき、彼らはまったく思いがけず、サーズの姿を見つけた。事務総長もカウリーたちがビル内にいるのを知らなかったが、彼らを運んできたヘリコプターの音に誘われ、一階まで下りてきたのだった。その驚きのあまりシュネッカーとヘイミッシュが弾頭を落とすようなことはさすがになかったろうが、それでも最初に国連の最高責任者に出くわしたのがポインデクスターでよかった、とカウリーは思った。事務総長はあきらかに危険を察していたようで、事故を避けられてよかったと口にするのはこれが三度目だった。

「何カ所かに連絡しなくては」

「わたしもです」とカウリー。「電話を貸していただけますか」

今回サーズは自分のスイートを使い、カウリーにはすぐ隣のオフィスで好きな電話を選ぶよう身振りで示すと、歓迎のしるしにそれぞれの部屋をつなぐドアを開けたままにした。

FBI長官の問いはストレートだった。「ロシアのものにまちがいないのか?」

「文字はたしかにロシア語でした」カウリーは慎重に言った。「だれも見たことのない設計です」

「ゴーリキーもしくはその周辺にある第三十五工場の、細菌・化学兵器施設のことは知っているか?」

「この電話が終わったら、記録類の調査をはじめます。それから――」

「CIAに照会しなければな」ロスが先回りして言った。「わたしから直接、向こうの長官に話そう。国務長官と大統領にも」

「事務総長がこちらにいます。やはり電話中です」

「それは写しを作っておく必要がある」ロスはかつて、上級判事を務めていたニューヨークの法廷を離れ、FBI長官の任についたことを後悔していた時期があった。しかし最低限必要な内外での政治的駆け引きに通じてからは、かなりリラックスできるようになっていた。「きみに出てもらわねばならない会議がある」

「ニューヨークは大混乱ですが、鉄道は今日じゅうには動くでしょう。メトロライナーを使って帰ります」

「いまの時点での、きみの考えは？」上層部の政治家たちに相対するときには、自分もおなじ質問をされるだろうと思いながら、ロスは訊(き)いた。

「テロです」カウリーは短く言った。「だとすれば、まもなく犯行声明があるでしょう。あるいはなんらかの要求が」

またつかのま、沈黙が落ちた。「タスクフォースを設置しなくてはならんな」長官は決断した。「対テロ、科学、きみときみの課……それに各部門の連絡。ＣＩＡ、税関との連係も必要かもしれん。外交的にも面倒なことになるだろう。国務長官も関わってくる……」

開いたドアの向こうで、事務総長が受話器に向かって話しながら、空いたほうの手を勢いよく振り動かしているのが見えた。レナード・ロスの念頭にあるようなタスクフォースを収容するには、国連の総会議場が必要だろう、とカウリーは思った。今後だれもが公(おおやけ)に意味ありげな声明や確約を口にするなかで、だれが実際の捜査の指揮をまかせら長官を相手に、移動手段の確保を頼むわけにはいかないだろう。カウリーは電話を切ると、すぐに自分の課にダイヤルし、ゴーリキー周辺にある第三十五工場の調査にとりかからせた。さらにFBIで独自に、テレビカメラが撮影した弾頭の静止画像をファイルされた同様な弾頭と比較し、ワシントンで入手できる技術関連の出版物や情報源までチェックの範囲をひろげるように、そして調査内容は可能なかぎり詳細なかたちで、モスクワの米大使館のオフィスに送るように指示した。ニューヨークの三番街にあるFBI支局からは応答がなく、留守番電話はまだ作動していなかった。

イブラヒム・サーズは戸口でためらっているカウリーに気づき、イースト・リヴァーを見晴らす自分のスイートに手振りで招き入れた。テレビのスイッチを入れると、あらかじめ選局されていたNBCの定期番組が映り、アンカーマンのトム・ブローコーが、まもなくホワイトハウスからの生中継があると伝えていた。

アンカーマンの声がすこし前の映像にかぶさって、ニュースを読みあげていく。最初のうち画面には、相変わらず車が乗り捨てられ人気(ひとけ)もないマンハッタンの様子と、イースト・リヴァーから見る国連事務局タワーが映っていた。ビルの側面にあいた穴から、無数の紙片がゆるやかに流れ出している。穴は外側から見ると、カウリーが内部で感じたよりはるかに大きかった。単なる穴ではなく、長さ三、四メートルの水平な亀裂(きれつ)で、外側のガラスと構造が最初に砕け、それが余震のように横向きに伝わり、金属と強化コンクリートのフレームを裂いてはゆがませていったようだった。何百という割れ目らしきものが、巨大なクモの巣のように、被害の中心から上や下の階に向かってひろがっていた。

「専門家が安全だと確認するまで、だれも入れるわけにいきません」事務総長が決定を下した。「もしあの階が崩れれば、ビル全体がイースト・リヴァーに向かって倒壊する恐れがある。ということは、リヴァーも封鎖しなければならないでしょう。もう安全だと判断できるまでは」

映像が急に、ボートと水上飛行機用のマリーナに切り替わり、ロングアイランド、アシャローケンというテロップが現われた。それから金髪の男が映り、テロップが通勤用水上飛行機パイロット、アーノルド・ペインという名前を示した。ペインはいつもの客であるウォール街のトレーダー四人を乗せ、ダウンタウンのターミナルに着陸する態勢に入ろうとしたとき、閃光(せんこう)に目をひきつけられた。光は一隻(せき)のクルーザーから発したように見え、彼ははじめ、船上で何か爆発があったのだと感じた。そのつぎの瞬間、国連ビルの側面が破裂した。彼が飛行機を旋回させるころには、国連事務局タワーの側面に大きな穴があいているのがわかったが、意外にも炎や煙が出ている様子はなかった。イえず、遭難信号を射ち出したのでないこともたしかだ。自分の見た閃光を説明づけるような爆発があったのだとすれば、そういうものが見えていただろう。いま思うとあの光は、飛んでいるところは見えなかったミサイルの火だったにちがいない。

カウリーは男の名前と水上飛行機の基地を書きとめた。イースト・リヴァーを行き来する船をできるだけ確認するために、ニューヨーク港湾委員会ほか、存在するかぎりの公的機関にもあたらなければならない。さらにほかの水上飛行機のタクシーが何か目撃してはいないか調べることも、自分用のメモとして書き添えた。

カウリーの肩を眺めながら、サーズが言った。「あなたが一杯飲みたいと言いだしても、まったく驚きませんよ」

「スコッチがいいですね」カウリーが応じると、事務総長は部屋の反対側にある豪華なキャビネットまで歩いていった。一杯だけだぞ、とカウリーは自分をいましめた。もし勧められれば、二杯目もやむをえまい。もう問題ではない。問題になったこともない。そうなる前にやめられた。多少のトラブルを避けるには遅すぎたものの、仕事に危険がおよぶことはなかった。いや違う。危険はあったが、なんとか切りぬけられたのだ。ある特別な友人の、身を挺した助力のおかげで。

事務総長がグラスを手に、部屋の向こうからもどってきたとき、大統領の演説がはじまるとブローコーが告げた。

本日またしても、ニューヨークに対する非道な攻撃があったが、奇跡的に大惨事になることはまぬがれた——それが大統領の第一声だった。ミサイルには細菌・化学兵器の弾頭が装着されており、もし破裂していれば、何百、あるいは何千もの人命が奪われていたかもしれない。ミサイルは無傷のまま回収され、すでに合衆国政府の専門施設に安全に保管されている。破壊活動そのものはともかく、非常事態はひとまず終わった。わがアメリカはこの事件を、国連に象徴される国際社会への攻撃とみなし、全世界的な協力を呼びかけている。すでにこの最初の数時間で、重要な捜査上の進展があった。そして最も重要な点は、弾頭にロシアの文字が記されていたことだ。この件に関しては、国務省がすでにモスクワと接触している。いまわたしの胸にあるのは、この事件の犠牲になった人々の遺族に対する深い同情の念だ。それから、国連事務総長イブラヒム・サーズ氏には、わたしから称賛の言葉を送りたい。総長は苦痛と確実な死の危険もかえりみず、まず国連ビルから人々を退去させ、そして各緊急機関にマンハッタンおよび周辺のニューヨークの行政区から住民を避難させるよう警告を発した。そしてまた、事務局タワーの内部に入って弾頭を回収し無力化した、アメリカ人の専門家チームとFBIの一上級捜査官の勇敢さも称えたい。

の科学者チームとともに、ふたりは歩いていた。

大統領の顔がふたたびスクリーンを満たした。「たとえ何者であれ、どんなグループであれ、今日この攻撃を試みたことを罰せられずにすむと考えてはならない。いくら時間がかかろうと、またどこに隠れようと、やつらはかならず探し出され、裁きにかけられる。アメリカ国民よ、わたしはいまここに、おごそかにそう確約する」

サーズが口を開いた。「彼らはあの弾頭を破裂させるつもりだったのでしょう。できるかぎり多くの人命を奪うために」

「ええ」カウリーはうなずいた。

「では、もし別の弾頭を持っていれば――あるいは入手できれば――またやるでしょうね」

「そしてつぎは成功します」カウリーは予言した。「奇跡は二度は起こらない」

将軍の肩書があるとはいえ、いまのディミトリー・ダニーロフは、内務大臣ニコライ・ミハイロヴィチ・ベリクの豪華な執務室にいる面々のなかでは、権力の点で最下位の存在だった。割り振られた場所までもが、仕切りのある秘書の持ち場に近い、最も格下の席だ。ふとそう感じたが、すぐに受け入れた。そんなことより重要なのは、自分がまさに文字どおり、新生ロシアを代表する人間たちと、いまなお抵抗をつづける旧体制の人間たちのあいだにいることのほうだ。大統領首席補佐官であるゲオルギー・ステパノヴィチ・チェリャグは、この旧体制の聖域における新勢力の先鋒だった。国防副大臣のセルゲイ・グロモフと、KGBに代わる情報機関である連邦保安局の長官ヴィクトル・ケドロフが、ベリクの門弟であることは広く知られていた。外務副大臣のユーリー・キサエフひとりが改革論者だった。

この自分はどこに位置するのだろう、とダニーロフは思った。お気に入りの言いまわしを使うなら、たぶん両方の板ばさみだ。以前のように、おのれのキャリアが大切だったころなら、とても心穏やかではいられなかったろう。あの惨劇があってからは、もう何もかもどうでもよくなった。このところずっとそうであるように、いまも無関係な第三者のような、ほかの連中の芝居を眺めるただひとりの観衆のような気分だった。

「これはイデオロギーではなく、国家そのものの危機である」チェリャグが切り出し、さっそくこの場をロシアのホワイトハウスの統制下に置こうとした。「われわれの決定は、完全に党派を超えたものでなければならない」チェリャグはずんぐりした表情の乏しい男で、とりわけ是認や非難を顔にあらわすことはなかった。

テーブルの周囲で数人がうなずき、同意のつぶやき声が洩れた。

「はい」すでに準備していた国防副大臣が答えた。胸板の厚いまだら顔の男で、ロシア政府への軍事的支援がいかに重要であるかを強調するように、軍服を着こんでいる。

「その役割は？」大統領の側近がさらに訊いた。

「国防関連の研究施設です」グロモフが身構えるように言った。「細菌・化学兵器による攻撃を防ぐのが目的です」

部屋に落ちた沈黙を、ユーリー・キサエフが急いで埋め、外務省を遠ざけようとする言葉を発した。「もしいまも稼働中だというなら、ロシアはみずから加盟した国際的な拡散防止条約に違反していることになる」

ダニーロフはせっせとノートをとる書記係に目をやり、数にまさる改革派がじつに手ぎわよく官僚体制における責任の所在をあきらかにしつつあることを認めた。

「実際に稼働しているのか？」チェリヤグが訊いた。

「その点については、情報が入っておりません」将軍が居心地悪げに答えた。

「しかし国防省は、細菌・化学兵器禁止条約の文言をたしかに理解しているのだろうな？」

「わたしの理解では、協約の文言にしたがい、武器の備蓄が廃棄されているところです」グロモフがやはり下準備どおりの答えを返す。

「その点は明確に立証しなくてはならない。必要とあらば施設を公開し、アメリカの査察も受け入れなければ」

その宣告のあとふたたび沈黙が落ち、今度は前回より長くつづいた。ヴィクトル・ケドロフが口を開いた。「つまり、アメリカに対して全面的に協力すると?」

それは受け身の発言だったが、チェリャグは情報部の長官に反撃した。ケドロフは青白い顔の男で、その後退した髪と丸眼鏡のために、スターリンの悪名高い大粛清をお膳立てした秘密警察の長官、ラヴレンチー・ベリヤに驚くほど似ていた。「そうしていけない理由があるのだろうか?」

「いえ、とんでもない」ケドロフは顔を赤らめた。「誤解を避けようと思っただけで」

「ここに集まった各部局のあいだでも、全面的な協力と連係が必要だ」首席補佐官が命じた。「その点を完全に理解し、了承していただきたい」

ケドロフがそれに答えるように、一言一句まで録音されていることを意識しつつ、改まった言葉使いを保って言った。「どの部局もしくは省が――そして、その部局もしくは省のだれが――ロシアでの捜査を指揮するのでしょう?」

「例の弾頭がたしかにゴーリキーで製造されたものであるなら、これは盗難だ」チェリャグが言った。「あきらかな犯罪行為だ。犯罪は民警の管轄になる。だからこそこの会たことがあったな？ 何度か連邦捜査局と合同捜査をしたのではなかったか？」

ようやく全員の注意がダニーロフに集中した。彼は言った。「二度です」

「そのユニークな経験から、きみにはおなじ任につく資格が十分ある。さらに言うなら、今回のような窃盗はアマチュアの犯行ではありえないだろうし、きみは組織犯罪局の長でもある――」

「このモスクワだけです」ダニーロフがさえぎった。

「きみにはホワイトハウスの権限をもって、この件の捜査を直接におこなってもらう」チェリャグが強調した。「ゴーリキーの当局に――きみが出向く場所すべての者たちにも――そのことは伝えておく」そして言葉を切り、テーブル全体を見まわした。「ダニーロフ将軍への全面的な協力を望みたい」

「彼に提供される支援の範囲については、なんら疑問の余地はないと考えます」ベリクがやっと口を開いた。

ミスや失敗があったときにだれが生贄（いけにえ）にされるかも、疑問の余地はない、とダニーロフは察した。それでもやっぱり、まるで他人事のように思えた。帰宅する途中、ラリサの墓に寄って花を供えた。墓地を訪れるのは四日ぶりだった。

「銀行はあんたに仕事を押しつけすぎなんじゃないの」エリザベス・ホリスが気遣わしげに言った。背の高い、こわばったように背筋のまっすぐな女で、きついパーマをかけて鋼色の髪をふくらませている。

「ぼくに処理できない問題はないよ」ホリスは答えた。

「でもやっぱり、気をつけなきゃね」

ホリスはその言葉にぎくりとした。体つきは母親とまったく好対照な、丸顔に眼鏡の男で、二十ポンド以上も体重超過なのは小学校以来変わっていない。日々多くのことでそう感じているのと同様、彼は自分の体格も不公平だと考えていた。この体と、医者にレッテルを貼られた弱い胸——喘息の寸前までいった——のせいで、陸軍士官学校でもその後の州軍でも不適格と判定されたあげく、さっぱり効果のあがらないダイエットも挫折してしまった。それでも食べ物には気をつけていたし、ほかのあらゆることにも注意は怠らなかった。

「一時間ほどで夕食だからね。今夜はステーキよ」

「網焼きがいい」ホリスはすかさず注文を出した。「脂身は落として」

「あんたの好みはわかってるわよ！」母親は苛立ったふりをしてみせた。「それまでどうするの？」

「あれは魔法なんだ、母さん」彼は献身的なコンピューター狂らしい、畏怖に満ちた声で言った。「できないことは何もない——それに、どこへだって行ける」しかし彼が二度と行けないところもあった。今後もウォー・ゲームをつづけることは——なんなら〈主計将校〉の位を保持することも——できるだろうが、雑誌『ソルジャー』の個人広告欄を通じて〈将軍〉と一緒に考え出した電話連絡のコードは、もう使えない。あれはミスだった。でも、すぐに修正できる。今夜はゲームのサイトへ行くのもよしておこう。ホリスは何も知らないホストシステムにやすやすと入りこみ、自分の使用時間の料金を肩代わりさせた。三つのシステムにもぐりこんだあとで、ポルノのチャンネルに接続した。じっくり時間をかけて好みの映画を選び出すと、バッファローの発行銀行から手に入れたクレジットカードの番号に課金させた。主演の女はブロンドで、それが女優ではなくキャロル・パーカーだと想像するのは、ホリスにはごくたやすいことだった。

いっぽうクラレンス・スネリングは、コンピューターに魅入られた人物ではなかった。コンピューターを理解してもいなければその気もなく、仇敵とみなしていた。このテクノロジーのおかげで、事務員である彼は余剰人員となり、年金で暮らすはめに陥ったのだ。だがそれだけではとても足りず、モニターやキーボードを購入する余裕のない小さな企業で、パートタイムの簿記係の口を探してまわらなければならなかった。だがそんな企業も昨今はどんどん減っているようだった。

クラレンス・スネリングにとって、手書きの数字の並ぶページは美の極致であり、芸術にも等しかった。あの電気で印刷された無味乾燥な紙きれとは、比較のしようもない。いまも彼はそうした紙片を細かく調べ、自分の帳簿と見くらべながら、数字を書き写していた。やがて彼は憤然と銀行の口座収支報告書をほうりだし、声をはりあげた。「マーサ！　やつらがまたやりおったぞ！」

4

おそろしい数のスチールカメラやテレビカメラに、ウィリアム・カウリーはたじろいだ。そして彼が細菌兵器を処理する科学者チームとともに国連ビルに入った人物だとわかると、カメラのフラッシュや叫び声の質問を集中的に浴びせられた。彼はカメラは我慢したものの、質問のほうは慎重に無視した。周囲にいるほかの有名人たちは、意識してポーズらしく見えないようポーズをとっていたものの、カウリーの突然の名声のおかげで自分への注意が——そしてカメラが——そらされてしまったことに苛立っていた。

ドイツ生まれの国務長官ヘンリー・ハーツは、昼間のニュース放送と夕刊紙のために、集まった記者団に向かってしわがれ声で強調した。この場に出席している全員の公的な地位を見れば、「未遂に終わったこの恐るべき残虐行為」をアメリカがいかに重く見ているかがわかるだろう。そして彼は、ロシア大統領からの全面的協力の確約と称するものを掲げてみせたが、実際は違っていた。それは、ロシア外務省によってそうした保証が確約されたことを伝える駐モスクワ大使からの通知だった。会見の終わりにはもっと長い声明がある、とハーツは約束した。

カウリーには、今日の朝食時におこなわれた協議での印象から、ただの僥倖で先延ばしにされたにすぎないこの事態の恐ろしさを、レナード・ロスは十分に把握していないのではないかと思われた。ひどく熱心な態度で神経質な笑みを浮かべているＦＢＩの対テロ部長も、まちがいなくおなじだろう。バート・ブラッドリーは特別な任務をおびたＦＢＩ内の部局の初代部長だった。ニューヨーク世界貿易センターへの攻撃、オクラホマの爆破事件、それに先立つベイルートのアメリカ大使館爆破などがあったにもかかわらず、この部局がこれまで果たした役割といえば、よりひんぱんに攻撃を受けているほかのヨーロッパの国々との連絡をとることぐらいだった。カウリーの見るところ、ブラッドリーはもう当初のように、畏怖に打たれてはいなかった。まぎれもなく怯えている。そして彼が頭のなかで終えたばかりの分析では、そのことでブラッドリーをとがめるわけにはいかなかった。そしてこの部屋にいる全員が、いまを本番前の肩慣らしの時間と心得て、何か記録に残るフレーズを準備したり写真のためにポーズをとったりしているのも、やはりとがめられはしないだろうと思った。

「完全な最新情報を聞きたい」とハーツは切り出し、すでに顔見知りだと思える人々を紹介する労をはぶいた。ドイツ生まれの出自のせいで大統領をめざすのは不可能とはいえ、ハーツは国務長官の職を政治的役割としては次善のものと考えて、自分ならホワイは承知していたし、気にもかけなかった。彼はカウリーとシュネッカーを見くらべながら言った。「まず、科学的な見解からはじめよう」

防護服とドーム型のヘルメットを脱いだジェームズ・シュネッカーは、驚くほど小柄な男で、さらに驚いたことには、まるで予期しない痛みの発作に襲われてでもいるかのように目を細めるくせがあった。彼は咳払(せきばら)いをすると、教授然とした口調で言った。

「一方の弾頭に詰められていたのはサリンでした。既知の神経毒で、液体もしくはガスの形で製造されます。液体のときは皮膚か粘膜から吸収され、ガスの場合は当然呼吸によって吸いこまれる。どちらの状態でも呼吸器と神経系を冒します。一九九五年に東京の地下鉄で狂信的な宗教グループによってまき散らされたのをご記憶でしょう。ずっと以前からよく知られた武器で、一九三七年にドイツではじめて開発されました。もう一方の弾頭に詰められていたのは炭疽菌(たんそきん)でした。二〇〇一年九月の事件以降、みなさんにもお馴染(なじ)みになりましたが、やはり肺を冒すものです。生物学的には、牛に最もよく見られ――羊にも見られますが、そうした例ははるかに少ない――アフリカでは風土病で、ダニから人間に感染します。生物兵器としては、三つの菌のタンパク質を結合することで、細胞質に侵入する毒素として開発されました。どのタンパク成分も単独では、生物学的に有害な効果はありません。しかし結合すると、浮腫(ふしゅ)――体組織に体液が異常にたまる――と肺虚脱を生じさせます。痛みをともなう急性の腫脹と、体のあらゆる開口部からの出血が起こる。脾臓を冒し、脾臓炎をひきおこす。今回の弾頭のように、兵器として使われた場合は、吸入によって感染します。一日ないし五日の期間で菌が繁殖したあとは、人間にはほぼ例外なく致命的です」

「すると、化学と生物の両面による攻撃なのだな？」フランク・ノートンが口をはさんだ。この大統領首席補佐官は元国防総省の将官で、ホワイトハウスの現在の住人が二期目を務めあげたあとの、数少ない最終候補に名を連ねていた。そして彼はすでに、いま自分につきつけられている事態の成り行きが、そのレースを決定的に左右するだろうという判断を下していた。マスコミを招こうと提案したのもノートン自身で、彼は政治的なアピールのために、かつての海兵隊将校らしいやせぎすの容貌を養っていた。いまいましいＦＢＩの男に注目が集まっているのは、彼にとっては計算外だった。

「そのとおりです」シュネッカーは質問に驚き、眉根を寄せた。「フォートデトリックではあのような運搬システムを見たことはありません。ロシア製ミサイルのグレイル、すなわちＳＡ‐７を改造したものと思われます。もともと弾頭がひとつ装備されるはずのミサイルのボディに、二つ取り付けられている。それがおそらく大惨事を防いだのでしょう。先端が重いために、おそろしくバランスが悪くなっていた。これまでおこなっ突き抜けた。フィンとボディが衝撃のダメージをすべて引き受け、その過程で起爆装置がはずれたのです。じっさいきわめて粗雑な装置で、ピンが衝撃によって容器を破砕し、中身を放出させるという造りでした」

「設計のまずさに感謝しなければ」ハーツが言った。

「まったくのところ、まずさが際立ちすぎています」バート・ブラッドリーが急いで割りこんだ。「そこまでひどい出来なら、一回のテスト発射でもわかるでしょう。ミサイルはロシア製だとしても、弾頭がこの国で、その資格のない者たちの手で組み立てられたという見込みは？」

「合金鉄のテストはまだ完了していませんが」科学者は疑わしげに言った。「これまでのところ、金属はすべてロシア製であると証明されています。もし弾頭がこの国で接ぎ合わされた合成物だとすれば、アメリカ製の金属がふくまれているはずでしょう。それに、ひとつ見落としてはならない点があります。あれがわれわれの見たことのないものだというのは、実際に機能しない設計であったため、予備段階かテストで失敗したあとで廃棄されたせいかもしれません。ケーシングの日付は一九七四年でした」

FBI長官の面前で意見を却下され、野心的な対テロ部長がたじろぐのを、カウリーは眺めた。無頓着に肥り、無頓着な服装をしたロスは、その一幕になんの反応も示さなかった。

「ひとつ教えてもらいたいのだが」ＣＩＡ長官のジョン・バターワースが言った。この引退した元海軍大将は、彼が任じられたラングレーの情報のプロたちのあいだでささやかれている、いまの長官は何も知らない素人だという批判に対抗しようと躍起だった。「もしミサイルが国連ビルをそれていたら？　そのまま飛びつづけていたらどうなっただろう？」

シュネッカーはその仮定に眉をひそめた。「いちいち挙げることはできませんが、国連ビルの後ろには数多くの高層ビルがあり、そちらに命中していたかもしれません。その場合、おそらく窓ガラスを突き抜ける――しかも後部から先に――という奇跡は起こらなかったでしょう。高いビルをすべてはずれたとすれば、ニュージャージーまで飛んでいくのではないかと思います。ＳＡ-７の有効搭載量は十五キログラム、射程は十キロメートルです。この双頭の弾頭の重さは二十二キログラムある。そのために射程が短くなり、先端部が下になるという不安定さにも影響した。しかも横風がありました。おおざっぱな推定では、ニューアークとトレントンを結ぶ線上に落ちていたでしょう」

「弾頭が地面にぶつかる衝撃だけで爆発する見込みはどれだけあったろうか、先端から先に落ちるかどうかはともかくとして？」禿げ頭で骨ばった顔立ちのバターワースが訊ほんとうの爆発ではなかったとしても――避けられなかったと思われます」

「もし爆発したとして、両方の弾頭が組み合わさった場合の効果については？」

「そうした調査の結果についてはまったく心当たりがありません。科学的には、この二つが結合することはありえない。二つの別々の物質を、一発のミサイルで送りこもうとするアイデアなのでしょう」

「解毒剤（げどくざい）や、治療法はあるのか？」ロスがたずねる。

「爆発の直後なら、個々の患者に対する治療法はあります。もしあれが広範囲に広がっていれば、昨日の死亡者はたいへんな数にのぼったでしょう」

「何人だね？」これは見出しを飾る質問だと察して、ノートンが訊いた。「大統領は、千人は死んだだろうと言っていたが」

シュネッカーはためらった。「千人以上の可能性があります」

「というと？」ノートンが訊く。「何万か、それとも何十万か？」

「五千人に達したかもしれません。あるいはそれ以上かも。サリンや炭疽菌だけの問題ではないのです。すでに病気にかかっている人々の状態を悪化させるでしょう。ガスが空調を通じて病院に入りこむ可能性もある」

「なんということだ！」ノートンがそう言ったきり、長い沈黙が落ちた。

静けさを破って――前日の国連事務総長との会話を思い出しながら――カウリーが口を開いた。「彼らは殺すつもりだったのです。劇的に、しかも大量に。つぎはおそらくそうなります。そしてこれほど意志の固い者たちなら、またやるでしょう――もしまだミサイルの手持ちがあるか、別のものを入手する手段をもっていれば。ところで、SA－7の発射方法は？」

「肩にかつぐ携帯型のランチャーです」シュネッカーが答えた。

「まだあらゆる証言を得られてはいないが、移動するボートの上から発射されたのはまちがいありません」カウリーは言った。「たしかに国連事務局タワーが標的だったとすれば――じっさい、そう考えざるをえないでしょう――動くボート上から、ある程度の向かい風のなかで、しかも肩に構えるロケットランチャーから発射され、それが命中したという事実は、犯人が軍でミサイルを扱った経験をもつことを如実に示している」

「ええ、そう言えるでしょうね」とシュネッカー。「当然、ミサイルについての十分な知識が必要だと考えられます」

対テロ部長に向かって、カウリーは訊いた。「既知のテロリストと容疑者たちのファイルがあるだろう？」

「はい？」ブラッドリーが顔をしかめた。

「すでにチェックさせていますよ」年下の男が苛立たしげに答えた。だったら朝食のときの打ち合わせでそう言えば、手間がはぶけただろうに。シュネッカーに向かって言った。「ミサイルの表面の指紋といった、明白な証拠はなかっただろうか？」

シュネッカーはかぶりを振った。「ありませんでした」

「今回の犯人のような、すべて承知のうえで何千もの人々を殺そうとする輩とは、狂信者です。完全な殺人狂です」司法心理学の学位をもつ対テロ部長が言った。「熱烈な狂信者といえば、イスラム原理主義者の代名詞です。過去の事件からよくご存じでしょう」

ブラッドリーはFBI長官との朝食をかねた会議にくわわっていたが、そのときは何の意見も口にしなかったことを、カウリーは思い出した。いまのブラッドリーはいささか意気込みすぎている。レナード・ロスもおなじ印象を抱いたらしく、隣の部下を不審そうに眺めていた。カウリーは言った。「われわれの相手が殺人狂の集団だとすれば、またおなじ問題が生じるのではないか？」

ブラッドリーは首を横に振った。「やつらが望んだのはヒット・エンド・ランの奇襲だった。自分たちの反抗だと、そう自慢したいのでしょう」

「ではもう二十四時間以上たっているのに、なぜ声明がないのだろう？」

「何が言いたいんです？」年下の男が喧嘩腰で問いただした。

「つまりこの早い段階では、まだ何かを推測できるほどの材料もないし、どんなグループも決して除外すべきではないということだ」

「とにかく肝腎なのは、つぎの犯行を防ぐことだ」CIA長官が強調した。「わたしとしては、ミサイルの設計に欠陥があり、効力をもたないことを公表するのが得策かと思う。テロリストがおなじものを持っていたとすれば、また使おうとするのを防げるかもしれない」

テーブルのまわりじゅうから渋面が注がれた。

「失礼ですが」シュネッカーが言った。「国連ビルにぶつかったミサイルが爆発しなかったのは、後部から先に飛んでいき、ほとんど抵抗のないガラスを突き破ったためでした。まったくの僥倖です。もしビルのコンクリートに衝突していたら、おそらく結果は違っていた。つぎのミサイルも――設計がまずかろうとどうだろうと――硬く密な物体にぶつかれば、爆発するでしょう」

「目撃者は何人見つかった？」CIA長官の面目を保とうと、ハーツが急いで割りこんだ。

いたゴミ運搬船の船長。みんな発射の閃光に注意をひかれましたが、当のクルーザーを直接見た者はいません。全員がセールではなくモーターだったと言っていますが、大きさ、色、形状については証言が食い違っています。三人ともミサイルやランチャーは見ておらず、なんらかの火や遭難信号もなかったので、その後すぐ忘れてしまったとのことです」

「つまり、何も出てきていないということか？」バターワースがまた、熱心すぎる口調で訊いた。

「わたしはニューヨークのオフィスに三十人の職員をすでに移動させた」ロスが言った。「問題のクルーザーに最上船橋（フライング・ブリッジ）があったことは、たしかに意見が一致しているらしい。はっきりしないのは色だ。全体が白なのか、喫水線のあたりに青が入っているのかどうか。しごく当然ながら、ニューヨークからボストンにかけて――ロングアイランドにいたるまで――のマリーナやヨットの係留地をすべてあたり、最上船橋のあるクルーザーの所有者を追いかけている。実際には、管轄（かんかつ）区域の制限などは設けていない。南のチェサピーク湾まで出向いているほどだ。しかし対象のボートは何千という数になる。これも当然だが、盗難に遭ったクルーザーやレンタルのクルーザーなどもチェックしている」そしてうながすように、カウリーに目をもどした。

「さっきの三人のうちだれも、クルーザー上に、船に乗るには場違いな服装の人間がいるのを見てはいません」

「では、何を見た？」バターワースが口をはさんだ。

「ふたりの人間です――ふたりめの通勤用飛行機のパイロットは、そのうちのひとりが女だと思えるほど華奢だったと言っています――どちらもマークのないキャップをかぶり、やはりマークのない、色のはっきりしないボート用アノラックを着ていた。ダークブルーか、黒かもしれません」

「よくわからないのだが、目撃者たちが閃光のほうを見たのなら、なぜふたり組のうちのひとりがロケットランチャーをかついでいるところを見ていなかったのかね？」ハーツが口をはさんだ。

「ミサイルが国連ビルに命中するのは、閃光とほぼ同時に見えました」カウリーは言った。「目撃者の三人は、それで閃光を生じたのだと思ったと言っています。はじめの数秒以降は、ほとんどクルーザーを無視していたのです」

「ほかの目撃者はどれだけいると考えられる？」CIA長官が訊いた。

「ニューヨーク港湾委員会から、あの時刻にイースト・リヴァーにいた貨物船三隻の名前を入手しました」カウリーは言葉を切り、それまでずっと黙っていた関税局長のピー

「しかしわれわれの記録は、到着を報告した船舶に限られます」サミュエルズが釘を刺した。「ただ上流の係留地から下ってきて、イースト・リヴァーを出る前にまたもどっていくヨットやクルーザーには、報告の法的義務はありません。またどのみち、リヴァーを出て海岸沿いを航行する船舶の少なくとも半数は、帰ってきたという報告をおこなわないのです」

「弾頭がひとつだろうと二つだろうと、ミサイルはたしかにロシア製だ」ブラッドリーが言った。「それをわが国に密輸するとなれば、最も考えられる手段は船でしょう」

「アメリカ合衆国全体の海岸線はほぼ四千マイルにおよびますが、これはまっすぐな線として測ったときの数字で、何百万という入江や内湾、航行可能な河川はふくまれていません」関税局長が言う。「もちろん主要な港すべてに監視命令を出していますが、現実にどこまで役に立つかとなると、ボストンからワシントンにかけてのヨットとクルーザーをすべてチェックするのとおなじことです。現におこなわれてはいるものの、早急な結果は期待できないでしょう。むしろ、奇跡がつづくのでもないかぎり、結果はまったく期待すべきでないと思います」

またしても沈黙が落ちた。今度それを破ったのは、CIA長官のバターワースだった。

「要するに、ほとんどなんの手掛かりも得られていないということだな」

「FBI史上最大の規模の捜査をはじめるうえで、できることはすべてやっている」ロスが身構えるように言った。

ハーツはCIA長官に注意を向けた。「ゴーリキーの第三十五工場については？」

禿げ頭の男はもぞもぞと身じろぎした。「冷戦の間じゅう、ゴーリキーは閉ざされた都市だった。大規模な軍事・兵器施設があったことはわかっているが、第三十五工場について特別な情報は何もない」

「われわれにはある」ロスが言うと、たちまちテーブルの周囲でざわめきが起こった。「こちらのファイルには、従来型の兵器施設で、一九九四年から生産が縮小されはじめたとあった」

バターワースはこれをテリトリーの侵害とみなし、顔を紅潮させた。「わたしの考えるところ、今回はあらゆる情報を提供しあう合同捜査のはずだが」

「たしかに」無頓着な身なりのFBI長官が言った。「だからいま提供した」

作り笑いの声があちこちから洩れた。バターワースは顔を赤らめ、立ちなおろうとして言った。「昨日発射されたような弾頭が、まだロシアに存在するとすれば――おそらくそのはずだろう――一九九三年に国際的に締結され、ロシアも署名している化学兵器禁止条約へのあきらかな違反だ」そしてハーツの視線に答えた。「この問題について、官がぴしゃりと制した。

「同感だ」ハーツも急いで口をはさみ、下準備どおりに外交面での配慮を示した。「わたしはゆうべ一時間ほどロシア大使と会い、この会議の前にも電話で話をした。向こうもわが国と同様、今回の件を憂慮し恐れている。われわれに必要なのは、対決ではなく協力だ」

「以前もおなじことがあった」ロスが言い、かたわらのカウリーを示した。「今度は前回を上まわる協力が必要になるだろう」


その一時間後、ワシントンのペンシルヴェニア・アヴェニューのFBI本部と、ペトロフカ広場のモスクワ民警ビルとの通話は、すぐにつながった。ディミトリー・ダニーロフが言った。「テレビで見たところ、体重が増えたみたいですね」

「もう減りはじめてますよ」ウィリアム・カウリーが応じる。

「担当があなたでよかった」ロシア人の言葉は本心からだった。何事かに個人的な感情を抱くことができるのは、彼には変化の兆しといえた。

「わたしもおなじ気持ちです」自分のモスクワ滞在中にラリサが死に、ダニーロフが打ちのめされたことを思い起こしながら、カウリーは言った。「調子はどうですか？」

「まああです。そちらは?」

「まあまあですね。あなたが捜査の指揮をとるのですか?」

「こっちのホワイトハウスから正式に任命されました。ヴォルガ河なみに広い権限をあたえられて」とダニーロフ。

「こちらは全面的な協力を確約していますが？」

「こちらもです」とロシア人は言った。ついさっき終えたばかりのゴーリキー民警との会話を思うと、ゴーリキーとの協力関係のほうが、ワシントンとの関係よりもむずかしくなりそうだった。「そちらにあるのは？」

「無傷の弾頭二つです。ひとつの中身はサリン、もうひとつは炭疽菌でした。それにつぶれたＳＡ－７の運搬システムです」

「こちらもくわしい情報が必要になるでしょう」

「まとめていま、ファクスします。電送写真も。第三十五工場については？」

「細菌・化学兵器の防衛研究用の施設がふくまれています」ダニーロフはすぐに認めた。

　ごくふつうの会話、くだけた会話だ、とカウリーは思った。そちらの天気はどうですか、こっちは雨です、そちらが万事順調と聞いてうれしいですよ。ただし、万事順調どステムにはめこまれ、どこのビルに狙いを定めているかしれないのだ……いや、狙いの見当がつかないわけではない。国連ビルが選ばれたのは、まさしく世界で唯一、最も国際的関心をひきつける標的だからだ。きっと起こるはずのつぎの攻撃の目標も、やはり注目を集める場所だろう。だとすれば、ワシントンそのものでしかありえない。当局は国じゅうに注意を呼びかけているが、カウリーは突然、DCに警戒を集中するべきだと確信した。「あなたがこちらに来ますか、それともわたしがそちらに？」

「まず先に、優先順位を決めておきましょう」

「優先順位は優先順位だ」そう言ったとたん、カウリーは後悔した。その言葉はまるでエコーがかかったように、ソープオペラのクレジットが流れる直前の、次回への含みをもたせる音響効果のようにひびいた。急いで彼は言い添えた。「だれでも、どこでも、最初の手掛かりを見つけた者からですよ」

「われわれのどちらかが見つけられるように願いましょう」ダニーロフが言った。

ラリサの墓前の花はだれかに盗まれていたが、ダニーロフは驚かなかった。彼が今日持ってきた水仙も、たぶん一日で消えるだろう。彼はノヴォジェヴィチ墓地の墓から落ち葉や小枝を掃除し、気恥ずかしさも感じずにいつもどおり声に出して話しかけ、彼女の返事を心のなかで想像した。

ビルを覚えてるかい、あのアメリカ人の……大男を？　そうだよ……またアメリカへ行けるのはありがたい……ここを離れて。オリガは相変わらずさ……もちろん、きみが恋しいよ――たまらなく寂しい。何かに注意するような気持ちにはなれない……わかった、もちろんそうする……なぜ生きていてくれなかった……ああ、すまない。きみのせいじゃない。エヴゲニーだ――きみのろくでもない亭主、マフィアの主人に見限られた民警大佐のせいだ。でも、どうしてあの車に乗っていた？　わたしを置いて？　わたしはもう……きみに何か買ってきてやれれば……きみに会いたい……きみのそばにいたい。いや、だいじょうぶだ。違う、だいじょうぶじゃない。なんとかやっていけるさ。花のことはすまない。ここはモスクワだ――ロシアなんだ。おやすみ。愛してるよ。

ダニーロフは立ちあがり、やはり恥ずかしいという気持ちもなく、怪訝そうに眺めているほかの墓参の客を見つめ返した。急ぎもせず、なんの関心もなく、キーロフスカヤ広場まで車を走らせた。エレベーターから降りたとき、自分のアパートメントから聞こえてくる騒々しい音に気づいた。妻はつい最近せがんで手に入れた新しいテレビに向かってすわり、しばらくダニーロフが入ってきたのも知らずにいた。彼が目の前までやってきて音量を下げると、やっと夫の帰宅に気づいた。

「英語を聞きとろうとしてたの」

「英語なんかしゃべれないだろう」

「エレナが言うのよ、これがいい方法だって」

「そんなのは嘘だ」エレナはオリガの勤めている省のオフィスの同僚だが、アメリカ映画で英語を覚えたと吹聴していた。大学で英語を学んだダニーロフが見るところ、彼女はいくらか単語を知っているものの、発音はことごとくまちがっていた。

キッチンの流しには、まだ洗っていない皿が今朝とおなじように積み重なり、ダニーロフが手を洗いにバスルームに行く途中に見ると、ベッドもオリガが起き出したときのままの乱雑な状態だった。彼がもどったとき、オーストラリアのドラマはもう終わっていた。

ダニーロフは訊いた。「どんな言葉を覚えたんだ？」

「あなたにじゃまされて、集中できなかったわ」

「しばらく出張に出る」

「どこへ！」オリガは急に熱意を見せ、ダニーロフのほうを向いた。

「ゴーリキーだ。その髪の毛はどうした？」

「イーゴリがこの色に染めたほうがいいって言ったのよ、ほかの色を切らしてるからって。ゴーリキーに何があるの？」

「それを調べにいくんだ」

「お土産のリストを作っても、意味ないかしら？」

「ないだろうな」

「以前あなたと仕事をしたアメリカの人、さっきの番組の前に、テレビに映ってたわ。ミサイルがどうかしたって」

「今日、彼と話をした」

オリガの関心がよみがえった。「またアメリカへ行くの！」

「たぶん」

「じゃあ、お土産のリストを作れるわね！」

ダニーロフはそのときはじめて、オリガの着ているシャツが、彼が以前アメリカから持ち帰ったものであることに気づいた。ボタンが二つ取れ、左胸のあたりについた汚れは古く、すっかり染みついてしまっているようだった。ラリサもずっと、彼がおなじ旅で買ってきたブレスレットを身につけていた。それは車が爆破されたあとで確認できた、わずかな品のひとつだった。

情を処理した顧客係がわびた。「コンピューターもミスをすることがありまして」

「そんなはずはない!」スネリングは応じた。「ミスをするのは、機械をあつかう人間のほうだ」

「額は二十二セントですね」と行員が指摘した。「一度も五十セントを超えたことはありません。それに前回同様、ただちに訂正させていただきます」

「二度とこんなことは起こらないという確約がほしい!」スネリングは言い張った。「そして今回こそその確約を守ってもらいたい、これまでは口先だけだった」

「お客様。わたくしどもとしても、最善を尽くすことをお約束いたします」

5

ディミトリー・ダニーロフの乗った飛行機はヴォルガ河とオカ河の合流点の真上にさしかかり、すこしのあいだ、凍(い)てついた北部から亜熱帯のカスピ海まで二千マイル以上も流れ、ヨーロッパ・ロシアとアジア・ロシアの境界となっている水路の両岸を見るのは不可能になった。河幅はゴーリキーに近づくほど狭まったが、ボートや船の数はおびただしく——定期船と見まがうばかりの巨大なクルーザーも二隻(せき)あった——空から見るとなんの規制や指示もない、ばらばらに捨てられた破片のようだった。ヴォルガ河からモスクワへと通じる、かつてスターリンが収容所の囚人に素手で掘らせた運河を見つけようとしたが、どこにも見当たらず、もっと下流なのだろうと思った。タイガの森林がつづく広大で平坦(へいたん)な内陸地は、針葉樹の緑ではなく黒色で、木をすっかり伐採したあとに植林もしないまま、丸裸になった場所が無数のあばたのように見えた。さらにときどき森がとぎれて現われる広大な場所には、きわめて画一的な兵器および軍事品の製造工場があり、それぞれの周囲にある監視塔とフェンスによって、きわめて似通った隣の地細々とムルマンスクの港まで運び出されているが、かつてはたっぷり備蓄され、米ソを核兵器による殲滅戦争に巻きこもうとする態勢を整えていた。眼下に見えるどの建物が、ただ数字で三十五番と呼ばれる、別種の殲滅兵器専門の工場なのだろうか？　ダニーロフは思った。

驚いたことに、飛行機は定刻どおりに着いた。ゴーリキーの重大犯罪部の部長オレグ・レツォフにあらかじめ到着時刻を伝えておいたが、出迎えの警官はいなかった。外で待っている民警の車もなく、ダニーロフは悲しい気分で、この出だしを悪い徴候だと受けとめた。

がたがたと走る、シートのたわんだタクシーの内部は、すえた煙草の臭いとさらに強烈な体臭がせめぎあっていた。トロルの人形や頭を垂れた玩具の動物が吊るしてあり、ひとつは首が折れていた。見渡すかぎりタイガにおおわれたこの沼沢地が、じつは蚊の巣であることを、ダニーロフは忘れていた。しかし飛びまわる虫が体じゅうに群がってくるのにもかまわず、彼は窓をおろせるかぎり下までおろしていた。それでも弱い風は、満足に臭いを吹き散らしてはくれなかった。運転手はダニーロフがアメリカで買ってきたスーツケースを見て、期待に満ちた目を向けてきたが、ダニーロフはドルでは支払わないと答えた。すると相手は、荷物を車内に持ちこむのは五十ルーブルかかると言いだした。ダニーロフが自分の身分を明かすと、運転手は手のひらを返し、民警の将軍をお送りするのに追加料金はいりませんと応じた。

ダニーロフの宿泊先は、裏手にゴミだらけの広場を見晴らすナツィオナーリ・ホテルで、隣に空調か暖房装置でもあるのか、振動音が部屋までひびいてきた。クロゼットのなかの、ひっくり返されたボール箱の容器に入っていた何かのせいでゴキブリが死に、干からびてこわばった肢を宙に突き出していた。石鹼も流し台や浴槽の栓も見当たらず、ダニーロフは予想しておくべきだったと思い、苛立ちを感じた。

ダニーロフが電話をしたとき、レツォフ大佐は不在だった。応対した女は、彼がどこにいるのかも、いつもどるのかもわからないと答えた。ダニーロフは、十五分後にモスクワのホワイトハウスから電話がある、そのときは大統領首席補佐官と話をしてもらうことになるだろうと脅した。すると十分以内に、レツォフがしわがれ声で電話をよこした。

「明日まで到着なさらないと思っていました」

「ファクスを送ったが」

「だれかが置き忘れたのでしょう」

「今回の件が重要な扱いであることは、わかっているのだろうね？」

から三十分で着く」

「それは——」と相手は言いかけ、口をつぐんだ。

「なんだね？」

「いえ、なんでも。迎えの車をやります」

石鹸と浴槽の栓があり、ゴキブリのミイラのいない部屋に移るために、また十ドル手放すことになった。今度は正体不明の振動音も、そううるさくはなかった。約束どおりロビーで待っていた運転手はブロンドの女で、車は青のＢＭＷだった。ダニーロフは一瞬立ちどまり、すぐにばかげているとさとった。無意味で不快な既視感(デジャ・ヴュ)に襲われたのだ。マフィアの手で爆破されたエヴゲニー・コソフの車は青のＢＭＷで、コソフと一緒に死んだラリサもやはりブロンドだった。もっともラリサはほっそりと均整のとれた美しい体つきで、小太りの体でよたよた歩くこの丸顔の運転手の女とは似ても似つかない。このあからさまな比較が頭に浮かび、彼の反応はよけい愚かしいものとなった。もういい加減にしなければ。あの墓の前での一方通行の会話もやめなければならない。おれは神経衰弱ぎりぎりのところまで——何かが崩れ落ちる寸前まで——きている、とダニーロフは意識した。自分をつなぎとめられるようになるには時間がかかる——長い時間が過ぎれば、悲しみを抱えて生きていくことを覚えられるのだろうか。成熟して分別を得た人々が、たとえ最初はどれほど傷つき、耐えがたく感じたとしても、やがては喪失に順応していくように。

運転手はダニーロフのためらいを称賛のしるしと受けとめ、これはレツォフ大佐の自家用車ですと告げた。まともに買えば一生分の給料が必要な車を見せびらかすとは、よほどの阿呆か、傲慢な男なのだろう。いや、そのどちらでもないのかもしれない。むしろここの警察署長は、ロシア民警の上級警官の典型なのだ。マフィアの金を受け取って快適そのものに暮らし、モスクワ民警からやってきた上級警官もそうした生活を送っていると想像して、この田舎でも首都におとらず人生は楽しいことを示そうと意気ごんでいるにすぎない。

おまえ自身の愚かさはどうなのだ？　ダニーロフは自問しながら、小気味よい音をたてる革のシートに身を沈めた。吐き気に悩まされた空港からの移動のあとで、目に見えない脱臭剤の芳香はしばらくのあいだ快かった。モスクワの警察機構にあって、ダニーロフは単に珍しい警官というだけではなかった。現代のロシアでは敬遠どころか変人視される、まれにシベリアの氷河のなかに完璧に凍りついた姿で発見される更新世のマンモスなみの存在だった。なのにどうして、地方の民警の大佐相手に、真実をつきとめるための誠実な協力など期待して、たったひとりでやってきたのか？　せめてユーリー・

あるとはいえ、今回のような上層部の方針による捜査では、むりをしても信頼する副官を同行させるべきだった。事実パヴィンは彼の補佐役で、いまでこそ上級大佐の位についているが、やはり現場や裏町のレベルでものを考える警官で、臭いを追う猟犬のように手掛かりをかぎつけられる。そうした技術こそ、これから必要になるものではないかという気がした。

車だけでは判断できなかったとしても、警察署長本人の外見を見れば、もう十分だった。職務上制服の必要な連中が、金とひきかえに内密に握手をかわす相手のギャングたちとおなじ服装をするのには、何かお定まりの心理作用でもあるのだろうか、とダニーロフは首を傾げた。レツォフが着ている西側仕立てのシングルのスーツは、ほぼ車にマッチした青色で、絹の光沢を放っていた。時計もバンドも金で、右の手首には釣り合いをとるように金のＩＤブレスレットがあった。指の関節まで届きそうな太い金の指輪からは、ダイヤモンドが灯台の光のように輝いている。豪華なオフィス――車とおなじ香りがした――にはもうひとりの男、ゲンナディー・アヴェリン少佐がいた。見るからに上役の複製のようだったが、光沢のあるスーツはグレイで、金のブレスレットははめていなかった。

どちらの男も服装におとらず洗練され、人当たりがよく、髪もよく整えられ、自分たちの居場所やその支配力への自信に満ちていた。芝居がかった握手がかわされ、レツォフは文字どおりダニーロフの手をとって、堂々たるデスクが占める役所然とした場所から本を並べたキャビネット近くの、ラウンジチェアと観葉植物が置かれた非公式な一角まで案内していった。ウォッカとシーヴァス・リーガルがすでに並べられていた。グラスはカットクリスタルだった。ダニーロフはこの茶番につきあってウォッカを選んだ。レツォフと少佐はウィスキーを手にした。

ダニーロフはすぐに切り出した。「何か進展は？」

「記録からわかったことがあります」とレツォフが告げた。「兵器の密輸商人です」

「どういった兵器の？」

「通常兵器です」アヴェリンが言う。「わたしたちが直接扱っている事件ではありませんでした」

「何か手は打ったのかね？」

「あなたを待っていました」

「第三十五工場から盗難の報告は？」

「ありません」レツォフがすかさず言った。

「第三十五工場と話はしたのか？」

「しかし、所長と話をしたのだろう？」

「電話です」とアヴェリン。「話は面会の件だけでした」

「なくなっているものがあるか、とは訊かなかったのか？」

「調べてみると言っていました。明日話があるでしょう」

怒りを抑えこむのはひと苦労だった。慇懃無礼といってもいいこの態度を前に、どう反応すればいいものか、ダニーロフには判断がつかなかった。「ここの施設からは、通常兵器の類がどれだけ消えているのかね？」

レツォフはあいまいな身振りをした。「前回に通報があったときのことは記憶にないですね。保安体制は万全です」

「ゴーリキーに、公認された組織犯罪のファミリーはいくつある？」

レツォフがまた肩をすくめた。「ファミリーとはいえません。結びつきのゆるいグループがひとつ二つあるだけです」

「ここの工場で起こった最後の盗難事件のほかに、組織犯罪グループについての情報が知りたい。とくに、モスクワのファミリーとのつながりが知られているグループだ。モスクワのほうでも現在、ここゴーリキーとの関連を調べさせている。そして何よりも――当然だが――アメリカとのつながりを知りたい……アメリカとの純粋な合弁企業とされているものもふくめて。ただちに着手してもらえるかね?」相手のわざとらしい慇懃さは消え、ダニーロフは腹立ちを抑えきれたのをありがたく思った。

「それはたいへんな仕事に――」レツォフが抗議しかけたが、ダニーロフが先んじた。

「そちらの署の負担が大きすぎるなら、モスクワ民警の連中を呼び寄せよう。今回は通常の地元の管轄権は適用されない。わたしが仕事をできる部屋を用意してもらえるかね、組織犯罪の資料をすぐに調べたい」

「ええ、もちろん」すっかりおとなしくなった地方警察の大佐が言った。

　ディミトリー・イヴァノヴィチ・ダニーロフは、ゴーリキーにおける組織犯罪の調査ファイルに目を通した。そして、かつては賄賂を受け取っていた刑事としての経験から、実際には記されていない裏の事実まで知ることができた。最も薄く内容の乏しいファイルは、ミハイル・シダクが率いるグループのもの、そして最も厚いファイル――最も積極的に調査されている――はアレクセイ・ゾーティンを頂点とするファミリーのものだった。すなわちこの二つがゴーリキー最大の勢力であり、しかも両者は勢力圏争いをくりひろげているということだ。十中八九レツォフは、シダクの敵を悩ませることで、あのかぐわしい匂いのBMWを手に入れたのだろう。グセイン・イサエフがひきいる第三拡張しようとしている事業なのだ。

すでに正体のわかっている通常兵器の商人、ヴィクトル・ニコラエヴィチ・ニコフの二度の裁判は、どちらも証拠不足で不首尾に終わっていた。ニコフはブル——ロシアの地下世界の隠語で殺し屋をさす——と称され、案の定アレクセイ・ゾーティンの旅団(ブリゲイド)、つまりファミリーに属していた。裁判はカラシニコフ・ライフルと対人地雷の密売に関わるものだった。検察側の主要な証人は通常兵器の工場である第二十工場の倉庫管理係で、ニコフに銃と地雷を売ったという宣誓済みの証言を撤回していた。弁護側の三人の証人は、ニコフは検察側がゴーリキーにいたと主張するその時刻に、自分たちと一緒にモスクワにいて、彼のガレージに置く輸入外国車を買いつけていたと証言した。モスクワの弁護側証人の名は、どれもダニーロフには心当たりのないものだった。しかしあの大都会にあるギャングの数を考えれば、驚くにはあたらない。彼の知る唯一(ゆいいつ)の名前——記憶に刻みつけられている——は、チェチェンとオスタンキノ・ファミリーのものだけだった。やつらの縄張り争いがきっかけで、ラリサは命を落とすことになった。一部の者たちは——多すぎる数の人間が——逃げのび、いまも生き長らえている。

「お話に出た、モスクワとのつながりらしきものもあります。うっかりしておりました」レツォフは言った。この地元の警察署長は、ダニーロフのためのオフィスが見つかるのに何日かかるかもしれないとわびながら、机と椅子、ファイルキャビネットを自分のスイートに運びこませ、たえずダニーロフにかいがいしく付き添い、フォルダーを選んだり差し出したりした。

「ここの兵器工場の大きさを考えれば、その方面の犯罪——武器の横流し——がこれほど少ないというのは驚きだ。なにしろいまは、冷戦の終わりとともに、たいへんな数がだぶついているからな」ダニーロフは言った。

「申しましたでしょう、保安体制は万全だと」レツォフが言う。「モスクワの指令ですから」

「ほかにも何かないのかね？」ダニーロフはさらに訊いた。レツォフたちの態度はともかく、資料を選び出す様子はやはり恩着せがましかった。すべて取り出すまでに小一時間かかった。

「ご要望にかなうのはこれだけです」アヴェリン少佐が言う。「ほかにお手伝いできることは？」

「ゾーティンが最大のファミリーなのだな？」

「これまでずいぶん締めつけてきました」とアヴェリン。

「彼らがニューヨークで起こった事件に関係していることを示す、情報提供者からの反ので。もう話は広まっているでしょう」

「ニコフと話をするべきでしょうな」まるで自分以外のだれにも出せなかった結論であるように、地元の警察署長が言った。

「まだこのファイルにあるとおり、ガレージを経営しているのだろうか？」ダニーロフは訊いた。ロシアのマフィアは西ヨーロッパで盗まれ、ポーランドを通して密輸入された車を商っている。

「最後に聞いたかぎりでは」アヴェリンが無頓着（むとんちゃく）に言う。

「二度も兵器密輸での起訴をまぬがれた男の所在を、まだチェックしていないのか？」ダニーロフは語気鋭く訊いた。

「居場所はわかっています」レツォフのわざとらしい態度は影をひそめつつあった。

「主な連中の居所はつねに把握しておりますから」

「ではニコフを引っぱって、どんな話が聞けるかたしかめるとしよう」

夕食の申し出は受けざるをえないだろうとダニーロフは判断し、三人がレツォフのかぐわしい車で向かった先で、警察署長の徹底した準備が——そして誤解が——あきらかになった。本物のフランス人のオーナーは、油を流したようになめらかな川面（かわも）を見晴らす店の入口でレツォフを迎えた。バーや外のラウンジから数人の女が誘うような笑みを向けていたが、ダニーロフの無関心がレツォフとアヴェリンに伝わり、ふたりが女を勧めなくなるまでには、長い時間がかかった。

ナツィオナーリ・ホテルに、ユーリー・パヴィンからの伝言が入っていた。何時でもかまわないので、ホテルにもどったら自宅に電話をかけてほしいとのことだった。パヴィンは最初のベルで出てきた。ヴィクトル・ニコラエヴィチ・ニコフの二度目の裁判で証言した弁護側証人のふたりが、モスクワの犯罪記録に載っていた。最大のマフィア組織、ドルゴプルドナヤの庇護(ひご)の下で活動しているファミリーのメンバーだという。三人目の証人は、ニコフのために証言したあとですぐ、チェチェン・ギャングとの抗争で射殺されていた。

「チェチェン・ギャングというのは？」

「あなたの関心をひく相手ではないです」この質問に慣れているパヴィンも、おなじように急いで答えた。「ニコフが鍵(かぎ)かもしれませんね？」

「まもなくわかるだろう」ダニーロフは言った。「やつを取り調べのために引っぱるつもりだ」彼の信心深い補佐役は、奇跡の存在を実際に信じているのだろう。ダニーロフにはそこまでの確信はなかった。

名で、内訳は通勤用水上飛行機のパイロット三名に、ふたりめのゴミ運搬船の船長、そして貸し切りヨットの艇長一名だった。ただしヨットの艇長が名乗り出たのは商売の宣伝のためと判断され――この男はのちにメディアとのインタビューで謝礼を要求した――証言は無視された。そして長い一日が終わるまでに残りの五名から引き出せたのは、有益というにはほど遠い一ページ分の証言だった。一致している点は、ミサイルを発射したクルーザーにはふたりの人間――ひとりは女の可能性がある――がいたこと。しかし国連事務局タワーの異変に目を奪われ、だれも実際の発射の瞬間や、ランチャーを抱えた者の姿は見ていない。クルーザーの色は、四人が青と白、ひとりが白一色だと主張していた。またふたりは青のキャンバスの日除けが最上船橋の上に立てられていたと言い、三人は最上船橋などまったくなかったと言う。船の造りについてはだれもわからず、おおよその全長も三十フィートから五十五フィートまでばらばらだった。前の週に盗難の報告があったクルーザー八隻のうち、おなじ一隻を選んだのはわずかふたり。パイロットのひとりはほとんど自信なさげに、三隻のうちのどれかだろうと言った。

事件からまる三日たったいまも、犯行声明を出すテロリスト集団は現われていなかった。ブラッドリーはペンシルヴェニア・アヴェニューに、既知のあらゆる集団のコンピューター分析と相互参照を――ミサイルや軍事技術上の知識に重点をおいて――おこなう特別なタスクフォースを設置したが、現時点で調査がすんでいるのは八つのグループと分離した四つの組織で、その範囲はクー・クラックス・クランからブラック・ブラザーフッドにまでおよんだ。とりわけイスラム原理主義グループはきびしく調査された。そしてカウリーの提案にしたがって、インターポールのファイルにあるすべての国際組織の情報を求め、さらに既知のイスラム原理主義勢力以外にまで範囲をひろげるために、イスラエルの情報機関モサドに要請してイラク、イラン、アルジェリア、スーダンの国家的テロ組織にまつわる情報を提供させた。またレナード・ロスの権限による要請を受け、三軍はそれぞれのファイルを調べ、兵器——とくにミサイル——の専門知識をもつ隊員で、最近除隊したか解雇された者たちのリストを洗いだしはじめた。

　ブラッドリーが言った。「このまま書類の山をいくら積み上げたって、なんにも出てきやしません。ただつぎの攻撃を待っているようなもんですよ」

「たしかにな」カウリーは認めた。つぎの標的になる可能性が最も高いのはワシントンだという評価を、FBI長官がもっと真剣に受けとめてくれればいいのだが。そのことをバート・ブラッドリーに伝えたのは、橋渡しのためだった。カウリーが正式に担当捜査官に任命されたことで、この男が憤(いきどお)りを覚えているのはまちがいない。だからこそカウリーは、自分の最初の評価のひとつをブラッドリーの考えであるかのように、警告に

「これまでのところ、こっちから提供できる材料についてはゼロだ」

ブラッドリーは腕時計を見た。「夕方のサービスタイムにはもう遅いですが、正規の料金を払ってもいいですよ」

向こうから言われなくてもそうしていただろう、とカウリーは思った。捜査を円滑に進めるために、橋渡しの努力はつづけていかなくては。

カウリーはちょうどコートを着ているところだったので、ブラッドリーが電話に出た。彼はすぐに叫んだ。「そのままにしろ！　何にも触るな！　こっちから科学者連中をやるまで、ロープを張って立入禁止にしておけ」彼は受話器を手にしたまま、カウリーのほうを見た。「ニューロシェル近くの川で火があがっているという報告があり、ハイウェイ・パトロールが今日の午後までかかって調べてたらしいんですが。盗まれた船の〈エシェヴォー〉が見つかりました」

「すごいわね！」エリザベス・ホリスが感嘆の声をあげた。

「外車だよ。ジャガーだ」息子は言った。「最低でも時速百二十マイルは出せる」

「まさかそんなスピードで運転してないだろうね？」母親はシートの上で体をぐるりと回し、息子を見た。

「当たり前じゃないか、母さん！　法律違反になっちまう」

「約束してくれる？」

「約束するよ」

「あんたがもしいなくなったら、あたしは生きていかれないよ、パトリック。父さんが死んでしまったいま、あんたがいつもそばにいて、面倒見てくれないと」

「そんな心配しなくていいさ。ずっと言ってるじゃないか」

エリザベスは革のシートをたたいた。「いい匂い！　新しい匂いね！」

「いいだろう？」

「あんたなら当然よ。あんなに一生懸命、銀行のために働いてるんだから」

「銀行がこれほど感謝してるってこと、だれにも言わないでほしいんだ」ホリスは言った。「人のねたみが怖いのは知ってるだろう」いまでもオルバニーへの通勤には、三年目のフォルクスワーゲンを使っていた。キャロルが——女の子のだれでも——このジャガーのことを知ったら、ドライブにつきあってくれるだろうか？

「あんたがどんなに重要な人間か、みんなに教えてやりたいわ」

「だめだよ、母さん。このままのほうがいい——銀行の言うとおりにしたほうが」

「こんなふうにドライブするのはいいわね」

クラレンス・スネリングが住んでいるトレーラーハウス・パークにきわめて近い場所にあった。

スネリングは言った。「やつらはなんの手も打とうとしていないんだ。自分たちが頼りきっているテクノロジーのこともわかっちゃいない」

「どうするつもりなの？」妻が訊いた。

「警察へ行く」

「警察に何ができるの？」

「銀行が恐れ入って、これまで以上の行動を起こすかもしれん」

6

ヘリコプターで現場へ向かうまでの時間、カウリーは絶対の権限と責任をもって指揮にあたる担当捜査官として、これまで各方面に指示してきた事柄をすべて再検討した。最初の日の非現実感はかけらもなく、いまは自信にあふれていた。

思い違いかもしれないが、地元の警察本部長と保安官、ハイウェイ・パトロールの本部長と代わるがわる話をしても、連邦の機関が介入してくることへのいつもの反感は感じられず、ワシントンから鑑識の科学者や技術者が到着するまでは——実際、移動にいちばん時間がかかる彼らには真っ先に通告した——封鎖区域にだれも立ち入らないようにしてほしいとカウリーが主張したときも、その印象は変わらなかった。それでも、警察本部長からの鑑識車両と通信車両の申し出は受け入れたし、ニューロシェルのはずれにあるスポーツ公園は海岸にもかなり近く、ヘリコプターの着陸には最適だろうという提案も聞き入れた。しばらく報道管制を敷いてほしいと要請しても反論は出なかったが、警察本部長のスティーヴン・バーによると、たくさんの機関がからんでいるのでもう遅

「〈エシェヴォー〉は、盗難の報告があったクルーザー八隻のうちの一隻でした」カウリーの隣から、ブラッドリーが言った。「もしこれが問題のボートでないとしたら？——面白半分で船を盗んだ連中が、乗りまわすのにあきて燃やしたってことでしょうか？」

「中途半端(はんぱ)にすますよりは、やりすぎるほうがいい」カウリーは言った。「そういう連中はだいたい、ただ乗り捨てるだけだ」

ブラッドリーは納得してうなずいた。「だとすると、鑑識に見つけられるものがどれだけ残ってますかね？」

「きみの信じる神様に祈ってくれ」そう言ったカウリーには、信じている神はいなかった。

すでに配置についた通信用ヴァンから、スティーヴン・バーのひずんだ声がヘッドセットにひびき、あなたがたをスポーツ公園からボートのある現場まで送り届けますと伝えてきた。そのあとでテリー・オスナンの声が聞こえた。オルバニー支局の特別捜査官であるオスナンは、実際にこの地域の担当で、車でニューロシェルに到着していた。自分は何をしましょう、と彼はたずねてきた。カウリーはくりかえし言った。クルーザー周辺のタイヤ跡か足跡か、〝そこにあるかもしれないあらゆるもの〟を鑑識が調べおわるまで、だれもクルーザーに近寄らせないようにしてほしい。「現場を汚すのは絶対になしだ。残っているものはなんであろうと、すべて鑑識にまわす」

「了解」オスナンが南部訛りで答えた。

「車でこっちに向かっているうちの連中は、あとどのくらいだ？」

「五、六人でしょう。それから船の持ち主もノーウォークからやってくる途中だと聞いてます。ボンウィットという弁護士です。ハリー・ボンウィット。保険の損害査定人も連れてくるそうです」

「だれが知らせた？」カウリーの手もとにある情報によると、〈エシェヴォー〉は五十二フィートのシーレイで、ボンウィットが日帰りのセーリングからもどってきたあとの日曜日の夜、ノーウォーク入江で最大規模のマリーナから消えたとのことだった。

「マリーナの連中じゃないでしょうか。あそこでボートの名前をチェックしましたから」

「ボンウィットがわたしより先に着いたら、ボートはＦＢＩの証拠品として押収されていると言うんだ。ほかのだれともおなじ原則でいく。決して近づかせるな」

「だいじょうぶですよ」会話を傍受していたパイロットが口をはさんだ。「そちらまで、あと五分で着きます」

いたヘリコプターが一機あり、眠っている昆虫のように、すでにローターを垂れていた。多数の車と三台のヴァン——ほとんど警察車両のマーク入り——がすばらしく整然と周辺に駐められている。カウリーたちが降下しはじめたとき、ワシントンから向かってくるヘリコプターのパイロットから送信が入り、あと十分ほどで着陸できると伝えてきた。さらに新しい声がひびき、くれぐれも現場には足を踏み入れないようにと言いたてた。そうよくわかっている、百マイル以内にいる全員もそのはずだ、とカウリーは答えた。そう願いますよ、と無線の声は言った。

地元警察のお偉方三人が、マークのない、しかしアンテナの林立する通信用ヴァンの前で待ちうけていた。全員が制服姿だった。スティーヴン・バーは長身で眼鏡をかけ、ゆったりしたニューイングランド訛りで話した。保安官のジョン・シャープはきわめて対照的に、小柄で肥満の気味があり、ベルトが垂れ下がっていた。ハイウェイ・パトロール本部長のアラン・ペトリッチもやはり体重超過で、あきらかに喘息もちらしく、スポーツジャケット姿の骨ばった顔立ちのオスナンが全員を紹介する間じゅう、ぜいぜい喉を鳴らしていた。

三人の男に向かって、カウリーは言った。「これまでのご尽力に感謝します」

「何か出てくることを願いましょう」バーが平板な口調で言った。「悪党どもがまたニューヨークを攻撃し、今度はこいつが出てきた――風向きさえよければ――いい方向へ進んでいけるかもしれません」

「あなたは事務総長と一緒に、あのビルに入った人でしょう?」シャープが感服したように言った。「どんな様子でした?」

メディアへのリークがあったとすれば、だれの仕業かはあきらかだ、とカウリーは思った。「ひどいものでした。ボートが発見されてから、現場を歩きまわったのは何人でしょう?」

「うちの巡査、ウェイン・ミッチェルだけです」ペトリッチが言った。

「ほかにはだれも?」

「ええ」

「第一発見者は?」ブラッドリーが訊く。

「発見されたのではありません」ハイウェイ・パトロール本部長が喉を鳴らしながら言う。「通報です。女性の声で、ぱっと火が上がるのを見たという電話があり、ずいぶん大ざっぱな場所を知らせてきました。われわれが探し出すのに手間取ったのは、そのせいです」

「電話してきた女性の名は?」

「ここいらの森には、そういうことが多くてね」とシャープ。

「電話番号のチェックはしているのですか！」

「いまやっています」ペトリッチが言う。

「通報は録音されていますか？」

ペトリッチはカセットテープを載せた手を差し出した。「問題の通報者と通信指令係との会話がすべて入ってます」そして笑った。

「オリジナルですか？」

「ほかの通報は不要だと思ったもので」

「コピーは連邦法廷では証拠にならないんです！」カウリーの身内に怒りが燃えたぎった。声を平静に保とうとする。「オリジナルが必要だ。すぐ手配できますか？上にかぶせて録音されたくない」隣のブラッドリーが視線を投げたが、カウリーは応じなかった。

ハイウェイ・パトロールの本部長が通信用ヴァンのなかに消えると、カウリーはオスナンに通信および証拠品の担当官を務めるよう指示し、コピーのカセットを彼に手渡した。会話の最後のほうは、ワシントンから来たヘリコプター――前部と後部にローターのある巨大なチヌーク――の降下音にかき消された。重い荷物を抱えた科学者や技術者が軍隊なみの統制ぶりで列をなして降りてきた。先頭に立っているのはがっしりした長身の黒人で、ぶしつけにカウリーの名前を訊いたあと、自分はジェファーソン・ジョーンズだと名乗り、現場がすべてそのまま保存されていることをキリストに祈ると言った。カウリーは、もしこの男が鑑識用カバーオールの予備を持ってきてくれていれば、例の防護服を着て国連ビルに入ったときほどきゅうくつな思いをしなくてすむだろう、と思った。

ワシントンのグループの大半は、徴発されたバス――いつのまにか司令車両のほうへ近づいてきていた――におさまった。カウリーはジョーンズ、ブラッドリー、三人の地元警官とともに予備の車両に乗りこみ、マークのついたパトカーや覆面パトカーに代わるがわる随行されて進んだ。スポーツ公園の照明の外に出ると、にわかに周囲が暗くなり、沿道に民家の明かりがぽつりぽつりと見えるだけになった。そこそこ高級な住宅地なのだろう、とカウリーは思った。ジョーンズが言った。ボートのすぐ周囲の一帯とボート自体に残っているものにはできるかぎり詳細な調査をおこなうつもりだが、翌日にはたぶんタルへのスカイクレーンを使って残骸(ざんがい)をワシントンに持ち帰り、研究室ではぎとって調べることになるだろう。

「実際、どのくらい残ってますかね?」ジョーンズが訊いた。

「じゃあ、われわれの出番だな」ジョーンズがにやりと笑った。「まあ実際、われわれにどれだけのものが回収できるかを悪者どもが知ったら、犯罪は起こらない——しまいにはつかまるとわかるでしょうからね」

この黒人は、FBIの訓練ビデオのごたくを真に受けるには年をとりすぎているように見えるが、とカウリーは思った。家の明かりがすべて後ろに飛び過ぎていく。間隔の広くなった街灯や激しい揺れから見て、車は荒れた間道に入ったのだろう。スティーヴン・バーは現在位置を把握しているらしく、あと二マイルほどで着きますと予告した。そのとたんに最初の封鎖場所に出くわした。ハイウェイ・パトロールと地元警察が協力して人員を配置しており、そこで車を停め、スパイクでタイヤをパンクさせるためのマットがどかされるあいだ待たされた。カウリーは感心した。さらに二つの封鎖場所を通過した——例のマットはなかったが——あとで、明るさが増しているのに気づきはじめた。その一瞬、恐怖とともに彼の脳裏に浮かんだのは、クルーザーがふたたび炎に包まれたのではないかという思いだった。

バーが言った。「手に入るだけの投光照明をかき集めました——わが署とハイウェイ・パトロール、それに消防署のものも——それぞれに発電機のトラックがついています」

カウリーは口を開こうとしたが、先にジョーンズが言った。「いや、じつにすばらしい仕事ぶりだ。地元の警察がみんなこれほど優秀なら、われわれも家で妻や家族と過ごせる時間が増えるだろうに」

車から降り立ったとき、道路の幅が狭まって踏み分け道程度のものになり、発電機のトラックの列が到着する車両の行く手を完全にふさいでいるのに気づいた。左のほうの木のまばらな森が人工の光に白く照らされ、その右側の道の端から犯罪現場を区切る黄色のテープが伸びていた。光の条は燃えたクルーザーのある方向を示していたが、ボートそのものや川を見ることは不可能だった。そちらへ通じる道もなかったが、もと来た方向へ二十ヤードほど引き返したあたりに道幅の広がった場所があり、すでに数台のヴァンと別の通信用ヴァン一台が停まっていた。そしてもう一台がハイウェイ・パトロールの、ウェイン・ミッチェルの車だった。ミッチェルは若々しい顔をした金髪の警官で、せいぜい二十五歳というところだろう、とカウリーはふんだ。近づいていくと、彼は本部長に敬礼をした。カウリーが先頭にいたが、最初に言葉をかけたのはまたしてもジョーンズだった。「現場にあるもののことを話してもらえるかい？」

「ボートの上の部分はほとんどなくなっていて、ほんのすこしの残骸と、デッキの手すりの一部があるだけです」ミッチェルは言った。「船体のなかも水がいっぱいで、穴があいていると思うんですが、どこにあるかは見えませんでした。船の名前を見たとき、いた。

「そうではありません。電話の通報によると、火は川沿いの、ボートのたくさんある大きな入江のほうへ一マイルほど下ったあたりに見えたとのことでした。それでその場所から調べはじめましたが、何も見つからず、川岸に沿って歩いていると、例のボートに行き当たったんです。川の流れのなかにはありませんでした。ずっと前にだれかが、ボートを置いておくための場所を――水路のようなものを――掘っていたようでした。あったのはそこです――わざわざ川から引っぱり出して、その場所に残していったみたいに」

「そのあと、こっちに向かって歩いてきたのかね？」ジョーンズが光に照らされたあたりを指して訊いた。

「いいえ」とミッチェル。「この道路のほうを示す目印を決めてから――あそこにある三本の、ほかのより高い木です――川沿いに自分の車まで歩いてもどりました。それからここまで運転してきたんです」

「ここに着いたあとで、また確認にいったかね？」

「一度だけ。まっすぐ入って、まっすぐ出てきました」

「足の下の地面はどうだった？」

「やわらかい状態でした。わたしのつけた足跡を見せられるでしょう」

「そいつはありがたい」ジョーンズはにっこり笑った。

「川の土手や水路そのものの状態は？」カウリーが訊く。

「ぬかるんでました」

「しかしその川は、長さ五十二フィートの船が通れるのか？」とブラッドリー。「相当でかい船だが」

「むずかしいでしょうね」若い警官は言った。「時間をかけて見てはいませんし、川底についた跡は流れで消されてしまったでしょうが、底はたしかに見えてました。それに水の届かない土手の、船体が当たったらしいところには、ひっかいたような跡がたくさんありました」

ジョーンズはまた明かりのほうに目をやった。「どうかね、そのろくでもない代物を、この森の奥から運び出す方法はあるだろうか？」

「ボートのある水路の近くに、すこし開けた場所があります」ミッチェルが言う。

「水の外に出して、初期の調査ができる程度か？」

「たぶんできるでしょう」

鑑識のリーダーはスティーヴン・バーのほうを向いた。「あの庭仕事に使う小型のト日にかけて調べる。そのあと川がどんな状態かに応じて、ヘリコプターが降りられるほど硬い地面のあるところまで運べるかどうかやってみる」

「わたしの家の裏庭にあります」保安官のシャープが自慢げに言った。「喜んで提供しますよ」

「じゃあ、仕事にかかろう」自分の背後に並んでいた科学者チームに向かって、ジョーンズがうながした。

ジョーンズはプラスチック製の抗汚染用カバーオールの予備をたしかに持っていて、それをカウリーに渡すと、合図があるまで森には入らないよう指示した。ブラッドリーはほぼおなじ体格をした別の科学者から服を借りた。技術チームは防護服を身につけ、ヘリコプターから降りてきたときとおなじ軍隊ばりの正確さで動きだした。ウェイン・ミッチェルが道筋を教えるために、森の縁まで同行していった。チームの一員である別の黒人が、ミッチェルの足跡と彼の片足の型を石膏でとった。カウリーはそうした仕事ぶりを見ながら、あの連中は完全なプロの集団なのだろうと思った。私語もほとんどなく、ジェファーソン・ジョーンズの指示がなくても、全員がやるべきことを心得ているようだった。チームはさらに三人ずつの班に分かれ、それぞれテープで仕切られた持ち場につきゴムでくるまれた棒を使って、森の地面に堆積した土や植物をかきまわしたり持ち上げたりしていった。さらに二つの足跡の型がとられた。その形状からして、やはりハイウェイ・パトロールの警官のものだろう。チーム本体の後ろでは、スチールカメラとテレビカメラがひとつずつ、つねに記録をつづけていた。

道幅の広がった場所に駐まっているトラックのなかには、休憩用トラックもあった――カウリーはあらためて感心したものの、コーヒーの味はいただけなかった。それでちょうど通信用ヴァンから名指しで呼び出されたのをしおに、ありがたい気分でカップを捨てた。オスナンがスポーツ公園にあるFBIの通信用ヴァンから、ハリー・ボンウィットが海上保険の損害査定人を連れて到着したと伝えてきた。ボンウィットは〈エシエヴォー〉の船体が連邦の証拠物件であることの合法性を認めようとせず、現場まで自分の所有物を調べにいくと主張しているという。

「本人を出してくれ」カウリーはため息をついた。

「こちらの言い分をお聞きになったと思うが」耳障りな声が、あいさつもなしに切り出した。

「わたしのほうの言い分も聞いていただければと思います、ミスター・ボンウィット」このやりとりが録音されていることを意識し、カウリーは丁重に言った。「FBI捜査官であるわたしの権限において、この一帯は封鎖されています。またおなじ権限によっあとになりますが、最短でもあと二十四時間で終わることはないでしょう。もっと長引くと思われます。もしも望ましからぬ事態になった場合、あなたはＦＢＩの捜査を故意に妨害したかどで逮捕されます。適用される法規をお知りになりたければ、喜んでお教えいたしましょう。ご了承いただけましたか、ボンウィットさん？」

沈黙が流れ、ときおり雑音だけがひびいた。ようやく相手の男が震え声で言った。

「人身保護令状についてご存じか？」

「よく存じています」カウリーは答えた。「しかしあなたを逮捕したり、あなたがそうしたものを持ち出すような事態になるのは、こちらの本意ではありません。そんな理由はどこにもない。あなたの船に関してはたいへんお気の毒だと思いますし、わたしも決して無理強いしようとしているわけではありません。それどころか、ご協力をお願いしているのです。あなたの船は調査のあらゆる段階において、元の状態で写真に撮られるでしょう。可能になりしだい、その写真をあなたと保険の損害査定人にお渡しできるよう手配します」

「訴えてやる」法律家が脅迫した。「あんた個人を訴えてやるぞ。それから長官も。ＦＢＩも。個人財産の不法占有で」

「どうやら、これ以上お話しすることで、あなたの行動やわたしの立場を危険にさらす必要はありませんね？」とカウリーは言い、接続を切るスイッチを押した。

そしてほとんど間をおかずにかけなおすと、テリー・オスナンが応答した。

オスナンは言った。「えらい剣幕で出ていきましたよ。そちらの現場に行こうとしてるんじゃないでしょうか」

「うちの連中がそこにいるか？」

「三人ほど」

「あの男のあとを追わせてくれ。最初の封鎖場所で止められるだろう。そこで逮捕する」

「なんの罪で？」

「連邦捜査に対する意図的な妨害だ」

カウリーが休憩用トラックにもどったとき、ちょうどプラスチックの服を着たバート・ブラッドリーが、見えない船へ向かうために森のなかへ入っていくところが目に入った。アーク灯もいくつか、森の奥のほうへ移されていた。

「現場に近づく許可が出てます。アランとわたしも一緒でもかまいませんか？」

「ジョーンズがそう言っているのであれば。でもその前にひとつお願いしたいことがあります。最初の封鎖場所にいるあなたの部下に連絡してください。船の持ち主がおそらくそちらへ向かっている、ＦＢＩの人間が追いついて逮捕するまでその男を通さないよらかい地面が足の下に吸いつくのを感じながら、カウリーはハイウェイ・パトロール本部長と肩を並べて歩いていった。「ミッチェル巡査はうまくやってくれました。局から褒賞があるでしょう」

「本署のほうもうまくやればよかったのですが」ペトリッチがわびた。「まだはっきりしたことは言えませんが、オリジナルのテープはもう上から録音されてしまったのではないかと思います」

「いつわかりますか？」

「二、三時間以内には」

川に近づくにつれて森の地面は下がり、傾斜した土手につながっていた。ミッチェルが水路と呼んだものは、実際に船の形をした、ずっと以前に掘られて打ち棄てられていたものだった。〈エシェヴォー〉の燃えた船体は、そのなかにすっぽりおさまっていた。残った部分はほぼ完全に水没し、火勢にねじくれた船首と左舷側の手すり、操縦室の一部だけが水面の上に突き出している。黒焦げになった大量の残骸がその下に崩れ落ちていたが、最上船橋があったとまでは思えない。もっとも実際のシーレイがどんな形状なのか、カウリーは知らなかった。鑑識の技術者たちがすでに水に入り、太綱を取り付けていた。その扱い勝手のよさを見ると、こうした目的のために特注されたものなのだろう。ふたりは川の流れのなかに立っていた。水面がその腿までしかないのを見て、クルーザーをもっと水の深い場所まで運んでいくのはむずかしいだろう、とカウリーは思った。カメラマンふたりも水中にいて、写真を撮っている。ほかの全員はただ突っ立ったまま、船が水から引き上げられるのを待っていた。船体を受けるために、金属の網のマットが地面にひろげてあった。

カウリーとハイウェイ・パトロール本部長が森の縁に達するころ、ジェファーソン・ジョーンズがふたりを見るなり手を上げて制し、バート・ブラッドリーと一緒にこちらへ歩いてきた。

科学者はペトリッチに言った。「ここはだいじょうぶですが、防護服を着ていない人には近づいてほしくありません、よろしいですかな?」

「わかりました」

「まあたぶん、無用な警戒でしょうがね」ジョーンズがカウリーに向かって言い足した。「で、何が見つかったと思います? 犯人どもは、ずらかるときにレーキをかけていったんでしょう。まるっきり何ひとつ残しちゃあいない! たぶん船内もなんにも残ってません」

「それに、川を見てください」ブラッドリーがうながす。「あれだけの大きさの船をこ

「まちがいなく連中は、自分たちが何をやってるか承知していた」ジョーンズが言う。

「これだけやわらかい地面になんの跡も残さないなんて不可能だと言いたいところですが、実際にやってのけてる。もしつかまえたら、いったいどうやったんだと個人的に訊きたいところですよ。まちがいなくジャングル訓練を積んだ連中です」

「どうやって船体を沈めたんだろう？」

「見たかぎりじゃ、まだ水のなかにあるうちに、船首に二回穴をあけてます」とジョーンズ。「あの太綱をくくりつけるときは、引っぱってるうちに船体がばらばらにならないように気をつけなきゃならんでしょう」

近づいてきた音に、全員が振り返った。シャープ保安官が自分の庭仕事用のトラクターに乗り、満面の笑みで公式カメラマンのフラッシュを浴びながら、木のあいだを抜けてくる。「ガソリンは満タン、いつでも行けますよ」彼は告げた。

こちらの方向からは、道路が森に突き当たって消えるあたりの様子がよく見てとれた。スティーヴン・バーが合図をしているが、何を叫んでいるのかはわからなかった。バーがこちらに向ってきはじめると、カウリーも彼のほうへ近づいていった。歩きながら、頭のなかで自分の手中にある材料の評価をしようとしたが、むしろないもののほうが気がかりだった。たとえハイウェイ・パトロールのコピーしたテープが法廷で使えず、オリジナルが消えていたとしても、実際に通報があったのなら、声紋を採ることは可能だろう。その通報者が事件に関与している女であって、夫を裏切っている妻などでないとすれば。これまで鑑識の証拠が一片たりと見つかっていないのは、おそろしい失望だった。ジェファーソン・ジョーンズの言うとおりだ。犯人グループは自分たちのやっていることを、その方法や場所を正確に心得ている。船を燃やすのにどの場所を選ぶかも、痕跡を消すのにレーキが必要であることも。まちがいなくジャングル訓練を積んだ連中です。彼の言葉がカウリーの脳裏にこだました。もし……

不意にあることに気づき、呆然と足を止め、振り返った。ブラッドリーと制服姿の保安官、ハイウェイ・パトロール本部長の姿が見えるだけで、ほかの全員は船のある斜面の下に隠れていた。トラクターのエンジンをふかす音がとどろき、カウリーは叫んだ。

「やめろ！　止まれ！　止まるんだ！」だが加速するエンジンの轟音にまぎれ、その声は届かなかった。カウリーは駆けもどろうとしたが、そのとき耳を聾する爆発音がとどろき、三人の男が文字どおり地面から浮きあがった。ほかの者たちのばらばらになった体の一部が——ちぎれた首もたしかに見えた——宙を舞ったかと思うと、目に見えないすさまじい力がカウリーの足を止めた。その勢いに体から空気がたたきだされ、息をつぐこともできなくなった。そして自分の体も足もとから持ち上げられるのを感じ、ぐるゴーリキーの郊外を抜けて車で北へ向かうあいだ、ディミトリー・ダニーロフは、飛行機から見たときの印象が地上でも変わらないことに気づいた。その軍事工場は、全体として有機的連関をもつよう入念に設計された一区画にあり、ひとつひとつの工場が境界線のフェンスと柵のある進入路——ときおり見張り塔も聳えていた——で隔てられていた。

そうした点のほかにも、いくつか思いあたる点があった。車で通り抜けてきたタイガは、これだけ近くてもやはり緑色ではなく黒に見えること、あるいは自分に対する扱いが百八十度変わったこと。到着時にはまるでそっけなく無視されたというのに、いまは起きている間じゅうオレグ・レツォフかゲンナディー・アヴェリンか、あるいはその両方が片時もそばを離れようとしない。けさの朝食時も、隣のテーブルに私服の男ふたりがいたが、こちらが面食らうほどあからさまだった。彼が食事用のナイフをポケットにすべりこませ、そのあとフロントで封筒をもらったことも、すでに報告されているのだろうか。

ダニーロフがもうひとつ察していた別の事柄を裏づけるように、レツォフがフェンスと塔に守られた進入路を示して言った。「おわかりでしょう、保安体制についてはわた

し の申しあげたとおりだと。この工場に不要なものは何もありません」

「なるほど」ダニーロフは答えた。

「公式には、ということです」警察署長がこわばった顔で言う。

「街のうわさがもう耳に入ってきています」アヴェリンが上司に助け舟を出そうとした。

「ギャングどもが心配してるようですよ。われわれがどうして急に、連中のことに興味をもつようになったのかと」

その無用でばかげた論評に、ダニーロフはあえて言い返そうとせず、これまで興味をもたなかったのはどうしてなのかとたずねもしなかった。「ヴィクトル・ニコフについては？」

「それが、ひどく妙なのです」少佐が言った。「自宅にも、ガレージにも姿が見えない。ここ数日間、行方不明になっているようです」

「なぜだと思う？」ダニーロフは訊いた。モスクワのパヴィンがつきとめた、ニコフの弁護側証人の件については何も言わずに。

「なぜでしょうね」レツォフが肩をすくめる。

「われわれでその答えを見つけなくては。ほかのあらゆる疑問の答えも」

全体を見渡したダニーロフ独自の見解にしたがえば、第三十五工場は散在する軍事施あった。

第三十五工場の所長、セルゲイ・アレクサンドロヴィチ・イワノフは、顔じゅうひげだらけで髪は薄く、学者らしい気もそぞろな態度とモンゴル人レスラーなみの体躯の持ち主だった。ほかのあらゆる部屋と同様――一部は空き部屋で照明がなく、それ以外もほとんど白衣や防護服姿の職員が占めているものの、一様に活気がない――このオフィスも箱そのものだった。イワノフの白衣は新しいしみこそなかったが、着古したせいで汚れが染みついていた。部屋はひどく手狭で、アヴェリンは立ったままでいるしかなかった。この訪問のための準備がおこなわれた様子はなく、見たところ七十をゆうに超えていそうなこの科学者は、ほんとうに忘れていたのだろうと思えた。ダニーロフは言った。「ニューヨークの事件のことはご存じだろうか?」

短くためらったあとで、ひげ面の男は言った。「ええ、もちろん」

ダニーロフはFBIから送られたミサイルの写真を見せた。「これに見覚えは?」

イワノフは眉根を寄せた。今度のためらいはさらに長かったが、やがて思い出にふけるように言った。「ずいぶん昔のものです。忘れかけていました」

「しかし、ここで製造されたものなのだろう!」相手の懐かしげな様子に、ダニーロフは苛立った。

「わたしの赴任前のことです」たちまち身構えた態度になる。「おかしなアイデアでした、合成物のミサイルを造るなどというのは。運搬のためのロケットも設計せずに。しかし六〇年代にはだれもが、何もかもが偏執的でした。全員の指が赤いボタンにかけられ、だれも中央の方針以外のことは頭になかった」イワノフはふたりの警官を見て眉をひそめ、ダニーロフは決して消えることのない共産主義の遺産――内通者と煽動者を恐れてやまない――を見てとった。

「そんなに古いものだと？」ダニーロフが訊いた。

「プロトタイプは一九六一年にここで開発されたものです。わたしが一九七五年に着任したとき、自分で開発を中止させました。ばかげた話です。専用の運搬システムもなしに、ちゃんと機能するはずがない」

「このような弾頭はいくつ製造されたのだろうか？」

イワノフは肩をすくめてみせた。「旧ソ連全体を考えれば、正確な数は知りようがありません」

ダニーロフは失望して言った。「ここだけで造られていたわけではないと？」

「当然ですよ」ナイーブな質問だといわんばかりに、イワノフは答えた。「いまでは想像しがたいでしょうが、当時は科学的にも弾道学的にもその程度だった。こういうものために使われることになったのです。これがまともに飛行しないことも、フルシチョフがキューバに配備したミサイルがフロリダに到達するための誘導システムを備えていないことも、まったく二の次だった。中央から製造のお達しがあり、その命令どおり造られたのです、数百の単位で――」

「数百だって！」ダニーロフは思わず口をはさんだ。彼は胃が沈みこむような絶望感にかられた。

イワノフがまたむだに肩をすくめた。「最低でです。プロトタイプはここで造られ、まったく役立たずだとわかった。しかしあの当時にそれが問題になったでしょうか？ モスクワもばかではなかった。彼らは備蓄を要求し、ノルマを課した――当初はわれわれも達成できていたが、そのうち維持できなくなり、製造の規模が拡張されました」

「どこへ？」レツォフが口をはさんだ。

イワノフの肩がまた上がっては下がった。この責任逃れの身振りは、この男の癖になってしまっているのだろう。「モスクワでしょうね。二つの工場はたしかに、当時のレニングラードの郊外にありました。それに、当時ソヴィエト連邦に加盟していた各共和国です。キエフはまちがいない。ウクライナは、西側にきわめて近いという地理的条件から、大量の兵器が――核もふくめて――集中していました」

「この数字は？」ダニーロフは、それぞれの弾頭のキャニスターの側面に記された文字を強調している写真を見せた。「何を意味しているのだろう？」

「在庫表示ですね」

「つまり、製造工場を示している？」ここのものだと認めたのかと思い、ダニーロフは訊いた。

「いいえ。これはモスクワから発行されたものです。われわれのではなく、モスクワの記録のために。どっちの数字の列にもゼロがある。これはモスクワのです」

「緊急用の電話番号は？」

「七桁の数字でしょう。やはりモスクワです」

「一九九三年に条約が締結されている。すべて廃棄しなければならないという内容の」

ダニーロフが指摘した。

「こういうものは流し台に置いて、水でざっと流してしまえるわけではない。処分はたしかにはじめられています」

「この弾頭は機能しなかった、しかも四十年も前に開発されたものだというのに！」

「機能しないからこそ、ほとんど重要でないとみなされたのです。われわれはいまもモスクワの指示で動いている。省の方針にしたがって」

驚かされた。例の危機管理会議に出席した面々のうち何人が——とくに国防省のセルゲイ・グロモフは——この計画の規模やモスクワの統制を知っていたのか？「この工場には、いくつ残っている？」

イワノフは机の引き出しを手探りした。たちまちあふれだした書類の山を、当たり籤でも引こうというようにひっかきまわす。ようやく勝ち誇ったように三穴のバインダーを取り出したが、ページを繰って必要な箇所を探すのにさらに何分かかかった。また勝ち誇ったように言った。「五十六です！」

「数えられたのは、いつだろう？」

ふたたび肩をすくめる。「日付はありません。言ったとおり、ずっと昔に終わった計画なので」

「では、古い数なのだね？」

「ええ」

「われわれが今日ここに来る前に、確認をおこなってもいないと？」

「はい」

「すると、ひとつぐらい——あるいはそれ以上——消えていても、わからないだろうね？」

「ええ。しかし、そのようなことはありえないと思いますが」

「見せてもらえるだろうか？」

「なんだって！」

それは所長ではなく、レツォフの口から出た言葉だった。ダニーロフは答えなかった。かわりにイワノフに向かってくりかえした。「見せてもらえるかね？　保管されている状態では、不活性――無害――なのだろう？」

「ええ、まあ」イワノフがあいまいに言った。

「見せてもらえるね？」年輩の所長がどちらの質問に答えたのかよくわからず、ダニーロフはさらに訊いた。

「かまわないと思いますが」やはりおぼつかなげに、相手は言った。

「では行こう。いますぐに」ダニーロフは立ちあがった。朝食のナイフを使うアイデアを実行するつもりだったが、ふと別の考えが浮かび、待とうと決めた。三人の男がためらいがちにあとにつづく。来たときの廊下とは違う別の廊下を、四人は歩いていった。オフィスのなかでは、防護服とヘルメットを着けた科学者数人が密閉された部屋に向かって立ち、その仕切りと一体化した袖と手袋に両手を差し入れて作業をしていた。ダニーロフは言った。「廃棄のプロセスは？」

いのですから」

すると一九九三年の協定はただ反故にされるどころか、明確に無視されているのだ、ダニーロフはさとった。エレベーターの表示ランプが点滅しながら、地下四階まで下りていくのを見つめた。それまでの三つのフロアを通過するのに要した時間から計算すると、少なくとも半マイルは地下に潜ったことになる。いったい何百の——何千の——細菌兵器がここの上と下には蓄えられているのだろう？　表示パネルによれば地下五階と六階もあったエレベーターに乗るときにセキュリティ・チェックはなく——イワノフは電子キーすら使わなかった——降りた階でもおなじだった。その地下のフロアは、ひたすらだだっ広く掘られた洞窟のような場所で、中央の通路が見えない向こう端にある矢じりのような形の点に向かって消えていた。そちらをめざして少なくとも五分は歩き、数字の記されたドアの前に着いたときも、やはり端は見えなかった。第三十五工場の地下の生物・化学兵器施設は、地上の建物の少なくとも三倍の大きさにひろがっているのだろう、とダニーロフは思った。イワノフのあとからその部屋に入ると、また反対側の壁は見えず、彼はその大きさを五倍に訂正した。

なかには、床から天井まで延びる簡素な金属のフレームが何列もつづき、双頭の弾頭がひとつずつ固定された専用の容器におさめられ、一メートルほどの間隔で並んでいた。

一列あたりの弾頭の数と列の数を掛け合わせなくても、この保管室ひとつだけで、さっきイワノフから聞いた数の少なくとも四倍はあることがわかった。

当人もそのことを意識していたらしく――一見ほんとうに困惑している様子だった――ひげ面の巨漢は言った。「われわれの記録がまちがっていたにちがいない。正確にやるのはいつでもむずかしいものです、ノルマを維持するのは」

たしかにそうだ、とダニーロフは思った。しかしこうした虚偽の報告は、上からの要求を満たしていると見せるために、製造の数字を多めに言うのがふつうだ。低く言うことなどありえない。新たにわきおこった苛立ちは、たちまち怒りの波に洗い流された。一方で地元の民警から阿呆扱いされ、また一方でノルマ達成と責任回避に明け暮れる官僚主義の混沌に直面させられるとは。だがやはり即座に、彼は怒りを抑えこんだ。どちらも打ち破る方法がまだあるはずだ。国連ビルに撃ちこまれた弾頭がここから消えたものであることを証明する方法が。

彼の前に整然と並んだ製品すべてに、アメリカの写真のものに似たステンシルの文字が刷りこまれ、同様なバッチ番号もあった。ひとつずつ見ていったが、写真と一致するものはなかった。それでも第三十五工場を示す表示は、同一のステンシルのように見えた。一九七五年以降の日付のものはない。ダニーロフはゆっくりとラックのあいだの通ていなかった。ダニーロフは訊いた。「なぜ分けられている？」

「中身が詰まっていないからです」イワノフが言った。「だから日付もありません。これはわたしがこの工場に来て、計画を中止したことを示す目印です」

「けっこう！」ダニーロフはぶっきらぼうに言った。「大統領権限によって、いまからこの一基を押収する。フレームから外して、わたしが持っていけるようにしてもらいたい」

「何を……？」レツォフの声はあとを曳いて消えた。「わたしは――」

「比較のための証拠だ」ダニーロフはほかの三人を見もしなかった。まっすぐ文字の記されたキャニスターのほうへもどり、ポケットから封筒を、また別のポケットからテーブルナイフを出した。どちらも今朝ホテルから持ってきたものだった。

「今度は何をしようというんです？」レツォフの苛立った声をよそに、ダニーロフは弾頭の側面から文字と数字の塗料、さらに下塗りの塗料を注意深く掻き取り、封筒におさめていった。

「鑑識にまわす」ダニーロフは短く言った。

「なんのために？」とレツォフ。

「証拠物件としてだ」ダニーロフは答えたが、注意はこの施設の所長に向けたままだった。「物品の紛失もしくは盗難を、だれに報告するね？」

「そんなことは起こっていません」イワノフが言う。

「いま起こっただろう」とダニーロフ。

「ああ。たしかにそのようだ。モスクワですね。報告しなければ。あなたがそうなのかと思っていました、国防省か科学省の人間だと」

「今回のあなたの捜査は、うらやましいとは思えませんね」ゴーリキーの市街にもどる車のなかで、レツォフは言った。「わたしならごめんだ」

　キャンバスでくるんだミサイルを小脇(こわき)に抱えたまま、ダニーロフがナツィオナーリ・ホテルに入っていったとき、不安げな声のユーリー・パヴィンから三度目の電話があった。彼はその通話をロビーのブースで受けた。

「死んだのか？」ダニーロフはすぐに訊いた。

「わかりません。テレビの記者が彼の名前を出して、現場にいたと言ってます。指揮をとっていたと。少なくとも十六人が死んだようです。しかしＦＢＩは、全員の遺族に知らせがいくまで名前は公表しないそうです」

　ダニーロフが直接ワシントンに電話をかけると、カウリーの内線に出てきた女は、情報をお教えする許可は出ていないけれど、ダニーロフの名前と用件は伝えておく、あとそれから部屋でひとりになると、地下のミサイル保管室で思いついたアイデアを形にするために空の弾頭を取り出し、すこし時間をかけて作業した。ロシアの製品らしい出来の悪さのおかげで、比較的かんたんだった。ペンチやプライヤーがほしくなるかと思ったが、それも必要なかった。やがて彼は納得し、空の容器をクロゼットにしまった。

部屋のテレビでCNNを選局すると、森の前の道に立った記者がカメラに向かって、現場は完全に破壊されているとしゃべっていたが、その惨状は見えなかった。だがそのとき、画面がヘリコプターからの映像に切り替わった。爆発の跡にできた穴はすでに川の水が流れこんで湖のようになり、記者の言葉によると、半径百ヤードにおよぶ木は一本残らず折れるかなぎ倒されていた。映像で見えているのでその必要もなかったが、記者はさらに、爆発のあとに出た火はすでに消されたものの、下生えはまだ燻(くすぶ)っているとつけくわえた。死者の数が増え、いまでは十七人になっていた。

「ハイ！　ここ、すわってもいい？」

ホリスは目を上げ、自分がひとりですわっているテーブルの横に、キャロル・パーカーの姿を見て驚いた。「ああ……いいよ、もちろん。どうぞ」彼は礼儀にのっとって立ち上がろうとしたが、もたもたしているうちに、相手はもう腰をおろしていた。

「心ここにあらず、って感じだったわよ！」とキャロルが言う。

「いろいろ考えることがあって」ホリスは答えた。〈将軍〉からのつぎの連絡を受けるのをやめようという決意が、いまはゆらいでいた。受けてはいけないとはわかっていたが——考えるのもばかばかしい——それでも彼のなかの一部——わずかな部分——は連絡に応じたがっていた。

「管理職になると、いろいろ考えなきゃいけないことも多いんでしょう」

「責任が大きいからね」どうしてキャロル・パーカーが、支店じゅうの男に追いまわされている女の子が、よりによってぼくの隣に？

「あなたがもっと大きな企業に引き抜かれていないなんて、驚きだわ」

「ぼくはここに満足してるよ」汗が出てなければいいのだけれど。国連が攻撃された日とおなじ、胃が空っぽになったような感覚だった。

「ニューヨークやシカゴとかに行く気はないってこと！　オファーがあっても？」

ホリスは笑い声をあげたが、胸がぐっと詰まらないように祈った。興奮するとときどきそうなるのだ。「オファーがあったら考えるよ」

「あなたのところみたいな部局なら、移ってもいいな」

「そのうち話でもしようか？」

7

死とは――死ぬのは――痛いものだった。生まれてこのかた経験する最悪の痛み。頭がぎりぎり押しつぶされ、それを止めよう、頭を押しているものを押しやろうとするが、どちらの手も腕も――体のどの部分も――動かせなかった。動きたくても動けず、何かしたくてもできない。麻痺していた。やめろと叫ぼうとし、喉にも言葉を出した感触があったものの、声は聞こえず、かわりにだれかがずっと遠くから何かしゃべっていた。目を開けようとすると、おそろしい眩しさが――ぎらつく光がまともに彼を射た。前よりさらに痛く、さらにひどい状態に――これ以上ひどくなるとすれば――頭を横に動かして光を避けた。手が何本か彼の体の上に置かれ、押したり探ったりした。それから名前――彼の名前――が何度もくりかえし呼ばれたが、まだはるか遠くからひびいてくるようだった。その声に答えようと、聞こえていると言おうとしたが、やはり自分の声は聞こえなかった。遠くの声が、いまから痛み止めをする、目は閉じているようにと言ったが、言われるまでもないことだった。さらにたくさんの声、話し声がしたが、ひとつひとつの単語は聞きとれず、なんの意味もなさなかった。やがて痛みが消えはじめ――

完全にではないが、次第に薄らぎ、頭が破裂しそうなまで押しつぶされ、悲鳴をあげそうになる状態ではなくなった。それとも実際に叫んでいたのだろうか。たしかにそういう感覚が、話すときに喉が震えるあの感覚があった。

「ビル？」その声はさらに大きかった。左ではなく、右のほうから聞こえた。あまり明瞭ではないものの、たしかにこう言った。「破れたのは左だ、右じゃない」それから彼に向かって、「そうです、ビル。あなたは話してます。ちゃんと聞こえますよ。もうだいじょうぶ。元気になります。これからしばらく眠ってもらいますが、そのあとはずっと気分がよくなるでしょう」

あの暗黒は、死の闇ではなかった。痛みはまだ頭のなかに残っていたが、ひどすぎることはなく——これなら耐えられる——そして夢をみた。ほんとうは夢ではない、宙に飛ばされた男たちの夢を。バート・ブラッドリー、名前は思い出せないがトラクターに乗った保安官、やはり名前の思い出せないハイウェイ・パトロールの本部長——ペトリッチ、アラン・ペトリッチだ——そして爆発。だが今度は、なんの音も聞こえなかった。そのかわりにたくさんの声が、前よりもずっと明瞭に聞きとれるほんとうの声が聞こえていた。

ひとりの声が「いまは気分がよくなったでしょう、ビル？」と言うと、カウリーは自じめて気づいたが、あまり深く息を吸わないかぎり、なんとか我慢できた。

「わたしの名はペッパー。ジョー・ペッパーです。あなたはいま、ワシントンのジョージ・ワシントン大学病院にいます。わたしは担当の神経科医です。わたしの言っていることがわかりますか、ビル？」

「ああ」

「すばらしい！」ペッパーが勢いこんで言った。「じつにすばらしい。まぶしい明かりはぜんぶ取り払いましたから、目を開けてみてください。光をまともに当てるときは、そう言います。よろしいですか？」

「ああ」

「では開けて」

ベッドのまわりに、数人の人影が——それだけの人の動きが——あったが、形はまるで見きわめられなかった。みんな顔と体がひとつ以上あり、それぞれに重なり合っていた。どの輪郭も微妙に焦点がずれ、おさまりが悪かった。カウリーは言った。「見えない。よくわからない。ぼやけてる……まるで……」

「これから明かりをつけます」ペッパーが予告した。「まぶたを開けたままにしますよ」

光は痛かったが、前ほどひどくはなかった。別の声が言った。「角膜にも網膜にも損傷はなし。よかった。あとはきみにまかせたほうがいいな、ジョー」

ペッパーが言う。「こういう結果になるはずでした」

「死んだのかと思った」カウリーは言った。目はまだよく見えなかったものの、ずっとまぶたを開いていても、もう痛くはなかった。

神経科医が言った。「きわめて重い脳震盪を起こしていました。木に向かって飛ばされたとき、幹にたたきつけられるか、何かにぶつかったんでしょう。側頭部を十二針縫いましたが、頭蓋骨の骨折はありません。右側の肋骨が一本折れています。それから左耳の鼓膜が破れて……」

「目は……」

「一時的なものです」別の声が請け合った。「衝撃のせいで、視神経が傷ついているかもしれない。でもすぐによくなります」

ペッパーが言う。「左耳の聴覚も回復しますよ、以前とまったくおなじというわけにはいかないでしょうが。いずれにせよ、おそろしく幸運でした」

「ほかのみんなは？」カウリーはすでに、聴覚が明瞭になりつつあるように感じていた。

「いま話す必要はありません」ペッパーがすかさず言った。

そのとき、女の声がした。やわらかな声だが、切迫した調子だった。「状況の聞き取

「ダーンリーです、ビル。パメラ・ダーンリー。FBIの者です。わたしと話ができそうですか？」

「どの部局だ？」

「対テロ部です。話してもだいじょうぶですか？」

「もちろん――」カウリーは苛立（いらだ）って大声をあげかけたが、そのせいで激しい痛みが走り、思わず口をつぐんだ。声を低めて言った。「何人死んだ？」

「大勢。十七人です」

目をすがめてベッドの足もとにいるぼやけた顔を見た。相手の顔がわかればいいのだが。「バート・ブラッドリーもか？」

「右腕を完全に切断しました。右脚も、ひざの下から。それに視力を失っています」

「なんてことだ！　ほかのみんなは？」

「全員、死亡しました」

「わたしは見た――」カウリーは言いかけたが、すぐに女が口をはさんだ。

「それが知りたいんです！　何を見たんですか？」

「――ばらばらの死体を」

ベッドの周囲に沈黙が落ちた。やがて女は言った。「地獄のようでした。ほんとうに話をつづけてかまいませんか？」

「わたしはきみの担当捜査官だ！　シャープ。シャープはどうした？」保安官の名前を思い出した、ジョン・シャープだ。また声をはりあげた拍子に、今度は胸の奥がずきずきした。肋骨が折れているせいだろう。

「死にました」

「ペトリッチは？」

「おなじく。地元の警察で生き残ったのは、スティーヴン・バーだけです。あなたよりずっと遠くにいたおかげで。かすり傷も負っていません。でも、あなたが振り返ってどろうとしたのを見たそうです。何か言いながら」

カウリーは注意深く、神経科医がいると思える方向に頭を動かした。「いま何日だ？あれからここに来て、どれだけたった？」

「つぎの日の午後です。二十四時間もたっていません」

「この目がよくなるのはいつだ？」

「忘れなさい」ペッパーが言った。「あなたは当分のあいだ、何もするわけにもいかない」

「あの十七人もおなじだろう？」

かに視力が回復していた。前に彼を診察した眼科医が、視神経はあきらかに衝撃を受けただけで、もう問題はないと言った。ペッパーはその若さにもかかわらず、頭のすっかり禿げあがった医者だった。カウリーがパメラ・ダーンリーとの聞き取りをつづけても問題ないだろうと、彼は判断した。

かなり近くに寄っても、女の顔立ちまではよく見分けられなかったが、短くした黒い髪に、大きな黒縁の眼鏡をかけていることはわかった。いい香りがした。パメラは彼に告げた。ベッドの縁にテープレコーダーをセットしてある、話をやめたくなったときは体のためにすぐにやめなければならない――ペッパー医師が面談の場に付き添っていた――けれど、局としてはカウリーに思い出せることはすべて聞き出したい。とくに爆発の前の瞬間、急に振り返って叫びだしたわけを。

「ビデオとスチールカメラは？」カウリーは訊いた。「無事だったのか？」

「ビデオは自動的に中継されていたので、すべて手もとにあります。スチールカメラはひどく壊れていましたが、フィルムを回収できるかどうか、いま試している最中です」

「ビデオの実況報告は？」

「画像と一緒に送られていました。だいじょうぶです」

「ジャングル訓練のことを何か言っていなかったか？　現場の地面にレーキがかけられ

ていたことは?」

パメラはすぐには答えなかった。「レーキうんぬんのことはふれられています。ジャングル訓練のことは覚えていません。調べてみないと」

「船を引き上げるためのトラクターを待っているあいだ、ジェファーソン・ジョーンズと話をした。連中は文字どおり自分たちの通った跡を掃除していったらしい。ジョーンズはこう言った、〝まちがいなくジャングル訓練を積んだ連中です〟と。ジャングル訓練を積んでいるといえば、兵隊——とくに特殊部隊の兵士なら、動く船からミサイルを撃つ方法も知っているかもしれない。それに特殊部隊のトレーニングにはかならず、あとに残した物資にブービートラップをしかける訓練がふくまれる。あのクルーザーはどう見ても意図的に残されていた。爆弾をしかけたうえで、はじめに嘘の場所を教えておけば、まわりにいる人間を——FBIの捜査員を——最大限に殺傷することができる」

「それだけですか?」パメラの声は失望がうかがえた。

「もし五分前に思いついていれば、あの十七人は死ななかっただろう。バート・ブラッドリーも腕と足と目を失わずにすんだ」

「残念です」とパメラ。

「ハイウェイ・パトロールに嘘の場所を教えた通報の、跡はたどれたのか?」

「オリジナルはもうありません。消されてしまって」

「くそっ。まだだれも犯行を認めてはいないのか？」

「はい」

「爆弾はどんな仕組みだった？」

「ひとつではありませんでした。回収された金属の量から、最低でも三つはあったと考えられます」

「どんな仕組みだったんだ？」

「これも仮の見解ですけれど、信管もしくはピンにたるんだ線を結びつけた対人爆弾と思われます。船が動きだしたときに線が張り、信管を起動させたかピンを引き抜いたのでしょう」パメラは言葉を切った。「実際、対人用だったのはあきらかです。金属片が詰めてありました。爆発時の身体へのダメージを最大にするために」

「ロシア製か？」

「まだなんともいえません。もちろん、金属が分析にまわされています」

ニューヨークからヘリコプターに乗ったときのことを、ふと思い出した。中途半端よりはやりすぎるほうがいい、そう自分が言ったこと。そして鑑識チームのリーダーが地元警察の手際をほめ、妻や家族ともっと長い時間を過ごしたいと言ったことを。「ジェファーソン・ジョーンズには、子供が何人いた？」

「六人です」パメラは短く言った。

「きみは対テロ部にいると言ったな？」

「バートの代理を務めてます。いまのところ臨時ですが」

「ロスに伝えてくれ、わたしはこの事件から降りる気はないと」

「その点については、わたしからすこし意見を言わなくてはならないでしょう」ペッパーが口をはさんだが、カウリーはかまわず声をはりあげた。

「降りるものか！　これからわれわれが探す人間は——少なくとも人間の皮をかぶった連中は——特殊な軍事作戦の経験と訓練を積んだやつらだ。全体が軍事作戦のように計画されている。国連への攻撃も、その後の工作も。ニューロシェル周辺すべての過激派や急進グループを——ニューヨーク州、コネティカット、ニューハンプシャーもだ——調べあげてもらいたい。土地鑑があるのでなければ、前もってあの川を偵察していたはずだ。ミッチェル巡査はずっと下流のマリーナのことを話していた。船の持ち主とマリーナの人間にあたって——全員、ひとり残らずだ——見なれない人間がうろついていなかったかどうかチェックする。何か特別な興味があるみたいに、メモをとったり写真を撮ったりしていたやつがいなかったか。それから軍のほうもきびしく行け。連中はすぐすべて知りたい。軍法会議にかけられたようなやつはとくに要注意だ。いいか？」

「ビル」まだ目の焦点が合わないために、おぼろげな姿の女が言った。「いいですか、ビル」もう一度話しはじめる。「あなたはつい数時間前まで、自分が死んだと思っていたのでしょう。実際わたしもふくめ、大勢の人間がそう思っていました。犯人たちがまただれかを殺す前に、なんとしても捕えなければならない。そのためには全員がきちんと考え、きちんとものを見なくてはならないんです」言葉を切った。「すみません、生意気な口をきくつもりはなかったのですけど。長官から、あなたの様子を報告するよう指示されています。病院は――ここにいるペッパー医師は――あなたがこの捜査の指揮をつづけられる状態にはないとの考えですし、わたしもそう思います。もしあなたが指揮をとれば、捜査自体が危うくなるでしょう。感情とか捜査への姿勢の話ではありません。職務の実際面について言っているんです」それにわたしの未来のこともよ、とパメラ・ダーンリーは思った。これはわたしが出世コースに乗れる、千載一遇のチャンスなのだ。

「わたしの思考や分析の仕方に、何か問題があるか？」

間があいた。「いえ」この男はいったい何を気取っているの？　スーパーマン？

「きみにＦＢＩの人員をちゃんと動かせる自信があるか？　これまで船の捜索に集中していたのを――もうその必要はなくなった――いっせいに特殊機関のチェックに切り替

えられると？」

「はい」

「いまの時点で、ほかにどの線で捜査を進めるという方針はあるのか？」

「いえ」悔しいけれどいまはない、とパメラは思った。

「わたしが任務に耐えられるかどうかは、自分で判断する。その確信が生まれる前に何か問題がもちあがったら、そのときは身を退こう。くだらない個人的理由で捜査を危うくするようなことは一瞬たりとない。すまないが、ロスにそう伝えてもらえるか？　それがわたしの気持ちで、今後もまかせてほしいと」

「お伝えします」パメラは約束した。あのいまいましい神経科医が証人がわりに同席してさえいなければ、その必要もないだろうに――実際に嘘をつかなくても、別の言葉や表現を使えただろう。

「もうひとつロスに伝えてくれ、ワシントンの本部ビルは管轄のオフィスではないが、長官がすぐに足を運べるという理由から、事件対策室はそちらに置くべきだろうと。それからテリー・オスナンを調整官および証拠担当官としてオルバニーから引っぱってほしい」

パメラはうなずいたが、使い走りの役を押しつけられたと感じ、ほぞをかんだ。

たいと言って」

「きみ自身が出たのか？」

「いえ。またかけなおすとのことです」

「ロシアからの電話はすべて、きみが直接受けるようにするんだ。きみが当面の指揮をとる、ロシアでわかったことはぜんぶきみに話すようにと、彼に伝えてほしい。いい男だ。すばらしくまっすぐなやつだ。ほかには？」

「ポーリーンという人から電話がありました。元の奥様と言ってましたが？」パメラの声は疑わしげだった。

「ポーリーンはたしかに、元の妻だが」

「確認の必要があったので。長官からあなた個人の機密保持規定が課されていますし、いまのあなたはメディアの注目の的ですから。わたしからポーリーンさんに連絡しましょうか？」

「わたしがかける」

だが自分では番号をダイヤルできず、ナースに代わってもらわざるをえなかった。いつも左耳に受話器を当てるくせのあるカウリーには、右耳で聞くのはひと苦労だった。呼び出し音は耳に痛かった。ポーリーンはアパートにおらず、留守電に向かって、ぼくは元気だ、また連絡すると伝言を残した。

　BMWのむせかえる香料の匂(にお)いに吐き気がしはじめただけでなく、ディミトリー・ダニーロフは、それ以外のあらゆることにも胸のむかつきを覚えていた。あの第三十五工場にあとどれだけの生物・化学兵器が蓄えられているのか、計算はとうてい不可能だった。あるいはまた、世界の平和と安定を謳(うた)った国際宣言をまっこうから無視する、恐るべきシニシズムを数式化することも。われながらもったいぶった言いぐさだ、と彼は思った。おまえ自身の姿勢はどうなのだ？　ラリサが死んで以来、自分はもうキャリアにも将来にも、何にも興味はないと思いこみ、無反応な感情のないロボットとして働くことに甘んじていた。だがこうして、おのれの身を守る保険のまったくない状態で政府のお偉方とどこまでわたりあえるかと思うと、予想外の不安にかられ、そのことに驚きすら覚えた。

　いまこの瞬間、吐き気をもよおす車内にゴーリキーの警察官ふたりと閉じこめられているだけで、耐えがたいほどの肉体的な不快感があった。ぴかぴかのスーツを見せびらかすこの男たちこそ、ロシアの法執行に巣くう悪を体現する存在だ。ダニーロフが自分たちの同類ではないと知りながら、まだ操れると思いこんでいる。そして何よりも頭の全体を形作るばらばらの、だが関連性をもった断片に対するこれまでの印象を思い返すうちに、ダニーロフはさまざまな見解や感情——とりわけカウリーへの気遣い——によって、ようやく本来の刑事らしい思考がもどってくるのを意識していた。

「正式な捜索令状をとっておくべきでした」オレグ・レツォフが不満げに言った。

この男がいまさら法の遵守(じゅんしゅ)を口にするのか。ダニーロフは実際に忍び笑いをもらした。

「わたしは上級警官だ。これはわたしの権限でおこなうことであり、不都合があればすべての責任を負う」彼はずっと自分の目論見(もくろみ)を伝えるのを遅らせてきた。そして車に乗りこんでからはじめて、令状なしにヴィクトル・ニコラエヴィチ・ニコフのアパートを捜索すると告げたのだった。

「違法な捜索で何が見つかっても、その証拠自体が違法になってしまいます」レツォフが食いさがる。

それにもし時間があれば、前もってその何やらを、自分たちが見つけられるようしこんでおけるからな、とダニーロフは思った。「あなたはいつもそんなに合法性にこだわるのかね、オレグ・ワシリエヴィチ？　きみもそうか、少佐？　わずらわしい手続きは後まわしにして、とりあえず動くということはないのか？」

アヴェリンは答えようとしなかった。しばらく間があき、やがてレツォフが言った。

「最初から何も変わったことなどないのに、動く必要があると強調したのはあなたですよ」

「そちらの情報によれば、ヴィクトル・ニコラエヴィチ・ニコフは姿を消した。その住居に入って証拠を探すのは、違法な捜査にはあたらないだろう。ニコフの身に害がおよばないようにするためだと思えば、われわれ自身も納得できる。この説明に疑問や反論があるかね、オレグ・ワシリエヴィチ？」

「ありません」レツォフが硬い声で答えた。

ヴィクトル・ニコフが住んでいるのは、あきらかにこの街で最も新しいアパートの建ち並ぶブロックだった。飛行機からダニーロフが見たヴォルガ河とオカ河の合流点が、ほとんどの階からさえぎられずに見晴らせるすばらしい環境にある。ロビーはロシアの水準からすると――アメリカの水準でも――無菌状態といえるほど清潔だった。賄賂(わいろ)を期待してにこやかに笑っている、マスターキーを持った管理人と一緒にエレベーターに乗りこむと、よくあるスタートと停止時の逡巡(しゅんじゅん)もなく、機械は昇っていった。落書きもどこにもなかった。ニコフの住む九階に着くまでに、落胆した管理人の顔から笑みが消えていた。彼はダニーロフの権限をさとり、自分は一週間以上前からニコフの姿を見かけていないと言った。

は端と端をそろえて掛けてあった。キッチンには洗っていないポットや鍋もなく、流しの下のゴミ箱も空だった。リビングには輸入物のアメリカ製ポルノ・ビデオが何本かあり、鍵のかかった机の引き出しには――ダニーロフがこじあけた――アメリカの通貨で九百ドル入っていた。机を残らず探すために、さらに二つの引き出しをこじあけなければならなかった。なかにあったのは、二年前のアメリカ旅行のパンフレット数部――フロリダとカリフォルニアのもの――に、モスクワのメトロポール・ホテルが発行した額面千三百ドル、しかもドル札による〝現金払い〟の印のある領収書。いちばん下の引き出しには、ロシア製の拳銃マカロフと九ミリ弾のクリップ二つ、そしてアメリカ製のスミス&ウェッソンと弾薬のクリップ二つが入っていた。ダニーロフはどの引き出しも引きぬいて徹底的に探し、下面に二通の封筒がはさまっているのを見つけた。一通の中身は三千二百ドル、もう一通は二千ドルだった。それからまた主寝室に行き、ほかの場所と同様きれいに片づいたクロゼットと整理だんすを調べた。クロゼットの棚には空のスーツケース三つが置かれ、底にはすべてイタリア製の靴が五足並べられていた。留守番電話はないかと期待して探したが、見当たらなかった。

ダニーロフがどの部屋に行っても、レツォフかアヴェリンがついてきた。第二寝室を探しているとき、民警の大佐が言った。「逃げたのは、まちがいないですな」

「なぜだろう?」

アヴェリンが鼻で笑った。「われわれが探してるのを知ったからに決まってますよ」

あたりをうろついている管理人に、ダニーロフは声をかけた。「正確なところを聞かせてほしい。ニコフに会ったのは一週間前か、それとも二週間前だったかね?」

「二週間くらい前でした」すっかりおとなしくなった管理人が言った。

「わたしがゴーリキーに来る前だな。その件が公表されていたわけではない。しかも、おたくたちがやつのガレージのことを調べはじめたころよりずっと前だ」ダニーロフは指摘した。「それにふつうなら衣類をもっと持ち出すだろうし、まちがいなく机の金はぜんぶ持っていくはずだと思うが?」

「アメリカでの事件はさんざんテレビで流れてました。こっちでも捜査があるのはわかりきっていたことです」アヴェリンが主張した。「あわてふためいて逃げ出したんですよ。それにパスポートがない。持ち出したにちがいありません」

「机のまわりに何か妙なところは?」

「何がです?」アヴェリンが眉根(まゆね)を寄せる。

「個人的なものがまるでない。手紙も写真も、まったく何も。わたしにはあわてて出ていったようには見えない。わたしの目には、ここは徹底的に家捜しされた場所のように

「どっちにしても、やつは逃げたんです」レツォフが主張した。「金はわれわれが持っていって保管しよう。証拠品ファイルに記入しておいてくれ」

ダニーロフはホテルに帰る途中、電話を何本もかけなければならないのでと言い、二日目の夕食の誘いを断わった。ロビーを通るとき、朝食時に一緒だった客のひとりの姿が目にとまった。その男は今朝とおなじ格好で、新聞を読むのに没頭していた。

カウリーの内線にかけると、前とおなじ声が答え、電話をまわすあいだ待つように言われた。やがてパメラ・ダーンリーと名乗る別の女が出てきて、カウリーの消息を伝えた。今日わたしが本人に会ってきた、命に関わるほどの負傷ではない、しかし捜査に復帰するのは――かりに復帰したとしても――まだ早すぎるだろう。

「わたしは代理の担当捜査官です」と女はつづけた。「彼から言われています、あなたにはあらゆる情報を伝えるように――おたがいすべて交換しあうようにと」

「それで、何があったのでしょう？」

パメラ・ダーンリーの話す速度からは、ダニーロフが提供する情報を早く聞きたくてじりじりしていることがうかがえた。

「爆弾の出どころはわかりましたか？」女が話し終えると、ダニーロフは訊いた。

「まだ分析中です。そちらのほうからは何か？」

ダニーロフはふとためらい、自分の思いをすぐに肯定した。たとえばかげた思いこみだろうと、カウリー以外のだれかと仕事をしたくはない。彼の清廉さと能力は、自分がいちばんよく知っている。「まだ工場へは行っていません」すらすらと嘘をついた。「こちらからの連絡は絶やさないようにします、こういった直接的な形にせよ、モスクワを通じてにせよ」

電話の向こうでもためらいがあり、女が落胆と疑いをあらわにした声で言った。「わかりました。連絡を待っています」

ユーリー・パヴィンへの通話も、あっという間につながった。ダニーロフは訊いた。「ミサイルの弾頭にあったモスクワの電話番号は、どこのだ？」

「存在しない番号です」パヴィンが答えた。「少なくともいまは使われていません。電話局に記録を調べさせましたが、使用をやめた番号のものは残っていないとのことでした」

「くそっ！」計画は三十年以上前に中止されたとイワノフは言っていたが、その話とのつじつまは合う。「ヴィクトル・ニコフが見つからない」

「やつは死にました。モスクワ河の、スモレンスカヤ橋の橋脚にひっかかっているのが

「いつ……？」ダニーロフが言いかけたが、パヴィンは話をつづけた。
「やつひとりではありません。手錠をはめられ、別の男とロープでつながれていました。ヴァレリー・アレクサンドロヴィチ・カルポフという男で、殺しの手口もおなじです。こっちは警察のリストには載っていません。これまでにわかったところでは、モスクワのサモカトナヤ横丁（ペレウーラク）五四に住んでいたとのことです。これから現場に向かいます」
「明日まで待て」ダニーロフは指示した。「わたしもすぐもどる」

本来の職務をこなしているときでも、レツォフとアヴェリンはまともな刑事には見えなかった。ニコフのファミリーの首領と確認されたアレクセイ・ゾーティンが、ゴーリキーの民警本部の訊問（じんもん）室に入ってきたとき、付き添っていたのはアヴェリンだった。しかしこの少佐はひどく卑屈な態度で、自分はおとなしく後ろに立って、ギャングの頭目を先に通した。

ゾーティンはおそろしい肥満体の、本人が現われるより先にぷんと汗が臭（にお）ってくるような男だった。部屋を二つに仕切っている机までよたよた歩いてくると、だらしなく両脚を開いてすわった。ダニーロフに向かって言う。「そっちは新顔だな。何かをタネに強請（ゆす）ろうというのか？」

「ヴィクトル・ニコフがモスクワで殺されたことは聞いたか？」

「だれだって？」

ダニーロフはため息をついた。「ヴィクトル・ニコフだ。おまえのところのブルだ」

「ブルというのはなんのことかな。そんな名前の運転手なら、ずっと以前に雇ってたが。もうずっと話も聞いていない」

この自分もまっとうな刑事らしく振る舞っているようには見えないだろう。「独房に入れば、すこしは記憶がよくなるのじゃないか？」

ゾーティンはあからさまな笑い声をあげ、レツォフのほうにうなずいてみせた。「この男でももっとうまくやるぞ。おれのビジネスから手をひかせるのに、ずいぶん金を使ってきたしな」

「そんなわけはありません、もちろん」民警の大佐は言ったが、それはこの男にまつわる一切と同様、うわべだけのジェスチュアだった。

たしかに無意味な脅しだ。ダニーロフは自分の愚かさを認めた。ゾーティンを勾留できる証拠はまったく何ひとつない。そんなまねをすれば――どうせあとで釈放せざるをえなくなる――ますます自分を間抜けに見せるだけだ。

「この殺しで、モスクワでは大がかりな捜査がある。ニコフとおまえのつながりが立証ゾーティンは大あくびをした。「おれはヴィクトル・ニコフのことも、やつがモスクワで何をやらかしたかも知らん。もう何カ月も会ってないんでな。こんなのは時間のむだだよ」

たしかにそのとおりだ、とダニーロフは認めた。自分がやろうとしているほかのことも、これほど苦い結果にならなければよいのだが。

新しい車で出かけてくると告げたとき、まさか母親が自分も連れていけと言いだすとは、パトリック・ホリスには予想外だった。エリザベスの機嫌をそこねるのがいやで、説き伏せるのに手間どり、遅れてしまった。おかげで時間を厳守するためには、ずいぶん飛ばすはめになった。もしブースに人がいたら、どうする？　そのときは――それは前兆だ。もう電話を受けてはいけないというサインなのだ。だから、そのまま車で帰ろう――もともとの意思にしたがって、きっぱりつながりを断つのだ。

しかし公衆電話のブースに人はおらず、彼が外に車を停めたときには、電話のベルが鳴りつづけていた。

「どこにいた？」ホリスが受話器をとると、声が訊いた。

「渋滞につかまってしまって」ホリスは言った。急いだのと不安のせいで、息が切れていた。

「そういった遅れも見越しておけ」

「あなたなんでしょう？　ニューヨークのミサイルは？」

「知ってのとおりだ。おまえも計画の一部だ」

ホリスは口ごもり、呼吸を整えようとした。「何人も人が死にました」

「われわれがやっているのは戦争だ、違うか？」

「ぼくは関わり合いたくない」

「おまえも計画の一部なのだ」

「もうやりません」電話を受けて正解だった。自分が男であることを証明し、状況に立ち向かい、これ以上の加担を拒むことができる。

「いいか、よく聞け！　戦争はつづいている、われわれには資金が必要だ。おまえはその手助けをしなければならん。もっと口座番号を教えるんだ——すでに手に入れているよりずっと多くの番号を」

ぼくが手をひくのを怖がっている。奇妙な感覚だった——こんな感じははじめてだ——ほかの男が、このぼくを恐れているというのは。「いやです」

車に乗って走り去るあいだも、これまで味わったことのない感覚——力？　権力？

だった。

苦情処理担当の警官はため息を隠そうとせず、刑事部屋の連中がみんな笑っているだろうと思うと、自分も苦笑いをこらえきれなかった。「では、あなたはこの六カ月で、口座の残高が合計七ドル足りなくなったとおっしゃるのですね！」

「七ドルと四十九セントだ」クラレンス・スネリングが訂正した。

「銀行はなんと？」

「すまないと言っている」

「ちゃんと補塡（ほてん）すると？」

「ああ」

「では、実際の損失はないのですね？」

「ああ。だがこれは、原理原則の問題だ」

「それで、わたしに何をしろと？」

「捜査だ、ほかに何がある？」

「たしかに」警官は言った。「くわしい話を聞かせてもらいましょうか」今夜バーへ行ったら、こいつを今日の笑い話のネタにしてやれるだろう。

8

残忍に殺された被害者を目にして、取り乱し嘔吐(おうと)する警官や刑事も多かったが、ディミトリー・ダニーロフはどこ吹く風だった。ラリサのときは、持ち物から身元を判断するしかない状態で、しかもあれはただの無関係な職務とはわけが違った。

死体が彼にとって問題になるのは、その殺害犯人を捕える手掛かりをあたえてくれるという意味においてだけだ。それ以外にはただの命をもたない物体にすぎず、なんの興味や感情をかきたてることもない。警察の死体安置室でパヴィンの隣に立ちながら、ダニーロフはまったく無感動に一糸まとわぬ灰色の肉塊を見おろし、病理医が外的な医学的所見を説明するのを聞いていた。どちらの被害者も、死ぬ前に受けた拷問(ごうもん)のせいで、睾丸(こうがん)が膨れあがっていた。背中には鞭(むち)で打たれた傷、顔には煙草(たばこ)を押しつけられた丸い火傷(やけど)の跡が何カ所もあり、眼球はえぐりとられていた。手首と足首に拘束の跡のひどい傷が見られ、やわらかいロープではなく金属の手錠によるものだろう、と病理医は言った。また、睾丸の損傷具合から見て、数時間以上も拷問を受けていたものと思われるつづいた。医学的な所見として、ニコフは淋病を患っていた。カルポフは胃潰瘍で、所持品のなかに制酸剤があった。

　この日の朝、パヴィンは空港でダニーロフを出迎え、被害者ふたりのポケットに入っていた所持品を持ってきていたが、死体安置所へ向かう車内での会話はゴーリキーの話に終始した。

　パヴィンは名前を確認し、隣り合ったストレッチャーに横たわる死体の足もとにそれぞれビニールの証拠品袋を置いた。ダニーロフがニコフの名前の記された袋を手にとると、補佐役が言った。「もうひとりのほうがおもしろいですよ」

　ダニーロフは言った。「頭を順序どおり整理しておきたいんだ。ここ三日間ずっと聞かされてきたのが、この男のことだった」

　ヴィクトル・ニコラエヴィチ・ニコフが、モスクワに来て殺されたときに所持していたのは、アメリカの通貨で千四百七十ドル、いまは水に濡れたマルボロが十本入った金のシガレットケース、ジッポーの金のライターだった。腕時計も金のカルティエで、金の認印つき指輪はオニキスの台座がついていた。もうひとつの装身具もやはり金の、名前の刻印されていないＩＤブレスレットだった。そしてアメリカの入国許可証が二つあるパスポート。さらに運転免許証が二通、一通は本人の名義で、もう一通はエドゥアルド・バブケンドヴィチ・クリクという名義だった。ダニーロフはこうした品を見て、昨日この男のアパートを捜索したときに、当人のものと考えられる車や車庫を捜索するのを忘れていたことを思い出した。ゴーリキーの不注意ぶりが伝染してしまったらしい。

「よく言われるように、犯罪は割に合うようだな」ダニーロフは言った。

「頭と口を撃たれるまでの話ですよ」とパヴィン。「さあ、つぎのやつを見てください」

ヴァレリー・アレクサンドロヴィチ・カルポフの所持金は、やはりアメリカの通貨で四百二十ドルだった。スイス製の金の腕時計は十二時四十分で止まっており、結婚指輪もあった。真新しい革の財布の中身は、乾かすために外に出されていた。水に浸かって丸まった金髪の女の写真が何枚かあり、背景から見て当人が立っているのは、何年もあとにカルポフが投げこまれることになる河の土手だった。別の一枚にはずっと若いころのカルポフがおなじ女と写っており、さらにカルポフと子供ふたり――女の姉妹――の写真が二枚あった。運転免許証は一通だけだった。ダニーロフが免許証を置いてつぎの品に移ろうとしたとき、隣からパヴィンが言った。「これからいよいよおもしろいところです」

それは公式の通行証だった。黄色のボール紙だが、プラスチックでラミネートされているために乾いたままで、死んだ男の写真が貼られ、職業の欄には倉庫主任とあった。

「たしかに、生物・化学兵器です」パヴィンがうなずいた。「モスクワからすこし北西へ行ったあたりにあります。トゥシノ地区の、スホダヤ河のほとりです」

「運河とヒムキ貯水場を結んでいる河だな。万一チェルノブイリのように漏出があった場合、モスクワがどういうことになるか、だれも気にしていないのか？」

「もちろん気にしてませんよ」ダニーロフの皮肉に、パヴィンはまじめな答えを返した。

「約束した面会時間は、今日の午後三時です」

「理由を話したのか？」

「話すまでもありませんでした。アメリカの事件のテレビ報道はごらんになりましたか？」

「多少は。工場のほうはなんと言っていた？」

「国防省だけでなく科学省の承認が必要だと。それでホワイトハウスのチェリャグの秘書に電話しました。あなたの到着の一時間前に許可が下りてます」

「ありがとう」ダニーロフは言った。モスクワにパヴィンを置いていったのは、あながちミスではなかったようだ。

「サモカトナヤ横丁に当たってみる時間ができましたね」

「細君にはもう知らせたのか？」

そっちのほうがミスだったかもしれない、とダニーロフは思った――家族を保護下に置かなかったのは。「知らせたほうがよさそうだ」

「待てとおっしゃったので」とパヴィンが指摘した。

カルポフのアパートのあるビルは比較的新しかったが、それはつまり年数のわりには早く古び、さびれかかっているという意味だった。すべてのロシア人家庭に持ち家を確約するブレジネフの号令の下でおこなわれた、最後の宅地開発のひとつである。この計画は一応の成功をおさめたものの、そんな意義はブレジネフとその近親者がプレハブ材の業者、不適格な設計技師、無責任な建築業者などから受け取った莫大な袖の下とくらべれば二の次だった。平均サイズの部屋のいくつかは割り当てられたスペースよりも狭く、各アパートメントの裏手にはニワトリ小屋が造られ、おかげで居住者たちは肉の一部を自給自足することができた。ブレジネフの内閣がこの国の食料供給と配分を自由企業化したために、肉や野菜は一般市民には手の届かないものになっていたのだった。

しかしナイナ・カルポフに通されてみて、カルポフのアパートは驚くべき例外だとわかった。リビングには揃いの椅子二脚とソファがあり、ガラスの扉のあるキャビネットにはやはり揃いのゴブレットが置かれていた。ドアを開け放したキッチンの前を通ると、すばらしく大きな冷凍冷蔵庫が目に入ったし、テレビも新しく、画面はじつに鮮明だっ絡扉を開けるのを振り返って見たとき、はじめてここがひとつのアパートメントではないことに気づいた。二つのアパートメントが、おそらくあとで取り付けたドアでつながっているのだ。

「何があったんです？」少女が出ていってドアが閉まると、ナイナはすぐにたずねた。

「たいへんなことになりました」ダニーロフは言った。ナイナ・カルポフは、殺された男が持っていた写真の女だった。しわのないスカートとセーターをきちんと着こんでいた。化粧っ気や装身具の類(たぐい)はなく、そのかまわない無頓着(むとんちゃく)さがオリガを思い起こさせたが、比較するにはむりがあった。もし化粧をして違う服を着れば、ナイナ・カルポフはきっといまも魅力的な女だろう。そんな場違いな感慨のせいで、ゆうべゴーリキーからオリガに電話をするのを忘れ、今日もまだ帰ったことを連絡していないのを思い出した。もっとも、向こうが気にするとも思えない。まだ時間はいくらでもある。

「なんですの？」

「あなたのご主人が、殺されたと思われます」パヴィンが言った。

「主人はゆうべから帰っていません」まるでそれが有意義な事実だというように、妻が断言した。

「昨日のことでした」とパヴィン。

「どんなふうに？」

パヴィンが顔を向けると、ダニーロフはうなずき、興味深げに女を見つめた。パヴィンが言う。「銃で撃たれていました。別の男と一緒に」

ナイナ・カルポフは感情を表に出さず、ただうなずいた。「あの人に言ったんです」

「なんと言ったのですか！」ダニーロフが勢いこんで訊く。

「あれはきっとまちがっている、と。主人のしていたことがです」

ダニーロフはため息を押し殺した。「ご主人は何をしていらしたのでしょう？」

「工場の品を売りさばいていたんです」女はぶっきらぼうに言った。

「どんな品を？」

ナイナは眉根を寄せた。「金属ですわ、もちろん。それがあの人の仕事でした。あそこで使われる金属を発注し、いつも切らさないようにするのが。そのための帳簿もつけていた。おかげでかんたんでした。工場で必要になる以上の分を発注し、余った品を売るんです。かんたんなものだと言ってました。絶対見つからないと」身振りでアパート全体を示してみせる。「だからこんな……」

「金属を売っていた相手は？」

ナイナは肩をすくめた。「わかりません。あの人の話では、うちほど仕入れがきちん

「ご主人はくわしく話されたのですか？」パヴィンが訊く。

また肩をすくめる。「そういうわけでは。いまお聞かせしているような、まとまった話をしたことはありません。言葉の端にときどき、ぽろりと出てくるぐらいで」

「すると、かなり長いあいだだったのですね」

「そう思います」

「どのくらい前から？」

「二、三年でしょうか」

「どちらでしょう？」

「たぶん三年です」

「それであなたは、やめるように警告したと？」

「わたしは怖いと言ったんです」

「どうして――何が――怖かったのですか？」

「ヴァレリーが友人だと言ってる人たちが好きじゃありませんでした」

「あなたも会ったことがあるのですか？」

「いいえ。それが問題なんです。わたしはだれにも会ったことがなかった。あの人は、これはビジネス――自分のビジネスだが、個人的なつきあいはないと言っていました。

自分が取引をしてる人たちは、取引にしか興味がないんだと」

「ゆうべご主人が帰られなくても、驚かなかったのですか？」

「遅くなるかもしれないと言っていたので」

「遅くなる？」とパヴィン。「帰らないとは言わなかったのですね？」

「ええ」

ダニーロフは言った。「夜にまったく帰らないことも多かったのですか？」

ナイナ・カルポフはしばらく答えなかった。「何度か」

「週に一、二回？」

「そのくらいです」

「ご主人の友人に会われたことは、たしかにないのですね？」

「最初のころ、訊いてみたんです。どうしてわたしも一緒に出かけちゃいけないのって。そのときは仕事だと言ってましたけど、わたしは信じませんでした。たしかに、仕事だけじゃなかった」

相手が否定したにもかかわらず、ダニーロフはブリーフケースからゴーリキー民警のファイルを取り出し、ニコフの写真をナイナに見せた。「この男をご存じですか？」

ナイナは従順に写真を見た。「いいえ」

「ヴィクトル・ニコラエヴィチ・ニコフという名前に聞き覚えは？」

「まったくありません」

「ご主人がゴーリキーの話をしたことは？」

「いいえ」

「ゴーリキーに行ったことは？」

「わたしの知るかぎりでは、ありません」

どうしようかというように、パヴィンがダニーロフを見た。ダニーロフは言った。

「ご主人が書類をしまっていた机はありますか？　請求書や公的な手紙類を」

「寝室に箱があります」ナイナは自分から進んで先頭に立ち、玄関ホールのわきの部屋に入っていった。そのスイートもやはり揃いの造りで、ベッドにはサイズのぴったり合った絹とおぼしきカバーがかけられていた。箱はクロゼットの底にあった。ナイナがクロゼットの扉をあけたとき、上質な――見なれた光沢のある――スーツ三着と、それぞれの下にきれいに並べられた靴が目に入った。箱に鍵はなく、夫婦の結婚証明書、女の子ふたりの出生証明書、数枚の写真が入っていた。さらにクリップで留めた二つのアパートの賃貸借契約書、そしていちばん下には年配の男女の写真数枚――男は制服姿だった――と古いぼろぼろの食料の配給手帳があった。

ナイナが言った。「ヴァレリーの両親です。義父は大祖国戦争で戦いました。昔を忘れないようにこの配給手帳をとってあるんだと、ヴァレリーは言ってました。あのころみたいな貧乏暮らしはもうごめんだって」

「銀行の収支明細書などはありませんね？」パヴィンが言った。

「この国のだれが銀行なんか信用するんです！」ナイナは怒ったような声を出した。

「ヴァレリーは信じてませんでした」

「手紙の類は？」

ナイナは肩をすくめた。「手紙をよこすような人がいますか？どちらの両親も死んで、もういません。ヴァレリーはいつも、公的なことは自分で、面と向かって処理していました。書き物の意味はありません」

「車は持っておられますか？」

「外車です。アウディです。あの人の自慢でした」

「モスクワで手に入れるのはかんたんではありません。それにたいへん高価だ」とダニーロフ。

「ヴァレリーは、ああいう友達がいれば、手に入りやすいんだと言ってました。さっき申したでしょう、ガレージに金属を売ってたと」

も。部品を盗んでくれというようなものですし」化粧台のほうを指してみせる。「キーもあります」

ダニーロフは先頭に立ってリビングに引き返した。部屋に入るとき、ナイナ・カルポフが急に言いだした。「女のことで、争いがあったんですか？」

「いえ。ギャングによる殺しです。マフィアです」

ナイナはその言葉にはじめて反応し、目を大きく見開いた。「マフィア！　どうしてマフィアなんかに？」

「われわれもそれをつきとめようとしてるんです」パヴィンが言った。「あなたに遺体の確認をしていただくよう、正式にお願いすることになるでしょう。今日ではありません。おそらく明日か、明後日に」剖検が終わるまでに、少なくともそのくらいかかるだろう。

「わかりました」ナイナはふたたびあきらめの内にひきこもった。そして言った。「女がいたことはわかってました。そのはずです。でも」――部屋を見渡す――「わたし、ほかに行くところがないんです。ほかにはだれもいません。なのにいま、あの人もいなくなってしまったのでしょう？」

「お気の毒です」パヴィンが言った。

「犯人はつかまりますか？……だれか」口をつぐみ、言葉を探す。「だれか見ていた人……目撃者は？」

「いません」ダニーロフは認めた。「しかし全力をあげて捜査します。非常に重要な事件なのです。車のなかを見せてほしいのですが。車庫まで案内していただけますか？」

ナイナはアパートの戸口で、何分か外に出てくると娘に声をかけ、三人は黙って一階まで下りていった。車庫も車と同様、すばらしく清潔だった。ダニーロフは恐る恐る匂(にお)いをかいでみたが、強すぎる消臭剤はなく、ただ真新しい匂いだけだった。タコメーターの走行距離はわずか千五百キロ。グローブボックスやサイドポケットには何も入っておらず——車の書類さえなかった——後部座席に置き忘れた人形があるだけで、ナイナがそれを手にとった。トランクはキルトのジャケットが一着入っているきりで、あとは空だった。

ナイナが言った。「とてもきれいにしてましたわ」

「そのようですね」ダニーロフは自分の名刺を手渡した。「何か思い出されたことがあったら、この番号に電話していただけますか？　わたしか、パヴィン大佐を呼び出してください」

「ええ」ナイナは上の空で言った。「はい、もちろん」しばらく言葉を切る。「ヴァレリ

「ああ、いいえ」ナイナは受け入れた。「けっこうです、そんなことをしても意味ありませんわね。もう終わったことですもの」

市街にもどる最初のハイウェイに車を乗り入れながら、パヴィンが言った。「カルポフはガレージに金属を売っていた。それにさっきうかがったところでは、ニコフはゴーリキーにガレージを三つ持っていたのですね。マフィアのガレージほど外車を手に入れるのに都合のいいところがありますか？」

「つながったようだ」ダニーロフは言った。「あの女だが、ほとんど取り乱してはいなかったな？」

「夫との関係が終わったことを受け入れていたんでしょう。ほかに行くところがないからおなじ生活をつづけている人は――妻や夫は――いくらでもいます。事実、あの女もそう言っていた」

「金もずいぶんある――あった――のだろう。二つのアパートがあんなふうにつながっているのははじめて見た。部屋にも安物はひとつもなかった」

「なぜ拷問したのでしょう？」パヴィンが訊いた。「ほかのことはすべてつじつまが合いますが、やつらがふたりを殺す前にあんなまねをした理由がわからない。情報を持ってくる人間もいない。いまでは最初のころよりも、さらにわからないことだらけです」

「トゥシノの工場でどうしてもはっきりさせたいことがひとつある」ダニーロフは言った。また新しい疑問が浮かんできた。「じつをいえば、ひとつじゃない。いくつかある」

第四十三工場は、ほとんど――完全にではなくとも――ゴーリキーの忠実な複製といえたが、中央による統制・計画・命令が徹底していた冷戦たけなわの一九六〇年代はじめの集産主義を思えば、さほど驚くことではなかった。トゥシノの施設はゴーリキーにくらべて規模が小さく、区分された三つの工場は内部の道路で連結されていたが、保安上の分離という観点から見れば最初から時間のむだだったろう。車は表示のあるわき道に入り、中央に位置する第四十三工場そのものへと向かった。やはり見張り塔と検問所の組み合わせが見えたが、どうやら塔に人は配置されておらず、詰所にはあくびをしている男がひとりいるだけだった。その男は、パヴィンが公式許可を示す証拠を差し出したときも、ふたりの名前がすでに来訪者リストにあるということで、ろくに見もせずに手を振って通した。

着いたのは十五分早かったが、所長が出てくるまでに、さらに三十分待たされた。ウラジーミル・レオニードヴィチ・オスカヴィンスキーはひどくやせこけた傲慢な物腰の男で、ダニーロフたちが公式の許可を得て訪れてきたことに驚きを隠さず、科学省と国のという皮肉はまんざら現実から遠くないのだろうかと思った。

「ここに来られた理由は、もちろん存じています」説明も聞かないうちに、所長は言った。「アメリカで発射されたミサイルの写真は見ました。あれはゴーリキーのであって、ここのではない。どうしてわたしが役に立てるなどと思うのです？」

ダニーロフは答えるかわりに、相手におとらず苛立った態度で、ヴァレリー・カルポフの死体写真を差し出した。所長の顔が嫌悪にゆがんだ。目をふたりのほうにもどして言った。「これはなんです！　なぜわたしにこんなものを！」

パヴィンが言った。「この男に見覚えはありませんか？」

「だから、なぜわたしが？」

「ここで働いていたんです。倉庫主任として。ヴァレリー・カルポフという男です」パヴィンが公式の通行証を写真の横に置いた。

オスカヴィンスキーはまた眉をひそめて見おろした。「ここで雇われている人間は二百人以上います」

「では、見覚えはないと？」

「あるかもしれません。うっすらとだが。この男がどうしたのです？」

「一目瞭然かと思っていたが」ダニーロフは言い、二枚目の、死んだ男の風船のように膨らんだ睾丸の写真を見せた。「この男は犯罪組織と手を組んでいた。ここの製品を売りさばいていたのだ」

「ばかな！　そのようなことは、断じて否定します！」

「そうであればいいのだが」またしても直面する役人の慇懃無礼さに、ダニーロフは不快感を隠そうとしなかった。「さっきあなたが確認したとおり、われわれは公式の許可を得てここにいる。もしそちらの言うことがまちがっていれば、あなたは解雇される。実際にわたしの一存で手配できるのだ。そのような傲慢な態度は望まないし、受け入れるつもりもない。いまから全面的な協力を求める」

つかのま、みずからの小城の王として君臨していたオスカヴィンスキーは、その城壁を打ち破られたことに唖然としていた。咳がさらにひどくなった。へりくだった口調で言う。「わたしに何ができるのでしょう？」

「あるひとつの質問を避けようとしたり、嘘をつこうとしなければいい」ダニーロフは権高に言った。もうこの死人じみた男からの抵抗はないだろう。

オスカヴィンスキーは業務主任に聞いてたしかめてから、このトゥシノには、設計に難のある双頭の弾頭が百二個保管されていると告げた。それと同時に、ヴァレリー・カルポフには生物・化学兵器施設の近辺に立ち入る許可は下りていないものの、彼があらたくおなじデザインのラックに貯蔵された兵器を、ダニーロフはわざとらしく数えあげていった。そして九十八しかないとわかると、所長はますます意気消沈した。弾頭の側面にあるステンシルの文字は、大きさも書体もゴーリキーと一致したが、数字のほうは──オスカヴィンスキーもおなじ説明をした──国連に撃ちこまれたミサイルと同一の組み合わせを持つものはひとつもなかった。ダニーロフは了承を得ようともせずに、弾頭の文字と下塗りの塗料を掻き取り、ゴーリキーのホテルから持ってきた残りの封筒に入れた。空の弾頭の押収に関しては、もう一度科学省に問い合わせるとオスカヴィンスキーは言い張った。

所長のオフィスにもどると、ダニーロフは言った。「弾頭および運搬システムに使われている金属について、話を聞きたい。専門的な表現はさておき、そうした金属は特別に造られたものなのだろうか？」

「はい」オスカヴィンスキーはすぐに答えた。

「単一の金属か？　それとも合金かね？」

「どちらも合金です」所長はいまや協力的だった。「ミサイルの基部は発射時、短時間ですが非常に高温になるため、伸張性が必要とされます。さもないとミサイルが溶け、その部分の中身が破裂してしまうのです。発射メカニズムは、基本的には使い捨てのフレームにすぎません。いま話題にしているものは、もともと肩載せ式なので、軽量の合金――大部分はアルミニウム、青銅、銅――で造られていました。発射時の強烈な爆風から射手を守るフェースプレートは、ボーキサイトを混ぜた耐熱性プラスチックの薄板です」

「倉庫主任であるヴァレリー・カルポフの仕事は、そうした金属を発注することだったのだな？」

「はい、いろいろな部門からの注文が、彼に伝えられていたと思います」

「カルポフが発注した品の数は、荷渡し後に返される注文書に照らして確認していたのか？」

オスカヴィンスキーはもぞもぞと身じろぎした。「そういう仕組みになっておりました。経費節減のために」

「監視はおこなわれていたのか？」

「はい。わたしの知るかぎりでは」

「定期的に、詳細な監査があったのか？」

「いえ、詳細な監査ではありません。部門からの請求と、業者から受け渡された品の数とを比較しておりました」

「そう思われます」科学者は認めた。ひたいが汗で光っていた。

「ここで造られている合金はあるのか？」

「いえ。合金を造るのは精密なプロセスでして、ここはまったく違う特殊な専門技術と制御された環境が必要になります」

「そうした制御された環境で特殊に造られた合金だが、ほかのものに使われていた可能性はあるだろうか？　たとえばガレージで、車体の修理のためにばらして利用されるということは？」

オスカヴィンスキーは信じられないという顔で、ダニーロフを見た。「もちろんありえません！　そんなことは、まるで」──両腕を振りまわして、比較の対象を探す──「硬いチーズにやわらかい凝乳（カード）を融合させようとするようなものです。決して混じり合わない。平たくいえば、くっつかないのです」

「連結された別の工場では、何を造っている？」

「基本的な高性能砲弾です」

「地雷もか？」

「はい」

「陸用と海用のどっちだ？」

「両方です」

「そちらに使われている金属はどうだね？　別の業種で利用できるのではないか？　とりわけ自動車の修理に？」

「いいえ！」オスカヴィンスキーは憤然と言った。

「わたしもそれはないと思う」ダニーロフは言った。「空のケーシングがほしい――陸用と海用、両方のだ」

「わたしもそう思いますよ」車はM11号線をモスクワ方面へ走っていた。パヴィンがハンドルを握りながら言った。「たいした収穫があったようにも思えません」

「全体像のほんの一部だ」ダニーロフは言った。「まだ全貌は見えてこない。しかし当面、いちばん気になるのはそのことじゃない。何より気がかりなのは、ああいった代物が――弾頭やら爆弾やら何やらが――あちこちの工場からいったいどれだけ消えたのか、われわれには知りようがないということだ。それがいまどこにあるのかも」

その気がかりは一時間後、パメラ・ダーンリーからの電話でさらに強まった。ニューロシェルの爆発物は四発の対人地雷と見られるが、その金属はたしかにロシア製であることが証明されたのだった。

モスクワであった殺人の詳細と写真を電送する、と彼は言った。鑑識の証拠品も多少あるので、FBIのすぐれた技術で分析すれば、国連のミサイルの出所がたしかめられるかもしれない。とくにあるサンプルは、自分が直接アメリカへ持っていくつもりでいる。

「すぐには来られないのですか？」FBIの対テロ部長代理が訊いた。

「まず状況を整理しなければ」ダニーロフは言った。「先にこちらですることがありますす」ホワイトハウスの権限があるかぎり、合法性を心配する必要はほとんどないだろう。いや、いま考えるべきなのはそのことではない。大勢の人間の気分をよくすることだ。

「こちらでは、おそろしいほどの重圧がかかっています」女捜査官は認めた。この男優位主義のろくでなしは、わたしから何かを隠そうとしているにちがいない。

明日また危機管理委員会で報告をしなければならないことを、ダニーロフは思い出した。「ビルの具合は？」

「医師の話によると、実際よりも回復が早いふりをしているそうです」

「それでも、いずれ復帰するのでしょう？」

「わたしたちの協力関係は、そのことに左右されるのでしょうか？」パメラはずばり問いただした。いまの好機をうまく利用できる見込みがあるとすれば、そのためにもこの男を自在に扱えるようにしなければならない。

「こちらの知っている情報はすべて伝えました。それでもまだ、足りないことのほうがはるかに多いという気持ちにしかなれません」

「それこそ、こちらが恐れていることなのです」女捜査官が言った。

「こちらが恐れていることでもあります」とダニーロフは返した。

キーロフスカヤのアパートの前に車を停めたとき、ダニーロフははじめて、自分が帰ることをオリガに伝えていなかったのに気づいた。そして今日が水曜日だということを思い出した。水曜日はオリガがエレナと映画を見にいく日だ。しかしその思いはあっという間に、もっと切実な驚きに押し流されてしまった。ラリサの墓に寄るのを失念していたのだ。車にもどりかけ、また思いとどまった。もういい。いつかはやめなくてはならないのだし、いまがいちばんいい頃合――適切な時機――だろう。あんなのはお涙ちょうだいの茶番だ。墓の前で、ラリサに向かって話しかけるなど、ばかげている。意味のない見せかけにすぎない。ラリサは死に、自分は生きている。この空虚を抱えて生きていくことを学ばなければならない――現にこうして学びかけているではないか。墓参りをすっかりやめてしまうことはなくても――それも逆の意味での見せかけだ――今後はまっとうに彼女の死を悼むようにしなければ。

かけられる。いまはとにかく、ゴーリキーの、そして今日モスクワにもどってからの不確定な要素を検討したかった。実際そのとおりだ——不確定でないものは何もない。気をつけなければ——ゴーリキーのほうの解釈を誤れば、モスクワでの殺人の解釈も誤ることになる。今日の弾頭のステンシルは、ゴーリキーのものとまったく同一に見えた。つまり、もし例のミサイルがトゥシノの施設で造られたものだとすれば、ただ名前を入れかえるだけでこと足りるわけだ。それに、ゴーリキーの民警署長に恩着せがましく扱われたからといって、個人的な感情や姿勢が思考に影響することがあれば、きわめて重大なミスを犯しかねない。それこそ今夜、胆(きも)に銘じておくべきことだ。考え、分析すること。そして完全に客観的であること。

玄関もその向こうのリビングも、案の定散らかり放題だった。ダニーロフはブリーフケースとコートを廊下に落とし、キッチンに入った。冷蔵庫にウォッカが入れてあった。もっとも中身はそれだけで、あとは縁の丸まったパンが二切れに、開けていない魚卵の缶詰がひとつきり。流しに積まれた皿の山はさらに高くなっていた。

そしてキッチンを出ようとしたとき、ふと物音が聞こえた。すぐに立ちどまり、耳をすませる。また聞こえた。明瞭(めいりょう)な、正体のわかるような音ではない。ただ何かが動く音だ。ダニーロフは慎重に身をかがめ、グラスを床の上に置き、腰のホルスターに入れたマカロフのストラップをそっと外した。なぜさっき帰ってきたとき——鍵をあけようとしたとき——押しこみの形跡に気づかなかったのか？　また音がした。一度、二度。二度目のほうが大きかった。拳銃の安全装置が、音もなくはずれた。一歩ずつ探るように足を踏み出し、武器を構え、さっきはだれもいないように見えたリビングに向ける。やはりだれもいない。寝室に着いたとき、何かが動いた。ダニーロフは警察の訓練にしたがって体を低くし、銃身を上に向けながらも油断なく、背中をほとんど壁につけながら部屋に入った。

だれもいなかった。ただいつもとおなじ、まるで整えられていないベッドがあるだけ。と、その乱れたベッドが動き、頭が——オリガの頭だった——くしゃくしゃのシーツの下から現われた。

オリガは言った。「あなたなの！　ゴーリキーにいるはずなのに！」

ダニーロフはマカロフをホルスターにもどし、ストラップを留めなおした。そのあいだにもうひとつの頭が、オリガの横から現われた。男の頭で、目を丸く見開いている。ほんのつかのま、ダニーロフの頭は真っ白になり、何も考えられなくなった。最初に浮かんだのは、自分の目もさぞ丸くなっているだろうという場違いな思いだった。つぎの瞬間には笑いだしたくなった。そのこと自体こっけいだったが、とにかくそれしか頭にゴリよ」

男は言った。「どうも」

ついにどうすることもできず、ダニーロフは笑いだした。

オリガが言った。「笑わないで。イーゴリよ。美容師の」

ふたりがなんの行為にふけっていたかとは関係なく、男が完璧(かんぺき)な金髪であることにダニーロフは気づいた。いまは乱れているものの、さぞぴったり決まった髪型だったのだろう。

イーゴリが言う。「すみません。乱暴しないで」

ダニーロフは言った。「起きろ」

「ふたりとも服を着てないのよ」とオリガが言う。

「わかってる」

「ひどい人！」

「起きて、出ていけ」

「あなただって、ラリサと寝てたくせに！」オリガが叫んだ。「あたしが好きな人と寝て何が悪いの？」

まさかオリガが知っているとは。不可解にも――やはりこっけいだったが――ダニーロフは困惑を覚えた。「だれとでも勝手に寝ろ、ずっとそうしてきたのだろう。好きなようにすればいい。だがわたしの家では、わたしのベッドでは許さん。早く起きて出ていけ」

「あたし、行くところがないのよ！」今度は声を低めて、オリガが言った。

ダニーロフの脳裏に、ナイナ・カルポフの記憶がよみがえった。ここよりずっと贅沢なアパートを見まわしながら、ほかに行くところがないとつぶやいていた姿が。「その男の家に行ったらどうだ？」

「ぼくは結婚してます」イーゴリが言った。

事態は突然、こっけいでも、笑い話でもなくなった。悲しく、そしてみじめだった――このろくでもない暮らしに似合いの一幕だ。自分たち夫婦の暮らしに。「エレナにでも電話すればいい」

ダニーロフは寝室から出て、さっき床に置いた酒のグラスを手にとり、リビングへ行った。ソファの上から新聞や雑誌や脱ぎちらかした衣類を床に投げすて、空いた場所を作った。また何か動く音がして、ドアがばたんと閉まった。男が出ていったのだ。

オリガが戸口に現われた。「ごめんなさい」

「悪いとは思っていないだろう」ダニーロフは苦々しく言った。「きみは結婚したときダニーロフは何も言わなかった。

「おやすみなさい。ほんとにありがとう」オリガが言う。

ダニーロフは答えなかった。愛人が美容師だというなら、なぜオリガをあんなひどい髪のままにしておくんだ？

パトリック・ホリスはジャガーに乗っていきたくて――可能なかぎりあらゆる手段でキャロルに好印象をあたえたくて――ならなかったが、まさしく直前になって気を変えた。まだだめだ。彼女のことをもっとよく知るまでは。すこしずつ盗んで貯めた金の多くは、遺産が入ったという話と矛盾しないような形で預金してあったが、それでも注意するに越したことはない。母親には銀行の支店ぜんぶが集まる大事な会議があると言い残し、ホリスはキャロルから教わったイタリア料理のレストラン――「オルバニーでいちばんの店なのよ」――へ出かけていった。昼休みにみずから店まで出向き、窓ぎわの席を予約し、キャロルに訊かれても困らないようにメニューの内容をたしかめておいたのだ。その途中で花屋に寄り、蘭のコサージュを買った。

しかし手渡すころには、午後の暑さのせいでしおれてしまい、また蘭の紫色は彼女の黄色のセーターには合わず、キャロルは花飾りをつけようとしなかった。一杯飲みましょうと彼女に誘われて入ったバーには、銀行のローン部門のロバート・スタンディングと、ほかに三人——男ひとりに女ふたり——が来ていた。とたんにホリスは、キャロルが仲間に入りましょうと言いだすのじゃないかと恐くなったが、そうはならなかった。自分も軽く手を振ってみせたが、ほどほどにさりげない仕種だったはずだ。ホリスは喉がぜいぜいするのを意識し、もっと呼吸がらくになってくれと願った。キャロルはシャルドネを頼んだ。ホリスは気取ってマティーニを注文した。前に一度飲んだことがあるだけで、今度もやはり喉が焼けつくようだったが、咳きこむようなぶざまなまねだけはこらえた。キャロルが二杯目を頼んだので、ホリスも注文せざるをえず、めまいがいつまでもつづかないよう祈った。店を出ていくとき、なんとかスタンディングのほうに手を振ってみせた。

キャロルはイカのマリネをひと口味見させたが、気分が悪くなったのはキャンティのワインよりもそちらのせいにちがいなかった。自分の子牛肉は、クリームソースが使ってあるのを忘れていたせいで、ほとんど残した。喉の奥までこみあげてきたげっぷを飲みこんだところは、たぶん見られずにすんだだろう。

興味があるわと彼女が言ったので、ホリスはローンとセキュリティの話をし、自分が交渉にあたっている契約の一部を大げさに誇張してきかせた。ぼくには十分な影響力がキャロルのアパートはオルバニーの市街にあった。車がその前に停まると、彼女は何も言わずに降り立ち、しばらく歩いたあとで、ホリスがついてこないのに驚いた顔をしてみせた。

「上がらないの？」

ホリスはあわてて車から降り、気分の悪さがすこしでもおさまるよう必死に願った。三階まで行くのにエレベーターはなく、キャロルの部屋の戸口に着くころにはひどく息が切れていた。

「ウィスキーに、ウォッカやジンもあるわ。でもあなたはマティーニがいいかしら。どう、作る？」

「コーヒーのほうがありがたいんだけど。レンセラーまで運転して帰らなきゃならないし」

キャロルが眉(まゆ)を寄せた。「泊まっていかないの？」

「いや……その、つまり……」

「そうしちゃいけないわけがあるの？」

彼女はぼくと寝たがっている！　彼女とベッドに入って、ポルノのチャンネルで見たいろんなことができるんだ——みんながうめいたりわめいたりしてるようなことを。だめだ！　母さんがいる。ぼくが帰るまで待ってるだろう――ぜったい起きてるはずだ。もう十一時を過ぎてる。そろそろ心配しはじめてるだろう。「今日は帰ったほうがいいかな。明日までにやっておかなきゃいけない仕事があるんだ」

「じゃあ、お酒はなしにして――楽しい夜を締めくくらない？」キャロルは微笑んだ。

「頼むよ――」ホリスは何も考えずに言いかけ、咳払いをしてごまかそうとしたが、うまくいかなかった。キャロルの笑みが大きくなり、彼女は寝室のほうへ向かった。

ホリスがあとをついていくと、キャロルは振り向き、両腕をさしのべた。「手伝ってくれる？」

セーターの襟元のボタンを外さなかったせいで、頭から脱がせるのに、もう一度ひきもどさなくてはならなかった。彼女のあらわな胸が見えると、ホリスは言った。「ああすごい、なんてきれいなんだ」

キャロルはホリスが服を脱ぐのを手伝おうとし、そのせいでおたがいの手がじゃまになった。スカートのジッパーがはさまって動かず、彼女は半分閉まったままの状態で身をくねらせて脱いだ。そしてパンティをつけたまま先にベッドに入ったが、裸のホリスの力ない部分を見て顔をしかめた。

「女の子だって傷つくのよ」

だテレビで見てるだけじゃなく、実際にやるのはどんなだろうと夢にまでみてきたのに――いざとなるとできないなんて。「わからない……ほんとうにごめん」

「どうせもう、気が変わったし」

「頼むよ、待って」

「もう待つのに疲れちゃった。なかったことにしましょう。あなたは帰ったほうがよさそうね」

レンセラーに帰る途中、涙のせいで眼鏡が曇り、一度車を停めなければならなかった。家では母親がまだ起きていて、警察に電話するところだったと言った。ホリスは、パンクしたんだと言った。

「修理の車を呼べばよかったのに。あんたはそんなことをしなくていい人間なのよ」

「だめだったんだ」彼は言った。


オルバニーのＦＢＩ支局では、ほぼ全員がニューロシェルの爆弾テロと国連ビルへの攻撃の捜査に駆り出されていた。そのせいでクラレンス・スネリングが入っていったとき、当番で勤務していたのはアン・ストーヴィひとりだった。

禿げ頭の、腰の曲がった男が言った。「銀行強盗は、連邦犯罪だったと思うが？」

「そのとおりです」アンが答えた。

「それはよかった」

9

爆弾で夫や父を失った六つの家族が、ポトマック川を越えたところにあるアレクサンドリアのバプティスト教会に集まり、合同の葬儀がおこなわれた。そのなかにジェファーソン・ジョーンズの家族がいた。ポーリーンとの結婚生活で子供のできなかったカウリーには、ジョーンズの六人の子供たちの年齢を推し測るのはむずかしかった。十歳の男の子を筆頭に、いちばん小さい当惑顔の女の子は四歳ぐらいだろうか。どの子も——男の子三人、女の子三人——日曜礼拝に行くときの服装で、勇敢であろうとこわばった顔をしている。その母親の美しさは、悲嘆にもごくわずかしか損なわれていない。ほかの家族はみんな白人で、ぜんぶで十人からの子供がいた。彼らは式のあいだ——葬儀用リムジンの行列から教会の構内に入り、礼拝そのものが終わるまで——ひと固まりになって動き、だれもが悲しみを分かち合うために体の触れ合いを求め、何人かは手をつなぎあっていた。ジョーンズの家族は涙をこらえていた。

牧師が無意味で野蛮なテロと神の御業（みわざ）の不可思議さを語り、ホワイトハウスの首席補佐官は大統領からのメッセージをスピーチにふくめたが、そこでもまた、かならず犯人たちを捕えるという大統領個人の誓いが引用された。その文句は内容におとらず空ろにこだまし、カウリーは苛立ちを覚えた。スピーチライターの連中は、国民に向けた大統領のテレビ演説用に自分たちが書いたものをくりかえすだけでなく、もっとましなものを用意できなかったのか。

今回の犯人をジョン・F・ケネディ暗殺以来の正体不明の敵と称したあるコメンテーターは、最高度の厳戒態勢がしかれていると主張し、公式の代表団の存在はたしかにその点を裏づけている、とカウリーは思った。だが、たしかに今日のほうが理屈は通りやすいものの、この葬儀を国務省での最初の危機管理会議を上回る大きなメディア・イベントに仕立てようとする政治的なシニシズムには、とうてい感心できなかった。そしておのれ自身のシニシズムを認めつつ、今回はメディアによるヒステリー寸前の批判が一般大衆の不安――そして怒り――を正確に反映しているというはじめての例ではないかと感じた。そうしたテレビや新聞の攻撃が頂点に達したのは今日の朝で、大統領が出席しないのは――すでに公式筋から出席するとのリークがあったにもかかわらず――自分の身の安全が保証できないせいではないかという憶測が流されていた。

カウリーが画面を見つめるなか、フランク・ノートンが聖書台を離れ、それぞれの家族の前で足を止めたあと――あまりひどく泣いていない女たちにはキスをした――会衆らりと取り囲んでいる。カウリーはさらに二例後ろに、自分と一緒に国連ビルに入った、あのジェームズ・シュネッカー率いる男たちの一団を認めた。

　カウリー自身が葬儀に出られないというコメントは少なくとも三度聞かれたし、一度などFBIの写真が画面に映し出されたが、やはり行かなくてよかったと彼は胸をなでおろした。一時は真剣に列席を考えた。しかし前日の夜にパメラ・ダーンリーとかわした会話から――ほんとうに出られるのかとパメラはあからさまに訊(き)いてきた――自分の行動が政治的な意味をもつことをさとった。彼が出るといえば、FBIの広報部は批判の矛先をそらせる絶好の材料と判断しただろう。列席をとりやめたのはそれがおもな理由で、実際パメラ・ダーンリーにもそう告げた。彼はまちがいなくあらゆるカメラの標的になったはずだし、結果的にますますメディアの大騒ぎを煽(あお)りたて、おおむね真摯(しんし)で非政治的な哀悼の儀式の意義を減じるどころか、貶(おとし)めてしまっただろう。

　しかし別の理由もあった。個人的な、確固たる理由が。頭に巻いた分厚いターバンはもうはずれたが、頭の右側にはまだ大きな包帯が当てられていた。ものが二重に見える複視もほとんどなくなり、病室を動きまわったり、手洗いに立ったりするぶんにはまったく問題はなかったし、目の前のテレビに映るどの顔も見分けがついた。それに今朝の〈ワシントン・ポスト〉の記事――捜査がまったく進展していないことへの批判と、大統領の安全にまつわる疑問——を解読し、それがどういう意味をもっているかを理解することもできた。

ただし問題なのは折れた肋骨で、とくにふつうのペースですこしでもまともに歩こうとすると、激痛が走った。もし今日出かけていれば、自動車から教会に入るのに車椅子が必要だったろうし、何十というカメラの前にすわっている自分は、二度と回復しない傷を体に負った人間のように映ったかもしれない。カウリーが何よりも避けたいのは、自分が歩くことも立つこともできず、もはや仕事への復帰がかなわないという印象をあたえることだった。実際のところその逆、正反対を印象づけようとしていた。処方された鎮痛剤を飲めば、胸の痛みもそうひどくは感じないはずだが、彼はそれを拒みつづけ——神経科医のジョー・ペッパーや病院スタッフの前ですばやく歩いてみせるのは、拷問に等しかった——ほとんど不快感はないと言い張っていた。ペッパー医師が信じたとは思えないが、少なくともほかの全員は納得していた。

葬儀のあと教会の外では、集まった高官たちがさらに慰めの儀礼を演じていたが、やがてそれぞれの護衛たちに取り巻かれて急ぎ足で離れていった。その光景をきっかけに、たちまちコメンテーターたちから、大統領の安全を疑う声がふたたびあいついだ。最後の列席者が車に乗りこむと——ジョーンズ家の全員はまだ泣くまいとしていた——番組った——が意見を述べはじめた。

国務省の通信記者が明かしたところによると、ヘンリー・ハーツは今朝フォギー・ボトムから葬儀に向かう前に、ロシア大使を三たび呼び出し、より迅速で実効あるモスクワからの回答を要請したという。ホワイトハウスの担当記者は、ワシントンとモスクワの関係は緊張し、協力の欠如のために破綻寸前まできていると発言した。それを聞いたカウリーの思いは、前日のパメラ・ダーンリーとの電話の内容にもどっていった。ディミトリー・ダニーロフはあきらかに彼女に対して口が重かったという。そのあと夕方から夜のあいだ、女捜査官からの苦情と、自分がまた指揮をとるようになったときの有利さを秤にかけて考えていたが、自分とロシアとの特別な関係を利用することについてはまだ踏ん切りがつかなかった。向こう意気の強そうなパメラ・ダーンリーと彼自身が協力して働くことは必要だが、その関係がどうなるかは予測がつかない。それは二の次だ、とカウリーは自分に言った。FBI長官レナード・ロスの正式命令があればさらに重要ではなくなるかもしれない。だったら、何をためらう理由がある？

カウリーの物思いを破るように、テレビからテロリズムの専門家の声が流れてきた。FBI内部では、ニューロシェルの爆弾犯は大衆の怒りの程度を大きく見誤っていたため、犯行を認める声明を出さず、つぎの凶行にもおよばないという確信が広まっている、とその男はしゃべっていた。

電話の呼び出し音が耳もとにひびいてきたとき、カウリーははじめて、自分がなんの問題もなくペンシルヴェニア・アヴェニューのJ・エドガー・フーヴァー・ビルにいるFBI長官への直通番号をダイヤルしていたことに気づいた。

朝になるとダニーロフは、新しいシャツと下着をとりに寝室に入った。オリガが眠っているとは思わなかったが、いつもどおりという風を装って静かに歩き、できるだけ音をたてないようにクロゼットを開け閉めしたあと、そっと玄関のドアを閉めてアパートを出た。

避けられない衝突を先延ばしにしているだけだとは、重々承知していた。しかしオリガに向かってなんと言えばいいのか、そもそもどう反応すればいいのか、まるでわからなかった。遠い昔に――彼がラリサと深い関係になるずっと前から――オリガが不倫を重ねた結果、ふたりの結婚生活からは愛情が消え、さらに友達とも呼べないほどの間柄になってしまっていた。そのせいで、いまさら裏切られたという思いや怒りはわいてこなかった。正直なところ、悔やむことなど何もない。だからおなじアパートにふたりで住みつづけることには、もうなんの意味もなかった。いや、何年も前からそうだった。

だろうと思えた。しかしその前に、どこかに別のアパートを見つけ、オリガへの財政援助に同意しなければならない。そちらはかんたんにはいかないだろう。将軍としての給料に不足はないが、家を二つ借りるとなるときびしい。彼が真剣に離婚を考えているとわかれば、たとえ非が向こうにあったとしても、オリガは遠慮しないだろう。ひとつだけ、ダニーロフは心に決めたことがあった。法廷での争いに持ちこんで、ラリサの名と記憶を泥にまみれさせることだけはするまい。法外な額でないかぎり、黙って支払おう。さっさと片をつけてしまおうと。ロシアの民警全体、とくにモスクワにはびこっている、〝友人には便宜を〟の流儀による追加の収入がいまでもあれば、それほどむずかしいことではないだろうが。そう思っているうちに、だんだん腹が立ってきた――とりわけ、何十年も昔のことを考えてしまった自分に対して。こんなことに気を散らされていては、いま何よりも集中すべきことに集中できなくなってしまう。ゴーリキー以後の、そしてモスクワに帰ってきてからの印象が固まりつつあるいまはなおさらだ。

　ゴーリキーで侮蔑(ぶべつ)的な扱いを受けたのはたしかだが、彼が捜査中の事件の国際的な影響を考えれば、どこかちぐはぐな感じはいなめない。ひと目でわかるとおり、いくら腐敗に慣れきっているとしても、オレグ・レツォフとゲンナディー・アヴェリンの態度は自信たっぷりにすぎた。それに、あのロープでつながれて川に捨てられた、ギャングの一味と細菌兵器工場の倉庫主任の死体は、どうにもしっくりしない――あまりにぴったりはまりすぎているせいで。

ブリヴァール環状道路は思いのほか混んでいたが、それでも内務省で予定されている会議までに、迂回してペトロフカに寄る余裕はあった。ユーリー・パヴィンはすでに帰ってきていた。例のふたりの検死報告書は今日の午後に届くということだった。パヴィンはナイナ・カルポフも夫の遺体を正式に確認させるよう手配していた。ナイナはカルポフの友人にはだれも会ったことがないと言っていたが、パヴィンは犯罪者の記録ファイルから、ヴィクトル・ニコフの武器取引のアリバイを証言した男ふたりの写真を抜き出し、彼女に見せた。そのふたりとは、アナトリー・セルゲーヴィチ・ラシンと、イーゴリ・イヴァノヴィチ・バラトフだった。ふたりのファイルが――別の写真も添えて――ダニーロフの机の上に置かれていた。そして彼らの最新の住所が、連行と訊問にそなえて確認されている最中だった。

「このふたりが属するファミリーのことはわかっているか？」

「オシポフです」パヴィンが答えた。「ミハイル・ワシリエヴィチ・オシポフ。ヴヌーコヴォ空港近辺に本拠をおく、最大にして、最も高度に組織されたギャングです。数年前には派手に縄張り争いをくりひろげていました」

頭目と対決できるだけのたしかな材料が出てくるまでは。「弾頭と地雷のケーシングはどこだ？」

「まだ車のトランクです。ここに持ってくるより安全だと思いまして」

「わたしもそう思う」

「あれをどうするつもりです？」

「いまのまま置いておこう」ダニーロフは判断を下した。あれを持っていることを、自分にとって有利なもうひとつの盾にできるだろうか？ 何かが必要になるだろうが、いまの時点では――大事なときはすぐ目前まで差し迫っている――それが何かは考えつかなかった。

「ぜがひでも避けなくてはならないとわたしが言ったとおりの事態に、いままさしくなろうとしている――いや、もうなってしまったのかもしれない！」ゲオルギー・チェリャグが言い放った。

ロシア大統領の首席補佐官はまっすぐダニーロフを見すえながら話し、全員の注意をひきつけていた。各人が前回とおなじ席にすわっていた。速記者もやはりおなじ場所で、責任逃れに汲々とする男たちの発言を記録している。ダニーロフは自分の地位や権限を超えて発言することにともなう恐ろしいリスクを認めていたが、ほかの方法は思いつかなかった。彼はこの部屋で唯一、だれに忠実であるかを知られていない人間だった。彼は政治とは無関係な、捜査中の犯罪にしか興味をもたない存在だとされている。いや、ロシア民警そのものがまっとうな人間の集まりということになっているのだ。自分がどの派閥を後押しするべきか、判断できればいいのだが。

ユーリー・キサエフが言った。「わが国とワシントンの関係は、きわめて重大な段階にある。ロシアの国連大使の観測では、中国が国連総会で、例の攻撃にまつわる正式な抗議をおこなうということだ。アメリカもその動きに同調しているらしい。われわれによけいな重圧をかけるために」

「もうすこし客観的になろうではないか」ダニーロフの直属の上司、ニコライ・ベリクが言った。「アメリカ側の捜査も、まだまったく進展を見せていない。批判の矛先をわが国に向けようとすることは、政治的に見て得策だろう――政治的な動きであることは歴然としている」

「聞かせてもらおう、ディミトリー・イヴァノヴィチ」ヴィクトル・ケドロフが、記録係のためにダニーロフ個人の名前を出して訊いた。「わがほうの捜査は、いったいどこまで進んでいるのだ？」

結びつけるものだった、と。

将軍のセルゲイ・グロモフが言った。「例の弾頭はどの工場のものだったのだ？　きみはもうつきとめたはずだろう！」

「いえ」とダニーロフは答えた。頭のなかで決意が形をとりつつあった。

「あのろくでもない代物の側面には、文字が——そして製造された場所が——記されていた！」苛立った風をよそおってグロモフがかみつく。「あれが証明になるではないか」

「いえ、それは違います」ダニーロフは答えた。「あきらかな証拠はゴーリキーの名前だけでした」言葉を切る。「その点で、あなたのお力を借りられるのではないかと思っています、将軍」

いきなり自分が注目の的となり、軍人の顔が曇った。「わたしの！　なぜだ！」

「こうした弾頭の統制および配分は、中央に集中化されていました。あの文字や数字による表示は、このモスクワの、あなたの省の厳重な統制下にあったのです。したがってそこから、国連への攻撃に使われたミサイルの出所が明確に特定できるでしょう」

年配の軍人の顔が紅潮した。チェリャグがごくかすかに笑みを浮かべる。

グロモフが言った。「どんな証拠が——理由が——あって、そんなことが言えるのだ？」

「ゴーリキーの工場の所長の証言です。このモスクワの第四十三工場の所長からも、裏づけがとれました」ダニーロフは平板な口調で答えた。

「その要点は？」グロモフが訊く。

「わたしが両方の工場へ出向いて理解したところでは、例の弾頭は――欠陥品ではありますが――数千の単位で製造されていました。しかもロシアだけではなく、かつてソ連の一部だった各共和国でも。あのキャニスターがあとに残ることを知ったうえで、実際に造られた場所ではないロシアの別の都市の名をステンシルで刷っておけば、捜査を攪乱できる――そう考えてもおかしくないのではないでしょうか？」

首席補佐官がグロモフを見すえた。「しかしすべて軍の統制下に集中化されていたのであれば、数字の表示から、どこで造られた弾頭かをつきとめられるはずだな？」

グロモフは何か言いかけて思いなおし、あらためて口を開いた。「ディミトリー・イヴァノヴィチの話からすると、ずいぶん昔のものです」

「しかしホワイトハウスとしては、あなたの尽力を期待する」チェリャグが主張した。

「もうひとつ、中央の記録が役に立つことがありそうです」ダニーロフはさらに言った。

「緊急用の電話番号、８７６５３２３ですが、これはモスクワの番号です。しかし電話局の回答によると、この番号はもう使われておらず、もともとどこに割り当てられていだろうか。

格下のはずの相手から事実上の訊問を受け、グロモフの顔色は怒りのあまり、赤から蒼白に変わっていた。「調査してみよう」ほかに道はないとさとり、彼は答えた。

「ホワイトハウスから、電話局のほうにその問題を提起しておこう」チェリャグが言った。

プロの刑事としてダニーロフは、リハーサル済みの演技の最中に生じる不協和音を聞きつける耳をもっている。彼は反ホワイトハウス・グループのあいだの底意を感じとっていた。その印象をたしかめるには、彼らに反対する姿勢を見せる必要がある。一か八かやってみるしかない。彼自身が職務をまっとうできるかどうかに直接関係してくることだからだ。この嘘を見破られることはないと確信して、ダニーロフは言った。「アメリカから、無傷の弾頭があるなら引き渡してほしいという要請がきています。わたしがゴーリキーからひとつ持ち帰りました……昨日、第四十三工場からも持ち帰って――」

「だめだ！」ダニーロフが言い終える前に、グロモフがさえぎった。「われわれが化学兵器禁止条約に違反しているのを認めることになる」

あまりにすばやいし、防御的すぎる、とダニーロフは断じた。「失礼ながら、そうは思いません。この部屋にいるみなさんは、わが国がたしかに条約に違反してきたことをご存じです。わたしは何百という兵器が、ここにも ゴーリキーにも貯蔵されているのを見ました。しかし、わたしがいま話しているのは、空の弾頭です。これで外交的・政治的な圧力をやわらげられる。われわれはアメリカの要請に応じることで、わが国が廃棄条約を遵守していることを証明するつもりだと、そう公に発表するのです。これははるか昔に造られ、やはりはるか昔に廃棄された兵器の博物館用の展示品であり、現政府がなんら責任を負うべきものではない、と」

「それはいい！」チェリャグが即座に言った。

「アメリカはどういう理由で、弾頭をほしがっているのだ？」ケドロフが訊く。

「金属とサイズの比較のためです」ダニーロフは答えた。「われわれは何を暴露することにもなりません。頭のなかで明確な形をとりつつあった。即席でこしらえた理屈が、国連のミサイルがかつてのわが国のものであることに、反論の余地はないのですから」

「名案だと思う。実質のないジェスチュアではあるが」外務副大臣が言った。「これで大使にも返答のしようがあるだろう」

「あなたご自身もです」ダニーロフがうながす。「宣伝のために——写真を撮らせるのもいい——あなたみずからアメリカ大使館に弾頭を持っていくことを、前もって発表すればいかがでしょうか」

「わたしもです」ケドロフが言う。「無意味なジェスチュアにすぎない」

「無意味だからこそ、造作なくできるのだ」大統領首席補佐官が指摘した。ダニーロフを見ながら――言葉そのものは速記者に向けて――チェリャグは言った。「ディミトリー・イヴァノヴィチが今日の論議で、きわめて価値ある貢献をしてくれたことを記録してもらいたい」

ほんの数日前までなら、自分がいくら貶められようとどうでもよかった、とダニーロフは思った。だが、いまは違う。おそろしく長い眠りから覚めたようだった。しかし恐るべき悪夢は、まだまだこれから先もつづくだろう。

ユーリー・パヴィンは、ダニーロフが会議の内容を説明し終えるまで待ってから、こう言った。「弾頭は、わたしが外務省まで持っていきましょうか?」

「いや」ダニーロフは言った。「部局の別の人間をやろう」

パヴィンが眉根を寄せる。「名案でしょうか?」

「名案にしてみせるさ」ダニーロフは言った。「弾頭と一緒にあの地雷を渡す前に――いや、車から出す前にだ――塗料のサンプルを搔き取り、金属も目につかない程度にすこし折り取っておいてほしい。サンプルのひとつはわたし用に保存してくれ。もうひとつは鑑識にまわす」――彼はゴーリキーの弾頭のサンプルが入った二通の封筒と、トゥシノの弾頭のサンプル一通をポケットから取り出し、パヴィンに手渡した――「これも一緒にだ。それぞれをはっきり区別し、ゴーリキーの第三十五工場のもの、モスクワの第四十三工場のもの、アメリカへ送られる地雷のものと記したラベルを貼(は)っておいてほしい」

パヴィンはしばらく口を開かなかった。「そこまでひどいのですか？」

「そういうことだ」ダニーロフは平板な口調で言った。

「だとしたら、この捜査ではなんの成果もあげられませんね」

「あげられるとも。みんながわたしを間抜けに見せようとしている。そうでないことを証明してやるぞ」

「病理医の話では、肺出血によるあきらかな病変が二カ所あるということです」とパヴィンが言い、さらに話をつづけた。「ニコフとカルポフが受けた拷問(ごうもん)でいちばんひどいのは、半分溺(おぼ)れかけ、意識をとりもどしたあとで、ふたたび溺れさせられたことでしょう」

ダニーロフはパヴィンが置いた病理医の報告書を手にとり、注意深く死体の傷の内容を検討していった。そして部下を見上げると、「これはおかしい」と言いかけ、また口

「はい？」パヴィンが怪訝そうに眉をひそめた。

「ニコフはブル、つまりプロの殺し屋だ。暴力には慣れている。自分でもだれかを拷問したことがあっただろうし、訊問には[じんもん]カルポフよりずっと長くもちこたえたはずだ。しかしカルポフが何かの情報を吐くように責められたのだとしたら、ここまで痛めつけられるずっと前に、向こうの知りたいことを教えていただろう。どちらも見せしめの殺しだ。ほかの者たちに警告するための」

「来てくれてうれしいよ」カウリーは言った。

「昨日のうちに来たかったんだけど、許可をもらうのにずいぶん長くかかったわ」ポーリーンが言った。「廊下にも警備の人がいるし。犯人たちがこの病院まで押しかけてくるなんて本気で思ってるの？」

「ぼくじゃないよ。ＦＢＩさ。局とぼくとでは意見の合わないこともたくさんある」ポーリーンの髪は、最後に会ったときよりずっと短くなり、深い鳶色[とびいろ]に染めてあった。すこしやせたようにも見える。セーターとスラックスをバランスよく着こなした姿は、すばらしく魅力的だった。

「それで、気分はどう？」

「よくなった。午後中ずっとやりあってたんだが、最後は専門家に妥協したよ。今夜はここにいるが、明日は退院できる。それでも権利放棄の証書を書けと言ってきた。これから渡すところだ」

ポーリーンは戸惑い顔で、くすっと笑った。「その大きな包帯を頭に載せてると、なんだかおかしいわ。でも取ったらもっとおかしく見えるでしょうね。髪を半分剃ってしまってるんだもの」

カウリーも一緒に笑った。「証書を書くかわりに取引したのさ。明日もうすこし小さな、これほど派手でない包帯に変えろとね。長官に会わなくちゃならないんだ」

ポーリーンが真顔になった。「まだ仕事にもどれるほど回復していないのよ、ウィリアム！」

カウリーは昔から、彼女がビルとは言わず、ウィリアムと呼んでくれるのが好きだった。「目はもう完璧に見えるし、聴力ももどってきてる。頭の傷はほぼ治った、肋骨もだ」言葉を切り、チャンスをうかがった。「すこし家のほうで手伝いがあれば、問題なくやれるんじゃないかな」

彼の元の妻はその言葉の真意をくみとらなかった。「やっぱりあなた、頭がどうかしてるわ」

らにならずにすんだのだって、奇跡なのよ!」

「すごいね」カウリーは軽い調子を装って言った。

「やめてちょうだい、ウィリアム。いまさら何を証明しなきゃならないの?」

その気遣いには、カウリー胸が暖かくなるのを感じた。「何も証明しようとしてるわけじゃない。経験を積んだ担当捜査官が必要なんだ。パニックがどんどんひろがっている。モスクワのディミトリーにも問題があるようだし」ダニーロフは前回ワシントンに来たとき、ポーリーンとも会っていた。

「あの人とあなたはうまくいってると思ったけど。パートナーって言ってたでしょう?」

「ああ。でもほかの人間は違う。もし理由があるなら、ぼくには話してくれるだろう。それがパートナーだからね。彼はぼくを信用している。ほかはだれも信用しない。モスクワで彼のような地位にいれば、本能的にだれも信用できなくなるんだ」

ポーリーンはベッドわきの電話のほうにうなずいてみせた。「ここからモスクワにかけられるの?」

「安全な線じゃないからね」気軽な調子で言う。「ぼくのことばかり話すのはよそう。きみのほうはどうだい? どんな具合だ?」

「元気よ。元気なんてもんじゃないわ。最高の気分」

「そりゃなんだか……なんだろう、何かあったのか？」

「こんなことになる前に、電話するつもりだったの。一度会いましょうって」

「どうして？」

ポーリーンは肩をすくめた。「これほど長い時間がたってるのに、おかしいって思われるかもしれないけど、自分の口から話したかったの。あなたが人づてに聞くことにならないように」彼女は微笑(ほほえ)んだ。「わたし再婚するのよ、ウィリアム」

「それはよかった！」カウリーは声をしぼりだした。「すばらしいよ」

「相手はジョンっていう人。ジョン・ブルックス。歯の矯正医なの。それで出会ったのよ、治療のときに。信じられる？　彼はつい最近、西海岸の開業医のパートナーになったの。サンディエゴよ。だからふたりで、明るい太陽の下に引っ越すことになるわ」ポーリーンはにっこりした。「これから年をとる人間には、太陽の光がいいっていうでしょう」

「まったくだ」カウリーはうなずいた。「ふたりともお幸せに。幸運を祈るよ」その言葉もしぼりださなければならなかった。

「そう言ってくれると思ってたわ」

窓から見張っていた。そして彼女が自分の席に着くのと同時に、内線に電話をかけた。あらかじめ何を言うか練習していたのだが――胸が締めつけられるのをこらえながら、紙に書きとめた――キャロルは、今週はずっと忙しいの、そんなに早くつぎの計画は立てられないわ、また今度お話ししましょうと答えるばかりだった。コーヒーを飲みにいったとき、彼女はロバート・スタンディングの隣にすわっていて、ホリスの姿を気にともしなかった。

10

カウリーはバスルームへ行き、退院するときナースから渡された鎮痛剤タイレノールの壜からまた一錠飲んだ。FBIの車でジョージ・ワシントン病院からダウンタウンへ向かいながら、外のホワイトハウスと、公園の先に聳える針のような記念塔やその他の記念建造物を眺めた。目と鼻の先にある財務省ビルの向こうに飛び出している連邦議会議事堂のドームが見えたとき、これほどたくさんの標的が射的場のアヒルよろしく並んでいることに思いあたり、不意に絶望感に襲われた。ホワイトハウスの外には、デモの人間がふだんよりずっと多く集まっているようだった。幟の一本には〝罪なき犠牲者の復讐を〟とあり、赤い塗料が血のように滴っていた。別の一本には〝行動なきところに正義はない〟と書かれていた。

FBIの保安用進入路にさしかかると、車が揺れてタイヤがきしみ、カウリーの胸の痛みを刺激した。外に降りる直前に、もう一錠タイレノールを飲んだ。水なしで飲むのはひと苦労で、咳きこむとまた痛みが走った。

院直前に病院の鏡で自分の姿をたしかめていたカウリーは、ただのお愛想だと思った。彼の体格がどういうわけか、体重の減少をよけいに際立たせていた。包帯を小さくしたのも裏目に出て、頭の傷が目立たないどころか、髪を剃った部分に注意をひきつける結果になっていた。包帯そのものも傷の被いというより、側頭部から伸び出した奇形部のように見える。タイレノールを飲んでいても、そのあたりが胸と同様ずきずき疼いた。

長官のスイートの応接間には、コーヒーとデニッシュが用意されていた。ロスは奥の部屋から出てくると、彼を迎えてみずからコーヒーを注いだ。カウリーは身を乗り出してカップを受け取るとき、動きのぎごちなさ――痛みを顔に表わすのはもちろん――を見せまいとした。パメラ・ダーンリーも一緒かと思っていたが、姿が見えないことにほっとした。というよりも、この場に自分と長官以外のだれもいないのがありがたかった。

言葉を飾らない元判事は言った。「まるで皿の上の糞だぞ」

この一言で会見の基調が定められた、とカウリーは判断した。「見かけだけです。もうだいじょうぶですよ。回復していないのに仕事に復帰し、今回の捜査を危険にさらすようなまねはしないと、パメラにも伝えました」

「彼女から聞いた」ロスは言った。「きみの担当の神経科医も、あと一週間は入院していたほうがいいと言っていた」

「医者はだれでも、自分の医療過誤保険の心配をするものです」ペッパーから別れぎわにかけられたのは、二、三日したら再入院することになりますよという言葉だった。

「リスクは冒せんぞ、ビル。われわれがどんな批判にさらされてるか知っているか？とりわけＦＢＩが」

「新聞やテレビは見ました。だからこそ、もどってきたんです」デニッシュを勧められ、彼は首を横に振ったが、すぐに後悔した。

ロスはパンをひとつとり、自分の皿の上で割った。「説明してもらおうか？」

「わかりました。体のほうはもうすこし時間がかかりますが、デスクの前にすわって頭を使うことはできます。テレビで葬儀が中継されたあとの、あのふざけた討論をごらんになりましたか？　犯人どもはひどく怖じ気づいているので、もう二度と攻撃してこないだろうなどと言っていたのを？」自分がこの会見の基調をちゃんと理解できていればいいが、とカウリーは願った。

「話は聞いた」

「ＦＢＩによる観測というのはたしかなのですか？」

「違う！」ロスはきっぱりと言った。「たぶんホワイトハウスからの圧力だろう、ノートンは否定しているが。国民が夜、枕を高くして寝られるために必要だということでの非難が浴びせられることか——つぎの攻撃はかならずある、そしてそのことを考えていなかったという事実は、まともにわれわれに跳ね返ってくるでしょう！」

「言われるまでもない」長官はため息をついた。

「こういった点を指摘できること自体、わたしがここに復帰し、事態や状況を大局的に考えられるほど回復したという証明にはならないでしょうか？」

ロスはうっすらと笑った。「賢明な言い分だな」

「妥当な言い分です」カウリーは主張した。注意深く手を振って、外の街並みを示してみせる。「国連ビル、その前の貿易センタービルのあとで、この街にいったいどれだけの数の標的があるか、考えてごらんになりましたか！」

「あきらかに攻撃対象になりそうな場所には、すでに警備の人員を増やしている」

「それもやはり二日前に、ここから〈ポスト〉に洩れていました。攻撃があったときには、そのことへの批判も返ってくるでしょう」

「きみの予測が正しければな」

「たしかな予測です」カウリーの頭痛は消え、胸もらくになり、ほとんど違和感はなくなっていた。「しかし、わたしがここにもどってくるのには、もっと大きく実際的な理由がありました。パメラはモスクワからの協力が得られていないと考えています」

「その件もあって、今日きみと会うことにしたのだ」とロスは明かした。「向こうとは特別な絆があるものと思っていたが？」

「あります、ダニーロフとわたしには」目的のためには行けるところまで行き、必要なだけ誇張しよう、とカウリーは腹を決めた——もっともモスクワの状況を見るかぎり、ほとんど誇張する必要もなさそうだが。「モスクワはワシントンとは違いますし、組織犯罪局もわが国のものとは違うのです」そこで言葉を切った。この話し合いの基調を決めたのは長官だと、自分に言い聞かせる。「こちらでの腐敗といえば、わたしの見るところ、行きすぎた野心だけです。しかしペトロフカ広場では、管理人からはじまってほとんど全員が収賄の機をうかがっている。あれにくらべれば、カポネのシカゴなど幼稚園でしょう。そしてまたさらに多くの人間が——おなじ組織の同僚だけでなく政治家までが——ディミトリーの味方というより、敵にまわっているのです」

「自分は取り替えのきかない存在だと、きみは言いたいわけだな」長官が口をはさんだ。

「そうです」カウリーはてらいなく言った。「ここのだれかに対する個人的な含みなどはありません。ですが、わたし個人にかかわる事情はある。彼は五千マイル離れたところで、自分から五ヤード以内のほとんどだれも信用できずにいる。彼がわれわれと話すときには、友人として知っている人間にしか話すわけにはいかないのです」

「まったく、きわめて妥当です」カウリーは返した。長官の顔にもうすこし反応があらわれてくれないものか――こちらに読みとれそうな程度の表情が。

「やはりペッパーから聞いたのだが、きみは早期退院にともなう権利放棄証書にサインさせられたそうだな。彼の考えではやはり、退院には早すぎるということだ」

ペッパーから聞いただって！　カウリーは遅ればせながら、その発言の意味をさとった。連邦捜査局の長官が負傷した一捜査官の担当医師と直接話したとは！　するとおれは、すでに決定済みの事柄のために躍起になっていたのか？　言外の意味を読みちがえているのでなければ、おれは復帰したのだ！「連邦保険部の連中も、おなじ免責書にサインさせたがるでしょうね？」

「ああ」ロスは認めた。

「では、なぜこんなまわりくどいことを？」カウリーは思いきってたずねた。

「確信がほしかったのでな」

「得られましたか？」

「おそらくはな」

「わたしはまだ担当捜査官なのでしょうか？」

「最初はごく厳密な意味で、捜査の指令のみに限られる。そのために事件対策室をここに置くことに同意したのだ」

「あなたも保険の免責書にサインさせたいのですか？」

「いや」

「それではあなたの個人的な決定になるでしょう」

「法律のことで、わたしに講義できる自信があるのか？」

「わたしも法的な意味合いは承知していることを、はっきりさせたかったのです」

「きみを連れもどさずにすむような代案があるなら、わたしもそちらを採るだろう。いままでもその方法があればと思う」

いまこそズボンを下ろして尻をさらす時だ、とカウリーは感じた。「わたしはなくてよかったと思っています」

「ダニーロフに、パメラ・ダーンリーはきみにおとらず信用できるということを納得させてもらいたい」

「わたしが使い物にならなかったときのために？」

「どんな意味かは、説明するまでもないだろう」

「ありがとうございます」

「きみのキャリアのためではないぞ。この会見で何か特権を得たと思われても困る」

することを伝えよう」

「さぞがっかりするでしょうね」

「わたしもがっかりせずにすむよう願っている」

ぼやけていない、完全に明瞭(めいりょう)な視野にパメラ・ダーンリーをおさめるのははじめてだったが、じつに魅力的な女だとカウリーは思った。美しいといってもいい。ポーリーンと比較するまいと思いながらも、どうしてもそうせずにはいられなかった。ポーリーンとおなじ豊かな鳶色(とびいろ)の髪をしているが、胸はさらに大きい――全体的にやや体重がありそうだが、身長の高さがそれを補っている。少なくとも五フィート十インチか、それ以上かもしれない。エレガントなチュニックドレスには、前夜のポーリーンのように隅々まで神経が行き届いているという印象はなく、着こなしに気を使わない、あるいは使う必要がないことを自覚している女性の無頓着さが感じられる。おそらく後者だろう。病院での面会のあいだにぼんやりと見えていた縁の太い眼鏡が、卵形の顔の濃い青か黒の目を、やはり無頓着に縁どっている。基本のメークをほどこし、淡い色の口紅をつけているだけで、結婚指輪は見当たらない。カウリーはふと、まるで関連のないその分析――とりわけポーリーンとの比較――にわれながら困惑した。事件対策室は小さな講義室を転用したもので、テリー・オスナンが復帰おめでとうございますと言葉をかけてよこした。

「復帰されてよかったですわ」内心とはまったくうらはらに、パメラはそう言いながら、狭苦しい横のオフィスの椅子に――昨日までの位置をカウリーに明け渡して――腰をおろした。

「いや、きみに限っていえば、そうじゃないだろう」カウリーはすかさず答えた。「知ってのとおり、わたしはさっき長官と一対一で会ってきた。いまからわたしはある原則にのっとって動く。そして今後何があろうと、その原則は動かない。きみはわたしの復帰をひとつも喜んでいない。きみは今回の件を大きなチャンスだと見ていたが――事実そのとおりだし、いまもそうだ――いま何もかもわたしに横取りされたと思っている。それは違う。わたしがここにもどってきたのは、自分の身や縄張りを守るためじゃない。これは競争とは違う。そんな贅沢をしているひまや、余裕はない。いつなんどき犯人どもが攻撃してくるかもしれず、われわれはきみが想像だにしなかったほどの重圧にさらされかねないんだ。そのときさみは、わたしが復帰して、批判の一部を引き受ける立場にいることをありがたく思うだろう」カウリーは言葉を切った。そしてつづけた。「とりあえずはそれだけだ」

せんでした。がっかりしていたというのが、正直なところです。いまはなんとも言えません」

「では、おいおい納得してもらう必要がある」

「わかりました」パメラは半信半疑で受け入れた。どういうことになるか見当がついていたわけではないが、こんな会話はたしかに予想外だった。

「つぎの攻撃はないという例の話だが、きみはどう思った？」

「たわごともいいところです。もちろん攻撃はあるでしょう。わたしはこれまで意見を求められませんでした」

カウリーは微笑んだ。「これからはどんどん求められる。おたがい意見を求め合うんだ。だがその前に、最新の情報を聞いておこう」

それには数分を要した。ニューロシェルの二度目の鑑識調査（「そこいらの虫が雄か雌かまで調べました」）からは何も出てこなかった。爆発からの数日間、急進派を自任する追跡可能なグループを残らずあたってみた――来週に世界が終わると思っている連中から、ヒトラーやサタンを崇め（「表現の自由を保証する合衆国憲法の責任は大ですね」）、この地球上の精神病者や障害者、同性愛者、ユダヤ人、黒人、カトリック、プロテスタントを皆殺しにしたいと思っている連中まで。爆弾テロのあった地域に準軍事的しき人間の姿はまったく目撃されていなかった。軍のほうも成果はなし。

「ゼロです！」パメラは強調した。「ブルックリンのブライトン・ビーチの、本国のマフィアとつながりのあるロシア人地区まで調べました。情報提供者が押し寄せてくるとまでは期待してませんでしたが、何かうわさのひとつでも出れば十分だろう、と。でもだめでした。金や免責の餌をちらつかせても、なんの反応もありません。当然ながら、頭のいかれた模倣犯もどきも現われました。デモインで一回――これは米陸軍の手榴弾。セントルイスで二回――どちらも工業用ダイナマイト。さいわいけが人は出ていませんが」

通常の手順でやるべきことは残らずできている、とカウリーは認めた。「モスクワのほうは？」

「モスクワの殺人のおかげで、昨日から今日までのところ、注目はそっちに向いています。でもわれわれの手もとにあるのは、ダニーロフから知らされた情報だけです。こちらからつけくわえられることもないし――あちらと同様、つじつまの合う結びつきも得られていません」パメラは意味ありげに間をおいた。「あるいは、あちらに話す気がないのかも」

よれば、ロシアの地雷だった。きみも決定的な手掛かりを期待していたわけじゃないだろう?」

パメラはあいまいな、戸惑ったようなしぐさをしてみせた。「もうすこし何かあるかと思ってたんです」

年齢は三十ぐらいか、せいぜい三十五だろう。この若さでこれだけの地位にいるのだから、激しい出世争いに勝ち残ってきたにちがいない。さっきダニーロフが置かれている状況のことで長官に講釈めいた話をしてしまったが、いままたそれをくりかえすのは時期尚早だろう、とカウリーは判断した。表向きにはいくら全面的な協力だの情報提供だのと言っていようと、おそらくダニーロフに課せられているはずの政治的拘束はまったく別の話だ。「何年にも思えるだろうが、まだ数日しかたっていない」正確には六日だ、とカウリーは気づき、自分でも驚いた。

「偉大なアメリカの大衆に、あまり焦ってはいけないと納得させるんですか?」

「むずかしいかもしれないが」

「むずかしいどころではありません。二〇〇一年の九・一一とその後の炭疽菌騒ぎ以降、ほとんどだれもが怯えています」パメラは笑みをしかめ面に変えようと意識した。「このFBI内部でも、怯えている人間は大勢いる。この状態で、どうやって前に進むんです？」わたしを切り離しはしないというさっきの言葉は、本気だったのだろうか？

「ディミトリーと話す必要がある」

「特別な友人と？」

「なくてはならない友人だ」カウリーは相手の皮肉を意に介さなかった。「そこで話はわれわれふたりの関係にもどってくる。わたしは担当捜査官だし、地位の上でもきみより高位にある。だがそんなくだらない争いに興味はない。わたしの興味はただひとつ、どんな困難があろうと、今回の事件に幕を引くことだ。きみからも全面的な、無条件の情報提供を求める。きみが手柄を立てたときに、わたしが横取りするようなことはしない。これが追加の原則だ、いいかね？」

パメラはしばらく相手をじっと見すえた。「けっこうです」とうなずいた。もしこの男が本気で言っているのでないとしたら、まちがいなく世界一の大嘘つきだ。当面ほかに道はないのだから、協力してやっていこう。でも、この男が本気かどうか判断できるまでだ。もし相手に裏があるなら、こちらも何か手を打たなくてはいけない。こんな好機は二度とめぐってこないだろうから、なんとしても手放すつもりはなかった。

おれはなぜパメラ・ダーンリーに、その前任者に対しては思いつかなかったような確約をしてみせたのだろう、とカウリーは首を傾げた。それで思い出し、彼は言った。

パメラがまた、長いあいだ彼を見つめた。「てっきり長官からお聞きになったかと。彼は今朝、亡くなりました」

CNNがニュース速報で、ロシアの外務副大臣がモスクワのアメリカ大使館に到着する模様を映し出した。ユーリー・キサエフはみずからそう主張して、チャイコフスキー通りに面した正面入口から建物に入った。不格好な容器のひとつを自分で持ち、さらに多くの荷物を抱えた運転手があとにつづいた。キサエフは浴びせられる質問の声に足を止め、何を運んできたかは教えようとしなかったものの、ロシアの協力への意志を示す証だとくりかえした。

カウリーは言った。「例の弾頭だろうな」

「あきらかにカメラを意識した、計算ずくの行動です」パメラが言う。

「ディミトリーはこの件について、何か言っているか？」

「昨日電話しましたがつかまらず、向こうから連絡もありませんでした。前回話したとき以来なんの情報もきていません」

ディミトリー・ダニーロフの声だとわかった瞬間、カウリーは電話を会議通話に切り替えた。そしてロシア語でしゃべりはじめた。すぐに英語に替えたのはダニーロフのほうだった。

「どんな調子です？」ダニーロフは訊いた。カウリーがもどってきた！

「長官に言わせれば、まるで皿の上の糞だと」

ダニーロフは笑った。「それでも、本部にいるんでしょう？」

「ええ」

「だいじょうぶですか、ほんとうに？」

「問題ありません」カウリーはその話題を打ち切った。「これは会議通話なんです。パメラ・ダーンリーがそばにいます」

「もう何度か話しました。どうも」

「どうも」パメラが応じる。

「ついさっきCNNに、そちらの外務副大臣がアメリカ大使館に着いたところが映ってました」

「あなたが入院する前にふたりで話した、例のおなじ型の弾頭です」

カウリーは口ごもった。「それはいい。うちの鑑識の連中が首を長くしてますよ」

「そうでしょうね」モスクワの自分のオフィスにいるダニーロフは、カウリーが察してくれたことに安堵の笑みをもらした。

「完全につながっています。わたしがそちらへ行く前に、まだこっちでいくつか片づけることがあります。遅れると不都合はありますか？」

「いえ、まったく」今度カウリーはためらいなく答えた。「どのくらいかかるでしょう？」

「一日か二日。三日かもしれません。そちらのほうから、わたしが知っておくべきことは？」

「有望に思える手掛かりがひとつ二つありますが、まだ明確にはなっていません」カウリーは言った。「たしかな進展があれば、すぐに伝えます。でなければ、あなたがこちらに着いたときに、必要なことを教えましょう」

「それはいい。つぎの攻撃はないと、そちらは予想しているようですね？」

カウリーは口ごもった。「何かで読んだのですか？」

「ほのめかしがありました」

「あなたの側で？」

「いえ」

「それはおもしろい」

「あなたもそう感じるのではないかと思ってました。たしかなのですか？」

「もちろん違います」

「わたしもすんなり受け入れられませんでした」

「この件では、パメラと緊密に連係して働いてます」カウリーは言った。「わたしはあと数日はオフィスから離れられないでしょうが、あなたが連絡したときにわたしがいなければ、彼女がすべて処理してくれます」

「一緒に働けるのを楽しみにしていますよ、パメラ」ダニーロフが言う。

「わたしもです」パメラは言い、あてつけるようにつけ足した。「やっとですわね」

女捜査官の不平もやむをえないだろう、とカウリーは思った。パメラのしかめ面は消え、不満げなあきらめの表情が取って代わっていた。彼は受話器を置いたあと、しばらく黙ってパメラを見ていた。彼女がやはり口を開かずにいると、カウリーは言った。

「どうしたね？」

パメラは肩をすくめた。「わたしは秘密情報取り扱い許可（セキュリティ・クリアランス）を得ていると思います。あちらからそれに値する情報が伝えられたのならいいですけど」

カウリーは微笑んでみせた。「伝えられたとも。ようこそ、二重言語の国へ——その必要性へ、だ」

ダニーロフがいかにむずかしい状況下で働いているか、そのあらましをカウリーが話話す。今日のように切り替えるのは、彼の側に何か問題がある場合――妨害されているか欺瞞の動きがあるか。なんにせよ彼が自由に話せない場合だ。われわれはあのボートが爆発する前に、彼がおなじ型の、しかしあきらかに空の弾頭を渡すという話は一度もしていなかった。彼がこっちに来るという計画をふたりで立てたこともなければ、話したことすらない。彼はべつにたいしたことを話していないように見せて、多くの事柄をわたしに伝えていた。もし向こう側でだれかが聞いていたとしても、一言も理解できなかっただろうな」

ようやくパメラの顔がゆるんだ。「まるでハリウッドですね」

「ハリウッドでも考えつかないさ」

何よりも必要なカウリーとの直接連絡がとれたことに、ダニーロフは心底ほっとしていた。あの惨事でカウリーが死んだかもしれないと知らされて以来、知らないうちに自分からずっと失われていた自信が、いまになってわいてくるのを感じた。さらにまた、暗い灰色のモスクワでの暗い灰色の毎日から脱け出し、ネオンや点滅灯だけでなく人々をも輝かせる電気に満ちた場所へもどってこられたという興奮もあった。そのことがこれから待ちうける当面の問題にも解決をもたらしてくれるかもしれない。しかし車がその場所に着いたときに何が予想できるか、彼には定かでなかった。

オリガがキーロフスカヤにいるのは、なかば予想どおりだった。予期していなかったのは、アパートそのものの——あるいは妻の——様子だった。部屋はいつになく片づき、掃除されていた。脱ぎちらかした服はどこにもなく、ソファや椅子のカバーもアイロンをかけたばかりのように清潔で、ベッドも整えられていた。オリガ自身も染みひとつない服を着て、カーディガンを羽織っていた。こんなものを持っているとはダニーロフも知らなかったが、肘の穴はなく、揃いのボタンも取れているものはなかった。髪もきれいにまとめてあったが、ブロンドの色合いはまだらのままだった。

「何かほしい？」とオリガは訊いた。

「自分でやる」ダニーロフは言った。積み重なった皿の山は消え、冷蔵庫には食べ物とウォッカ用の氷があった。

「エレナのところにいたの」オリガは昨夜アパートに帰らず、どうしていたのかと訊くつもりもなかったが、彼女は自分からそう告げた。「長いあいだ話をしたわ」

ダニーロフはうなずいた。何も言うことはなかった。

「どうしてあんなことを、それもここでしたのか、わからない。ほんとうに」

「だからといって、どうなる？　何か変わりがあるか？」

「あなたとあたしとで。もう一度、結婚生活をやりなおしたいのよ」

「オリガ！　何をばかな。われわれの結婚はもう終わってる。もうどうしようもない」

「ディミトリー、お願い」

「オリガ、もういい。もうむりだ。わかっているだろう」

「ごめんなさいって言おうとしてるのよ。もう二度とあんなことはしないって。絶対に。なんでもするから！」

「よしてくれ、オリガ！　もう別に住むところを見つけようと決めたんだ」

彼女の顔が険しくなりはじめた。「それじゃ、あたしをほうりだすの？」

「わたしが別に住むところを見つけると言ったんだ」

「ラリサと見つけたようなところをね！」

「言い争いはしたくない」

「ラリサが言ったのよ」オリガは口走った。苦い思いがあふれ、声が甲高くうわずった。「あなたは捨てられるんじゃない。あなたがちゃんと面倒見られるようにする。あの女があたしにそう言ったのよ。まるでお情けでもかけるみたいに！　何もかもだいじょうぶだって」

ラリサがそう主張していたのを、ダニーロフは思い出した。あれは本気だった。彼女はそういう女だった。悶着が起きるとわかっていて、だれかをなるべく傷つけずにすむならなんでもしようとしていた。「ラリサがきみからわたしを奪ったわけじゃない。きみが何年も前に、わたしを追いやったんだ。むりをして一緒に住んでいたのがまちがいだった。どちらもわかっていたのに」

「あの女が死んだとき、あたしがどうしたか知ってる？」

「知りたくない」

「笑ってやったわ」

「やめろ、オリガ！　こんなことはなんにもならない」いや違う。これが唯一ダニーロフを傷つけられる方法だと、オリガは知っているのだ。彼は議論しようとしなかった――そんな気力もなかった。できるのはただ、彼女の言葉を最後まで聞き――あるいは聞くまいとし――彼女がどんな復讐を望んでいるかに頭と心を閉ざしつづけることだった。

「報いがあるわよ！」

「もう報いは受けた」

激しく鼻を鳴らして笑ったはずみに、鼻水が流れ出した。オリガはそれをぬぐおうともしなかった。「ロマンティックだこと！　感動的だわ！」

く振る舞おう。わたしがここにいるのは夜だけだ。できるかぎりがんばって耐えようじゃないか」

オリガはやっと鼻をぬぐった。「いいえ！　出ていくのはそっちじゃない。あたしが出ていく。あなたがいないあいだに、どこか別の家を見つけるわ。こんな汚いネズミの巣じゃなくて、もっと素敵なところを。それからいい弁護士を見つけて、可愛くて貞淑な妻にふさわしい慰謝料と生活費を残らず取れるようにする。あなたがあたしと出会った日を後悔するように」

「何年も前から後悔していたさ。だれが最初に裏切ったかで争いたいなら、好きにすればいい。わたしには興味はない」

「あたし以上のものを失わせてやる。笑い者になるのはあなたよ、あたしじゃなく」

パトリック・ホリスは体の不調に襲われていた。自分の部屋に鍵をかけて閉じこもってから数時間たったいまでも、吐き気は消えていなかった。今日ばかりは無視されたままのコンピューターのキーボードに、今朝の郵便物にまじって届けられた絵が載っていた。そこには力なく垂れたペニスと、眼鏡をかけて泣きべそをかいている顔が描かれていた。下には大文字で、「ごめんよ」とあった。

ワシントン記念塔で爆発が起こり、塔の下から頂まで延びている階段のうち三つの段を吹き飛ばしたのは、翌朝の午前一時ちょうどだった。

11

公園管理局がおこなった最初の調査——ただしすぐにひきあげさせられた——によると、爆発は高さ五百五十五フィートの記念塔の下から頂上の展望階まで延びる螺旋（らせん）階段を断ち切り、三百四段目、三百五段目、三百六段目のあった場所にねじくれた金属の隙間（すきま）を残していた。カウリーがそれほど高くまで昇るのは論外だったろうが、その時点ではモール全体、つまりリンカーン記念館のある二十三番から三番ストリートにいたるまでと、コンスティテューション・アヴェニューからインディペンデンス・アヴェニューにかけての区域が封鎖され、爆発物処理班をのぞいて歩行者は立入禁止となっていた。

カウリーは無線受信機（スキャナー）を積んだ司令車両に乗って可能なかぎり近づき、記念塔とシルヴァン劇場の中間の場所に駐車すると、即時に中継される画像に見入り、それにともなう実況報告に耳を傾けた。車内はすし詰めだった。通常の連絡係三人にくわえ、パメラ・ダーンリーとカウリー、さらに公園管理局の調査員ひとりが、手に入るかぎりの見取図のほかに個人的な知識もたずさえ、中空のオベリスクの内部に入ったチームのメンバーを必要に応じて誘導するために待機していた。

だが、それはまだ先のことだった。ニューロシェルでブービートラップの恐怖と苦痛をいやというほど思い知らされたカウリーは、その種の助言は必要ないという班長の苛立たしげな反論を無視して、地雷や仕掛け線、圧力センサー――その他あらゆるもの――がないかどうか、周囲の地面を一インチ刻みで調べるよう指示し、そのおかげで爆発物処理班のメンバーは記念塔そのものにすらなかなか近づけなかった。

そんな調子で一時間たつころには、円を描いて集まった警察と軍のヘリコプターが投げかけるサーチライトの光で、現場は明々と照らし出されていた。さらに公用ヘリがDCの中心部周辺を旋回し、封鎖された空域に報道ヘリを近づけないようにしている。レーガン空港に離着陸しようとする飛行機はすべて、警告をあたえられるか、進路の変更を求められていた。

閉めきったヴァンのなかでは、余分な人間三人の体温のせいで、空調もあまり効かなかった。全員が上着を脱いだ姿で――カウリーにはパメラの香水がありがたかった――ヘッドセットとマイクをつけ、外のクルーと直接連絡をとりあっていた。

カウリーまでがわれ知らず退屈を覚えはじめたとき、処理班の班長が宣言した。「何もありません！　なかに入ります。そっちに公園管理局の係員はいるかな？　ドアのすぐ向こうにあって、われわれが気にしなくてもいいもののことを、ざっと教えてくれなだ。進みながらできるだけカメラで撮影してもらえると、こちらも助かるんだが」

班長であるネルソン・ティバートの、大げさなため息の音が聞こえた。「われわれを信用してください。オスカー争いでスピルバーグを負かすようなまねをすりゃ、吹っ飛ばされて地獄行きでしょうがね。そんなことはだれも望んじゃいない。いま心底望んでるのは、みなさんがわれわれの仕事にあれこれ指図しないでくれることです」

「こっちも同業者で、自分の仕事をしているまでさ」FBIの鑑識チームを率いるポール・ランバートが言った。彼らは外で捜索がおこなわれる間じゅう、カウリーのヴァンのすぐ背後に停まっている、大きめのヴァンのなかで待機していたのだった。ランバートがつけ足した。「みんなきみらのために、幸運のウサギの足をつかんでるところだ」

「そいつはどうも」爆発物処理班の班長ネルソン・ティバートは、ジェファーソン・ジョーンズにおとらぬ偉丈夫の黒人だった。その比較に思いあたる前から、あの小さな六つの、硬くこわばった顔の記憶が脳裏によみがえった。

カウリーのヘッドセットに声がひびいた。公園管理局の局員マイケル・ポールソンで、さいわい声が聞こえたのはいいほうの左耳だった。ポールソンは手にした見取図を見るまでもなく、塔の入口と料金ブースの様子、そして中央のエレベーターと通路の位置関係などを正確に伝えていった。別の爆発物が中央への電力供給――昇降するエレベーターの電気回路がとくにあやしい——につなげられている可能性を考慮して、塔の電力はそこからすべて切り離されていた。ポールソンはどの位置にエレベーターと緊急用の自家発電システムがあるかを教え、さらに三百段目までの階段のさまざまな場所に備えつけられている緊急用の消火・医療器具について説明した。

「手もとにある見取図で、ばっちりたどれるよ」ティバートが請け合った。「ドアがおいでおいでといわんばかりに開いてるしね」

そのドアを開けておくように指示したのは、じつはカウリーだった。爆発にともなう警報を調べにいった公園の係員が急遽避難するとき、関係者用入口のドアをあけていったのだ。タイレノールを二錠飲んでいたにもかかわらず、カウリーは頭の痛みを感じた。傷を負っている側に触るまいとしてきゅうくつな体勢のパメラに、彼はさっきにこやかにうなずいて感謝の意をあらわしていた。

カメラマンが現場を撮影しながら先頭を進んでいくうちに——だれの姿も映っていない——カウリーの頭を最初によぎったのは、最低限の照明しかない海底でのタイタニック号発見のテレビ映像で、カメラマンの実況報告にはさまれる荒い息遣いまでがその印象どおりだった。彼は一階の床をすぐ近くから撮影しながら、あらゆるものに説明をつけくわえていた。

にひっかけていただろうということだったが、それでも処理班の昇りはゆっくりしたペースだった。手が画面のなかに伸びてきたかと思うと、ひとつひとつの段に触ってそっと探り、両側の支え材から上の手すりへとすべっていく。段をひとつ昇るごとに、いちいち数が数えあげられる。息遣いの音が大きくなってくる。全員がおそろしく重い装甲服を着ていることを、カウリーは思い出した。

　あの非合理な退屈感はすでに頭から消えていたものの、やはり非合理な、何か見落としている——解釈か判断を誤っている——という重苦しい予感が、たえず入りこんできていた。そして狭いヴァンのなかの熱気よりも、その見落としのせいでまた死傷者が出るのではないかという不安のために、汗が噴き出していた。彼がヘッドセットを外すと、パメラが怪訝そうな顔を向け、口の動きだけで「どうしました？」と訊いた。カウリーは首を横に振り、刺すような鋭い痛みに顔がゆがむのを隠そうともしなかった。しばらく実況報告に気を散らされないよう、ヘッドセットの音量を下げた。

　何も見落としはしない——見落とせるはずがないのだ！　自分ひとりが係員に質問し、ひとりでこの調査を組織したわけではない。爆発物処理班もその班長も、大勢のＦＢＩ捜査員——パメラもそのひとりだ——もいたし、たったいま装甲服に身を固め、ありとあらゆるタイプの探知機や無力化装置を持って、苦痛なほどゆっくりしたペースで塔の内部の漆黒の闇を探りまわっている連中もいた。だから何もありはしない。それでもカウリーは、何かあるという予感を振り払えずにいた。

パメラもヘッドセットを外し、彼のほうに身を寄せたが、まだ体に触れないよう注意していた。「どうしたんです?」もう一度小声でたずねる。

「悪い予感がする。手抜かりはないだろうか?」

パメラは眉をひそめ、しばらく無言でいた。「ありません」

「何かあると思う。われわれに見通せていないことが」

パメラはカウリーの腕に手をかけた。「大勢のプロが関わっているんです」そもそもカウリーは、ここにいるべきではないのだ! これでは話が違う。こちらはふたりで取り決めたはずの原則にしたがって、知らせを受けたあと彼に連絡した。まさかきみひとりにはまかせられないとカウリーが言いだし、こんなふうにしゃしゃり出てくるとは思いもよらなかった。

「だれにも見通せていないんだ」

階段の途中に口をあけた穴が、いきなり画面に入ってきた。カウリーがヘッドセットをつけたちょうどそのとき、カメラマンがあえぎながら言うのが聞こえた。「ここだ!」

「気をつけろ」ティバートの声がした。「先に通してくれ」

ティバートは背中を向けながら画面をいっぱいにしたが、後ろから見るその姿は魚を思わせた。おそろしく深い潟から現われた、先史時代の怪物。そのイメージを際立たせるように、彼は長く伸ばした油圧式アームの端の熱センサーをそっと穴のほうに向け、ねばり強い漁師よろしく、周囲のあらゆる場所の上に動かしていた。

「数値ゼロ」ティバートが報告した。

それからまた別の装置でおなじ手順をくりかえす。チェックの様子を眺めていたカウリーは、臭いを感知して既知の爆発物の種類を特定できる装置だと知った。

「数値ゼロ」ふたたびティバートが言う。

「構造的にも安全か?」カウリーは訊いた。

ティバートはゴムでくるまれた硬い棒で探りながら、一段ずつ体重をかけていき、やがて裂け目の端までたどりついた。「そのようですね。下から穴に近づいていくと、遠近感がおかしくなる。この三つの段は完全に吹き飛ばされちゃあいません。どの段も基部の一部が残ってます」そう話しているうちに、カメラがわきから昇ってきて、ティバートが説明しているものを映し出した。チームの別の一員がフラッシュを焚いてスチール写真を撮っており、画面がそのたびに何度も白くなった。「被害はかなりのもんですが、わたしの見たところ、爆薬の量はそう多くなかったでしょう……爆発の残骸らしきものが見える――」

「そのままにしてくれ」ポール・ランバートの切迫した声がひびいた。「動かしてもらいたくない。手も触れないで」

ティバートがまた大きなため息をついた。「タイミングのいいご指摘、ありがとう。いまから破壊された場所に延長はしごをかけて、向こうに渡って調査をつづけます。それからみなさん、先に礼を言っておきますが、われわれもちゃんとわかってますよ。やつらがこっちのやることを見越して、まさしくここに罠をしかけるだろうってことは」

しかし何もなかった。そのあとの、仕掛け線などを探しながらの昇りはますますペースが落ち、最上部に達するまでにはさらに一時間かかった。

ティバートが言った。「観光客の列に並ぶ気はさらさらないが、こいつはたしかにちょっとした眺めだ」

緊張を解くのが早すぎる。カウリーは胸騒ぎを抑えられずにいた。「爆発が時限装置によるものだったのはたしかだし、まだほかにいくらも場所はある――いちばんあやしいのはエレベーターシャフトとその周辺だろう――どこで何がまた爆発しようと待ちかまえているかもしれない。もうそこから出てきたほうがよくはないか？」

「カウリー特別捜査官ですね？」

楽しんでるあいだ、ほかの連中は下のときとおなじに、ここにある電気の装置や設備をひとつ残らずチェックしてます。それにシャフトそのものの配線まで調べられる小さな仕掛けもある。電源が切ってあってもブーンとうなってる代物を探知できるやつです。そういう手順がぜんぶ終わったら、何か見落としがあった場合にそなえて、さらに注意して下りていきますよ。こいつはわれわれの仕事だし、どうすればいいかはちゃんと心得てる」

カウリーは口を開きかけたが、その前にポール・ランバートが言った。「ニューロシエルに行ったわたしの仲間も、みんなそう思ってた。とにかく気をつけてくれ、ネルソン、聞こえてるか？」

「聞こえてます」ティバートの声には、もう見下すような響きはなかった。「すみません。チェックすべて終了。これから下ります」

処理班はティバートの言葉どおりの慎重さで下りはじめた、さらに二時間が過ぎた。彼らが小さな関係者用入口から出てくるころには、すでに日が昇り、上空には空域封鎖のヘリコプターがいるだけだった。立ちあがったときカウリーは、新しい惨事への不安に緊張していたせいで、肋骨だけでなく体のあちこちが痛むのにはじめて気づいた。パメラがつづいてヴァンから降りてくると、肩のこわばりをほぐそうと伸びをした。

「あなたは行動面では関与しないと、そういう約束だったのではないですか。ただすわって考えるだけだと」パメラは苦言を呈した。たがいの合意があるというなら――なんと呼ぼうと知ったことではないけれど――ちゃんと守ってもらわなくては困る。

「忘れたな」カウリーは無造作に言った。

「あなたの予感がはずれてよかったですわ」このタヌキ親爺（おやじ）！　だがこれ以上文句を言うのは、政治的に――個人的にも――得策ではないだろう。それでも覚えておく必要はある。

　カウリーはかぶりを振った。「まだあそこのどこかに、ワシントンの半分を吹き飛ばせるだけの爆薬があるかもしれないんだ。後ろにいる鑑識の連中に、大至急調べさせてほしい」

　すでに処理班のメンバーを取り囲んで状況を聞き取っているＦＢＩのグループに、カウリーはくわわろうとした。そのとき無線受信機のオペレーターのひとりが大声をあげ、彼は足を止めた。

「犯行声明があった！　メッセージもだ！」カウリーが名を告げたとき、ＦＢＩの監視室にいる当直指揮官が言った。

「どこから？」

メッセージはこうだった。

アメリカとロシアは友人ではなく、仇敵である。
アメリカは東側に欺かれている。
世界に冠たるリーダーシップを回復するために、
癌細胞は排除され、欺瞞は暴かれねばならない。

署名には〈夜回り〉とあった。カウリーとパメラは肩を寄せ合って立ち、そのプリントアウトを見おろした。

「ペンタゴンが？」パメラが当惑顔で言った。

「やつらはペンタゴンからＦＢＩのホームページ――www.fbi.gov――にアクセスして、自分たちの名を最重要指名手配リストのトップに置いた」当直指揮官が言った。「やつらはわれわれをテロで脅してるだけじゃない。なぶりものにしようとしてるんだ。自分たちの力を誇示し、われわれの無能さを世界中に示そうと。しかもそれをやってのけた、とんでもない規模で。政府のアドレス――www.fedworld.gov――を使って、ＦＢＩだけじゃなく、合衆国のあらゆる連邦機関や組織のホームページに入りこんでいる。こうやって話してる間にも、アメリカじゅうの何万って人間がこの文面を読んでるんだ——たぶん海外の大使館の人間も。やつらはわれわれに、いまだかつて見たこともないでかい中指を立ててみせてるんだよ」

「どうしてそんなにかんたんに入りこめるんです、世界一警戒厳重で、安全なはずのシステムに？」パメラが訊いた。

「絶対に完璧で安全なシステムというものは存在しないからだ」当直指揮官が苛立たしげに答えた。「この業界にはかならず裏口ってものがある。それを開けられるだけの頭をもった人間も。これまでペンタゴンに入りこんだハッカーは何人もいた。十五歳の子供が、人工衛星を危険に陥れたことだってあったんだ！　不法なアクセスをおこなう連中は、この世界じゃクラッカーと呼ばれてる！」

「そんな勢いでばらまかれてるのなら、メディアにも洩れるだろうな」カウリーはうんざりした口調で言った。

「もう洩れてるよ。午前六時のラジオとテレビのニュースで流れた、きみらがそっちのモールでひと晩じゅうやってたことの、まさしく頭にな」

「どうやってペンタゴンのシステムに入りこんだにしろ、跡はたどれないのか？」

「むりだな。国防総省もやってみるだろう、当然そのはずだ。しかしこれだけ頭のいい

「不都合があったことはわかった」カウリーは相手の皮肉に見合った言葉を返した。パメラに向かって訊く。「〈ウォッチメン〉というのは？」

「聞いたことがありません」

ＦＢＩが何か動くたびに、そのことに対する否定的な反応があった。危機対策本部をより安全の確保されたペンシルヴェニア・アヴェニューに移しただけで、さっそくメディアは、局の対応が後手後手にまわっている例のひとつだと言いたてた。しかしカウリーはそんな風当たりの強さもすべて思考の片隅に追いやっていた。会議の準備が進められているあいだも、何か見落としがあるという執拗な予感は、彼の念頭からいっこうに去らなかった。

その日の会議にくわえるべき必要な顔ぶれについて指示したあと、実際の準備を長官の助手にまかせ、コンピューターの前にいるパメラ・ダーンリーを置いて、ひとり封鎖されたままのモールへ引き返した。

ワシントンのまさしく中心部が封鎖されているために、街の交通は麻痺し、移動には自分の足を使うしかなかった。スーパー・ボウルなみの大群衆のなかをじりじりと通り抜けていくのは、おそろしく神経を使う仕事で、十四番ストリートに着くころには、ほとんど肩と肩が触れ合うほどの混雑ぶりだった。さいわいそこからは公式車両用のバリケードのない車線があり、封鎖場所の警官に身分を示したあとはじゃまされずに歩いていけた。そして公園に入るか入らないかのうちに、群衆のだれかが彼を認めた。すぐに名前が呼ばれ、カメラのシャッター音とフラッシュがつづいた。彼は一切無視して歩きつづけた。

ネルソン・ティバートと彼のチームの姿がまだ見えたが、カウリーがスキャナーの前に着いたときには、ちょうど新しい装甲服姿の男たち数人がオベリスクに入ろうとしていた。

ティバートがカウリーの姿に気づき、声をかけた。「おたくの鑑識チームは、探し物をぜんぶ手に入れて帰っていきましたよ。われわれはいまから四度目の掃除です。これだけの装備を持って昇るのは、実際ろくなもんじゃない。階段そのものに何もないことは断言できますね。いまは電気関連の装置とかに集中してます」

「わたしの恐れてることがわかるかい？」カウリーは言った。「人がいっぱいのエレベーターが動いている最中に、爆発が起こることだ。この記念塔全体が崩れ落ちるほど大きな爆発が」

「こっちが先に考えてますよ」処理班の班長が請け合った。「エレベーターがいちばんきも遠隔操作でやります。そうしてエレベーターをほんのちょっとずつ上げ下げし、爆発があっても狭い範囲にとどめられるようにするわけです」

この男はほんとうに、驚くほどジェファーソン・ジョーンズにそっくりだ。あらためてカウリーは思った。「どのくらいかかる?」

ティバートはあいまいな身振りをした。「これから、二日ですかね。急ぐつもりはありません」

「そのほうがいい」立入禁止線のすぐ向こうをびっしり取り囲んでいる人垣を見ながら、カウリーは言った。「ニューロシェルなみの爆薬があったとしたら、彼らは安全だろうか?」

「記念塔は大理石でできてます。つまり硬い。爆発がありゃあ十中八九倒れるでしょうが、その力は内部にとどまるでしょう。耳がすこしじんじんするぐらいですかね。ホワイトハウスのガラスにも多少被害があるかもしれない」

さりげない台詞だがおろそかに考えてはいけない、とカウリーはさとった。「きみに子供はいるか?」

ティバートは顔をしかめた。「四人いますが。どうして?」

「もう父なし子は見たくないんだ」

「そんなことになるような計画は立てちゃいけない」

「おたがいにな」カウリーは言った。記念塔のある丘の上に立ちながら、ふたたび周囲を見まわした。あの遠くの群衆は、きっと千人は下らないだろう。もっと多いかもしれない。どこだ？ いったいどこにある？ 晴れあがった朝の空をまっすぐ指し示すあの大理石の矢印のようにはっきりしているのに、おれには見えない、正体のつかめないものはなんなのだ？

封鎖場所にいた警官から車で送っていこうという申し出があり、カウリーはその相手とのむだ話につきあった。まったく頭のおかしいやつらがいるもんだ、ニューヨーク州が死刑制度を復活させたのはたしかに正解だった、ああ、体には気をつけるよと調子を合わせ、J・エドガー・フーヴァー・ビルの前に降り立った。連邦捜査局のモットーが所狭しと刻んである周囲を囲われた前庭へ入っていったとき、めまいの波が押し寄せてくるのを感じた。彼はよろめいて壁をつかみ、靴に問題があったという風を装った。ためらいがちに足を持ち上げ、ゆっくりと歩いてみる。その状態もほとんどすぐに終わり、彼は玄関ロビーで待ちうける握手ぜめに向かって歩いていった。

パメラはすでに会議室で待っていた。カウリーはすぐに言った。「〈ウォッチメン〉の正体は？」

「うちの鑑識の連中は、塔のなかで目当てのものをぜんぶ手に入れたらしい」

「まだ早すぎるでしょうが、鑑識で何かわかったことがあれば、だれか会議に出るようにと長官が言っています」

「ほかの出席者は？」

「公園管理局のポールソン、ヴァンのなかで一緒だった係員です。それからペンタゴンの将軍ひとりに、コンピューターの担当員ひとり。DC警察からも何人か、名前や数まではわかりません。それにうちの広報部長のアル・ヒントン。わたしの知るかぎりでは、それだけです」

「モスクワからは？」

パメラがかぶりを振る。

「やはり何か足りない。何か見落としてる、パム。わたしにはわかる」

「あなたに足りないのは、ちゃんと夜眠ることです。それにあと一週間は入院してるべきでした」パメラは言葉を切り、この機会を逃すまいと決めた。「わたしが連絡したのは、あなたが担当捜査官だからであって、現場に来てもらうためじゃありません。それは取り決めにはふくまれていない」

「目が覚めてから、ずっと眠れなかった」

肋骨（ろっこつ）を締めつける包帯のせいで、トイレの洗面台の上に身を乗り出して顔を洗うのはひと苦労だった。ひたいにしわを寄せて、鏡に映る自分を見る。たしかに、皿の上の糞だ。いや、もっと悪い。カウリーはもともとひげが濃いほうだが、この不精ひげは死人のように青白いいまの顔色とあまりにも好対照をなしていた。目は落ちこんで黒い隈（くま）ができ、急いで手にとった服――スエットシャツとジーンズ――は汗にまみれ、しわが寄ってだぶだぶだった。カフェテリアのコーヒーを二杯飲んでも、期待していたほど元気はわいてこなかったが、タイレノールを飲み下すのはらくになった。

急ごしらえの会議室――ふだんはこのビルで最大の講義室――はすでに人で満杯だった。ポール・ランバートの姿があり、これほど早く鑑識で何が見つかったのだろうと興味を覚えた。国防総省の将軍は制服姿で、名札にはシンクレア・J・スミスとあった。かたわらにやせた、神経質そうな文官がつき従っている。FBI長官の助手が全員をすわらせてまわり、カウリーとパメラに隣同士の席につくように言った。今回はFBIのテリトリーということで、レナード・ロスが議長を務めることになっていた。

パメラが身を寄せてきて、ささやいた。「わたしたち、ひどく臭（スティンク）うでしょうね」

カウリーは言った。「どの新聞もそう書きたててる。まるでだめだと。きみが最初に今度パメラはまっすぐ向きなおった。「だいじょうぶでしょうか？」わたしを舞台の中央に押し出してやろうという心遣いなのか、それとも何か罠（わな）でもあるのか？

「きみはわたしにおとらず、すべて把握してる。必要に応じて、わたしが引き継ごう」カウリーは聞き役にまわるつもりだった。ほかの者たちの言うことに耳を傾け、何か糸口を探りたかった。

最後にレナード・ロスが、国務長官のヘンリー・ハーツ、大統領首席補佐官のフランク・ノートンをともなって入ってきた。でっぷり肥えた禿（は）げ頭の広報部長アル・ヒントンが、先頭に立って三人を導いていた。今日の報道関係がテレビカメラ一台にスチール写真のカメラマンひとり、記者もただひとりに限られているのを見て、カウリーは胸をなでおろした。前回とくらべてポーズをとる機会もずっと少ない――ほとんどゼロだった――ことにも気づいた。カウリーは前にもましてすぐに存在を認められ、たちまち注目の的になったが、質問はすべて拒絶し、担当捜査官を務められる程度には十分回復していますとくりかえすだけにとどめた。ヒントンが三人を引き連れていく途中、ノートンが復帰おめでとうと言ってよこし、長官が渋面を向けるのをカウリーは意識した。

しかしレナード・ロスは、最新情報の要請にパメラが応じたときには驚きを示さず、カウリーもすぐに彼女の説明ぶりが見事なものだと判断した。パメラは厳選した記念塔内部の現場のスチール写真を見せて全員をひきこみ、処理班が最初に調べた電気の回路や装置まで示したが、調査がまだ継続中であることもしっかり強調した。

「それから、〈ウォッチメン〉と自称する急進派あるいは抗議グループについては、まったく不明のままです。すでに友好国——イングランドとイスラエル——の機関に照会を依頼しました。いまのところ回答はありません」

パメラは誘いかけるようにカウリーを見た。彼は無言のままでいたが、長官からもしかめ面が向けられているのを意識した。

先に口を開いたのは、大統領首席補佐官のフランク・ノートンだった。「今回のコンピューターへの侵入に関して、何かわかったことがあるかね、将軍」

「まだ早すぎる」と国防総省の軍人が言った。髪を海兵隊スタイルに刈りこみ、顔は何か硬い材料から彫り出したように見える。彼はかたわらの文官にうなずいてみせた。

「カールの話を聞いてもらったほうがよさそうだ」

「わたしはペンタゴンのコンピューター・セキュリティの責任者、カール・アシュトンです」文官の男は居心地悪げに自己紹介した。「ペンタゴンにはさまざまなセキュリティ・レベルや用途、プログラムをもつ、千を超える数のコンピューター、端末、VDU（表示装置）があります。もし何者かがウィルスでシステムを汚染しようとしたのであれれのコンピューターやサーバーを経路に使おうとする場合――専用のエントリー・コードとパスワードを自分にあたえるのです――犯人の割り出しには時間がかかります。見つからないこともありうる」

「まさか、聞き違いではあるまいな？」ノートンが信じられないという顔で、言葉を区切りながら言った。「テロリストの集団が合衆国軍司令部のコミュニケーション・システムに侵入し、現実にわれわれを攻撃しているにもかかわらず、こちらはその相手をつきとめることもできないというのか！　それが大統領と国民に対するペンタゴンの回答なのか？」

「もっときちんと説明するべきでした――」アシュトンが言いかけた。

「まったくだ」ヘンリー・ハーツが割って入った。「あの九月十一日のあとで、そういう話は聞きたくないものだ。アメリカ国民もおなじ思いだろう」苛立ちのあまり、国務長官のドイツ訛りがさらに際立っていた。

　アシュトンの顔は紅潮し、手が落ち着きなくテーブルの上をさまよった。「絶対に侵入を許さないコンピューター・システムというものは存在しません。かならず裏口はあります。作った人間がわざと残していくこともある、自己満足や楽しみのために……」

出席者の顔に新たな驚きの表情が浮かぶのを見て、彼は言葉を切った。「そうなのです、ペンタゴンのシステムを作るような者たちですら。いえ、だからこそというべきでしょう。コンピューターを最高レベルで使いこなす者たちには、共通の傲慢(ごうまん)さが存在します。彼らは自分自身のエンタープライズ号を操り、宇宙のだれも行ったことのない場所へ行けるカーク船長なのです。インターネット上にはそういった者たちの集まるウェブサイト、つまり一種のクラブがあります。生身や本名を使うわけではない——自分たち同士で区別のつく偽名を使い、エントリー・コードとパスワードが交換される。今回の場合はただ、不満を抱いたペンタゴンの職員がそういったクラブに入会すればいい。それでドアが開かれる」

「そこを洗い出すのだ！」ＣＩＡのジョン・バターワースが割りこんだ。「リストがほしい——」

「わがペンタゴンには、解雇された職員や、何かしら憤懣(ふんまん)を抱きそうな状況でやめていった職員すべてのリストが保管されています」

「ばかげている！」バターワースが異を唱えた。「そういうふざけたクラブを摘発し、一網打尽にすればいいではないか？」

アシュトンは困惑顔で、鳴りをひそめたままの将軍を見たが、軍人はただ肩をすくめた。コンピューター・セキュリティの責任者が言った。「失礼ですが、これはどこかの彼らがどこにいるかも、どうすれば近づけるかも知りようがない。むりにそうすれば、合衆国データ保護法の条項にもとづき、連邦法違反となります」

衝撃と沈黙が会議室じゅうにひろがった。実際家のレナード・ロスが口を開いた。

「これまできみは、できないことばかり話してきた。できることは——いまやっていることは——なんなのだ？」

「さまざまなセキュリティ・レベルがあると、さっき申しましたが、いちばん下の管理レベルには、ハードディスクもフロッピーディスクもない端末が多数あります。これはただのVDUで、中央のサーバーから動かされます。破られたのは十中八九ここです。われわれは現在、このレベルの掃査をおこなっています。もしテロリストがここにいれば、つきとめられるでしょう。少なくとも侵入の跡は見つかる。ですが、こうした表現が許されるなら、彼らは抜け目のないプロフェッショナルです。ただ侵入して自分の小さな巣穴を作るだけではない。自分がトレースの対象になったとき、警報を発する自前の装置も取り付けておく。彼らは直接ペンタゴンに入ってきたのではないでしょう。ほかのシステム——それも世界の裏側にあるかもしれないシステム——に複数の逃げ道があるでしょうし、まさに文字どおり、彼らの耳にベルが聞こえるような警報装置がついていてもおかしくない。そのときはすぐに——われわれが迫る前に——シャットダウンされるでしょう。そういう意味で、トレーサーを使っても、彼らはおそらく見つからないと申しあげたのです」

「恐ろしいことだ」ハーツが独り言のように言った。「あらゆる恐怖はこれまでに味わいつくしたと思っていたが」

「それが現代のテクノロジーなのです、国務長官」議論にくわわっても安全な頃合だと判断し、スミス将軍が口をはさんだ。「わたしも恐ろしくてならない」

「それは最低レベルのセキュリティなのだろう」ノートンがさらに訊いた。「ほかのレベルにあるものは？」

「自前のハードディスク、自前のプログラムをもったコンピューターです。すべて自動的に、月に一度——最も機密レベルの高いエリアでは週に一度——掃査されますが、その時間枠はすでに変更しました。作戦司令室にいたるまで、あらゆる場所のコンピューターをすでに掃査しています。しかしさっきも申しあげたとおり、彼らを捕捉しても、向こうはいち早くそれを察しているでしょう」

「じゃあ、どうすればいい！」ノートンが憤然と言った。「こんなことが国民に知れたらどんな反応が返ってくるか、わかっているのか？」

「われわれが過去に幾度となく窮地に立たされたときと、ほぼおなじ反応だろうな」とるか？　それとも今回は見ているだけにするか？　あまり具合がよくなさそうだぞ」

　そう言われてはじめて、カウリーは自分が椅子の上にぐったりと体を沈め、目まで閉じていたことに気づいた。それでも意識が遠のいていたわけではなく、話は残らず聞いていた。「ずっと考えていたもので——いえ、考えようとしていました、別のことを」

「そのようだな」ロスが言う。「しかしわたしの見るかぎり、担当捜査官としては心配だ。昨日からずっと起きたままなのだろう。すこし休んではどうだ？」

「ペンタゴンへの侵入は、当面考えなければならないことではないと思います」カウリーは明言した。

　パメラの手が腕に置かれるのを感じた。ロスが言った。「もう切り上げるべきだろう、ビル。これはきみのミスだし、わたしのミスでもある」

　カウリーは首を振って拒絶した。ポール・ランバートに向かって言う。「こんなに早くこの場に出てくるということは、何かはっきりしたことがわかったんだな？」

「爆弾はセムテックスでした」眼鏡をかけたクルーカットの、鑑識の科学者が言った。「考えうるかぎり最も単純なものです。午前一時にセットしたタイマーをくるんでありました。当然ながら現在、指紋を調べているところです。出所はチェコもしくはスロヴァキアでしょう。この爆発物をいまだに製造している国は、世界にこの二カ国しかありません。タイマーについても今日じゅうに確認できるでしょう。しかし爆発物処理班から別の発見がなければ、これ以上役に立てることはあまりないかもしれません」

「彼らはじっくり時間をかけています」カウリーが言った。「ティバートはあと二日かかると言っていた――何か無傷のものがあるかもしれないと」

「二日とは！」制服警官ふたりにはさまれてすわっていた、小柄な警察本部長のデヴィッド・フロストが異を唱えた。「それはとてもむりだ！　あの中心部一帯が今日一日封鎖されただけで、街の交通はほとんど麻痺してるんです。わたしがこの会議に出てくる前にも、まだやじ馬が続々集まってきているという報告が入ってきていた。この状態があと二日もつづいたら、街はさらに旅行客があふれ、にっちもさっちもいかなくなる！」

「交通の規制は、当面の優先順位としてそう高くはないと思うが」ロスが言う。

「それだ」カウリーがふと、小声で言った。そしてにわかに大声で、「きっとそうだ！」

全員が当惑した顔を向けた。

カウリーは鑑識のリーダーに向かって訊いた。「爆薬だ！　爆薬の量はどのくらいだった？」

ランバートは肩をすくめた。「半ポンドというところでしょうか。もっと少ないかもうな時間に爆発するようセットされていたのだな？」

「たしかに」

「買い物袋やバックパックにもすんなり入るのだろうな？」

「ええ」

「取り付けるのもかんたんだな？」

「はい」ランバートはまたうなずいた。「セムテックスは灰色で、階段とおなじ色です。階段のすぐ両わきの、外側の壁に押しつけられていました」

「ビル――」ロスが気遣うように口を開いた。

「そうだ！」カウリーは今日の早朝、目が痛くなるまで凝視していた階段の隙間を思い出した。「階段の隙間や外側の端には、半ポンドよりずっと多くの爆薬を隠せるだろうな？」

ランバートはまた、お手上げだという仕種をしてみせた。「やつらがこれからしかけようとするなら……」

「やはりそうか！」カウリーは勢いこんでレナード・ロスを見た。「やつらはこれからしかけようとしてるんじゃありません。やつらの趣味、やつらのやり方じゃない！　例の弾頭でまちがいなく何百という人間を殺そうとした。ニューロシェルへわれわれを誘いこんで待ち伏せした。今度もそうだ！　これはおとりです」ふと彼は口をつぐみ、モールを十重二十重に取り囲んでいる人垣を思い出した。わきあがるパニックを抑えようとしながら、警察本部長のほうに身を乗り出す。「いまあそこには、モールのあたりには千人の、いや二千人の人間がいます。そして爆弾がある、もうひとつ別のやつが。避難させてください！　モールから、あらゆる道路から人を避難させて。地下鉄のスミソニアン駅に殺到するのもいけない。駅は閉鎖して。とにかく全員、できるだけあそこから急いで離れさせるんです。さもないともう一度、大惨事が起こる」

だれも動かなかった。口を開く者もなかった。

カウリーは懇願するようにレナード・ロスを見た。「お願いします！　この考えは正しい。絶対まちがいありません。今度こそやつらは、何百人も殺すつもりでいる」

「なあアン！　たかだか七ドルの話だろう」オルバニーの刑事は言った。クラレンス・スネリングが最初に苦情を持ちこんだ相手だった。

「プラス四十九セントよ」アンが指摘した。

「ああ、プラス四十九セントだ。おたくらはもっと別のことで手一杯だと思ってたがな？」

「銀行とは話をしてないの？」

「ああ。銀行と話なんざしてないとも！　セブンイレブンの夜番の店員を十二番径のソードオフで撃ち殺して二十ドルばかり盗んだやつと、サラトガ・ロードのわき道で十二歳の女の子をレイプした野郎を逮捕したあとなら、クラレンス・スネリングの大事な七ドル四十九セントのことを考える余裕もできるだろうがね」

「ではそのあいだに、わたしが調べてもかまわないでしょうね？」

「なあアン、きみのその盾をもし見てなかったら、おれがどうするかわかるか？　FBI捜査員を騙ったかどで逮捕してるぞ」

「ご心配なく」アン・ストーヴィは言った。「わたしもあなたをニューヨーク州警察の刑事を騙ったかどで逮捕したりはしないわ。自分の犯罪歴を意識していないことでもね」

12

この捜査がはじまって以来、ディミトリー・ダニーロフは自分のオフィスのテレビをつけ、CNNに合わせっぱなしにしておくのが習慣になっていた。おかげでペトロフカに着いてから数秒以内に、ワシントン記念塔の爆破事件を――今回ばかりはパヴィンに先んじて――知った。ゆうべはソファの上でよく眠れず、オリガと顔を合わせるのを避けようと六時前にアパートを出た。彼がドアを閉めたとき、オリガはいびきをかいていた。テレビを見たあとでカウリーに電話を入れてみたが、彼もパメラ・ダーンリーも会議中だとの返事がもどってきた。

前夜の日誌があり、殺されたギャングの一味のためにアリバイを証言したふたりの男のうちのひとり、アナトリー・セルゲーヴィチ・ラシンが逮捕されたことが記されていた。知られていた最後の住所とおなじ、ウツェビ横丁のアパートで、十五歳の少年とベッドに入っていたという。いまはふたりとも別々に、地下の独房に勾留されていた。

ダニーロフはすぐにこちらの優位を見てとり、しばらくほうっておこうと決めた。先癖になっていたが、すぐにプロ意識が頭をもたげ、いらいらとため息をついた。こんなまねはあきらかに正しくないし、意味のないことでもある。犯罪記録にあるゴッドファーザー——首領その人であるミハイル・ワシリエヴィチ・オシポフ——の写真は、十二年前に撮られた、鼻の下とあごに濃いひげをたくわえている写真だった。当人はその後二度逮捕されているが、写真は更新されておらず、その説明もなかった。ひげはとっくに消えているだろうし、このファイルの写真から現在のオシポフの見分けがつくとは思えない。その後の二度の逮捕時には、証拠不十分のため——その件についても説明はなかった——起訴にはいたらなかった。こんな無署名の説明すらあった。このグループはほかの有力なファミリーの圧力で崩壊した、よって今後はそちらに注意を向けるべきである、と。この記述から、ダニーロフはすぐに察した。オシポフのファミリーは、以前パヴィンから聞いた勢力圏争いで散り散りになるどころか、逆にモスクワ最強の集団として浮上してきたのだ。

組織犯罪局の内部に、オシポフから裏で報酬をはずまれ、そのファミリーにわずらわしい官憲の捜査の手が伸びないようにはからった警官がいる。いったいだれだ？　ダニーロフは自分に問いかけたが、たちまち不快な困惑に襲われた。どうしておれが知らない？　自分の部局ではないか。彼は前本部長ふたりの腐敗を暴いたあと、みずから局長の地位につき、上からと同様に下からもこの部局を効率的に浄化するという固い誓いを立てた。なのにいったい何をしてきた？　最も露骨に袖の下を受け取っていた警部ふたりを排除し、部局のほぼ全員の敵意を買って仕事をやりにくくしたうえに、ラリサが死んでからは自己憐憫と無関心の沼に沈みこみ、以前とまるでおなじ、いやさらに悪い事態がつづくのを黙認してきたのだ。

　みずからに課したもうひとつの決意――つねに自分に正直であれという決意のほうはどうだったか？　これまでずっと避けてきた問いかけだ。そろそろ正面から向かい合う時期だろう。しかしいま感じている不安のもとは、ほかの連中の腐敗を正せずにいることではなかった。むしろ、オリガが昨夜の脅し文句を実行に移したときに――きっと復讐心からそうするだろう、まずまちがいない――二つの家を維持し、彼女を養うためにどうすればいいかと考えたときの、ごく漠然としたかすかな誘惑だった。

　しかしいまさらそんなことができるのか？　ダニーロフは自分に問いかけた。彼がロシアの一般的な流儀を受け入れていたころとは、いまはまったく状況が違う。それに彼の場合（言いわけがましいぞ、とすぐに自分をとがめた）、組織犯罪のファミリーと取引したことはない。むしろその逆だった。民警の制服の大佐を務めていた管轄区で、小さな商店主や事業主や独立した企業家を守り、みかじめ料をしぼり取ろうとするギャンものへの見返りもない。贈り物を差し出す相手と差し出さない相手を区別して扱ったことも、一度としてなかった。

しかしダニーロフはもう、この街の小さな郊外の一部を統轄する民警の制服組ではなく、店先で差し出されたリンゴを受け取れる警官でもない。いまの彼は絶対的な中心に――すべての頂点にいる。目の前のファイルに記されたファミリーや、モスクワというケーキを切り分けているほかのマフィアのグループにとって、ダニーロフはどれだけの価値があるだろうか？　まさに計り知れない。どんな車でも、どんな家賃の安い、あるいはゼロのアパートでも思いのままだろう。

ユーリー・パヴィンが到着し、彼の物思いを断ち切った。考えていた事柄が事柄だっただけに、この部局で数少ない真に清廉（せいれん）な人物のひとりが入ってきたことをうれしく思い、同時に当惑すら覚えた。

パヴィンは音量をしぼったテレビのほうにうなずいてみせた。「小さい爆発だったようですね、ありがたいことに（サンク・ゴッド）」パヴィンは非常に敬虔（けいけん）な、新しい大聖堂に足しげく通う領聖者で、日曜ばかりか平日でもときどき、ペトロフカに出勤する途中に立ち寄っているほどだった。彼が神の名を口に出すときは、不敬ではなく純粋な意味なのだ。

「ビルを見かけた」

「わたしもです。もう連絡はとったのですか？」

「あとで電話する。ラシンと顔を合わせる前に、きみと話したくて待っていたんだ。もうひとりの、バラトフのほうは？」

「知られている最後の住所にはいませんでした」

ダニーロフは前に置いたオシポフのファイルのほうをうなずいて示した。「これは改竄されている」

「知っています」

「このビルのなかにいる、やつらの友人はだれだ？」

「大勢いて、選ぶのはたいへんでしょう」

「いろいろなことを見逃してきたな」ダニーロフは唐突に認めた。

「それももう終わりでしょうか？」

「そのとおりだ。今日がその始まりになるかもしれん。疑わしい連中のリストを作りはじめてくれるか？」

「わかりました」補佐役がにっこりと笑う。

ダニーロフは立ちあがった。「ぐずぐずしているひまはない。ラシンに一発くらわしてやる。早く結果がほしい」

フェドリンだが、それが本名でないことはダニーロフも先刻承知だった。髪は肩に届くほど長く、美しい黒色だった。じつに華奢(きゃしゃ)な体つきで、絹のシャツと皮膚にぴったり張りつくようなズボンを身につけていた。ずっと泣いていたらしく、マスカラがはげ落ちている。ダニーロフは言った。「とんでもないことになったな」そしてシャッターを滑らせて閉めた。必要とあらば、あの怯(おび)えきった少年を利用するのは造作もないだろう。

　独房のドアが開いた瞬間、ラシンは飛び出そうとした。パヴィンがいなければ実際に逃げ出せていたかもしれないが、彼は鋤(すき)のように大きな手を男の胸に当て、ぐいと押しもどした。

「こんなまねをしやがって、何様だと思ってやがる！」男はわめいた。「いますぐ弁護士を呼んでこい！　どこかの巡査がおれの持ち物をぜんぶ取っていきやがった。時計に指輪に、ブレスレットも。どうせもどってきやしねえんだろう。ちゃんと説明してもらおうか。もし取りもどせないなら、訴えてやる」

「ばかなまねはやめておけ」パヴィンは穏やかに言った。「まあすわれ」彼とダニーロフは腰をおろしたが、ラシンは立ったままだった。小柄な、針金のようにやせた男だが、それでもたわめたバネの強靭(きょうじん)さを秘めているという不穏な印象があった。隣の愛人におとらずぴっちりしたズボンに、絹のセーターを着ていた。髪は黄色っぽい金髪で、ひと目で染めているとわかる。オリガの愛人の美容師の仕事よりはよほどましだ、とダニーロフは思った。

「われわれに言うことは？」パヴィンが訊いた。

「何をだ？」

「ニコフ殺しについてだ。それと、ヴァレリー・カルポフの」

「何もねえな。おれのアパートから盗んでいったものもあるだろう。そっちも訴えてやる！」

「ばかなまねはよせ、と言ったはずだ」とパヴィン。

「逮捕記録によると、おまえのアパートで拳銃が四挺見つかっている——二挺はアメリカ製のスミス&ウェッソンだ」ダニーロフは言った。

「護身用だ」ラシンが答えた。

「ニコフとカルポフは射殺だった。弾道検査をやれば、おまえの銃のどれかから出た弾だとわかるのじゃないか？」

「時間のむだだよ」ラシンはせせら笑った。

「テストの範囲をひろげるべきかもしれませんね——ほかの殺しや銃撃戦の弾丸と比較したらどうでしょう。オシポフのファミリーがヴヌーコヴォ空港一帯の支配権をめぐっ

「それは名案だ」とダニーロフが応じる。「やってみよう」

「わかったよ！」ラシンが苛立たしげに、虚勢を張って言った。「何がほしいんだ？いくら吹っかけようと、ウラジーミル・レオニードヴィチに連絡すりゃあ、払ってくれるだろうさ」

「交渉なら、このビルにいるだれかを通したほうがいいかな？」ダニーロフが何気なくたずねる。

ラシンがはじめて、警戒した目でふたりを見た。「だれだ、あんたらは？」

パヴィンが自分とダニーロフの身分を告げると、理解の色が浮かんだ。ラシンは腰をおろして言った。「弁護士を呼んでくれ」

「アメリカ映画の見すぎだな」パヴィンが言う。「おまえにある権利は、われわれが認めるものだけだ。いまは何も認めるつもりはない」

「おれはなんでつかまった？」

「殺人の嫌疑だ。われわれがおまえの銃の弾道検査を終えるまではな」とパヴィン。

「かなり時間がかかるかもしれん」

「数週間というところだ」ダニーロフが調子を合わせる。「そのあいだアパートを留守にしておくのは、安全とはいえないだろうな。このモスクワのような場所では」

「ヴィクトル・ニコラエヴィチ殺しのことは、何も知らねえ」

「しかし、やつがモスクワにいたことは知っていたのだろう？」

「あいつはよくモスクワに来てた。車の売買のために。おれと同業でな」

「西側で盗まれた自動車をか？」パヴィンが訊く。「おまえが手に入れた車をぜんぶ調べて、訴追できるものがないかどうか見てみよう。ますます時間がかかるな」

「おれは何も知らねえ！」ラシンが抗弁した。「ヴィクトル・ニコラエヴィチは二週間前に来た。おれとちょっとばかりビジネスをした――車のビジネスをな。そのあとやつは帰ったんだと思ってた。もう一週間以上会ってない」

「やつは何をしにきたと言っていた？」

「車を見にきたと」

「ほかには？」

「何人かと会って話をすると言ってた。なんの話かは言わなかった」

「武器の取引の話か？」

「武器の取引のことは、何も知らねえ」

「知ってるはずだ。以前アリバイを証言しただろう」

「おれはあいつとは何もしてない」

「おまえはこのモスクワの居住許可をとってるのか？」パヴィンが言った。「それがなければ、送還されるかもしれん。あれやこれやで、やっかいな問題が山ほど出てくるだろう」

「おれがヴィクトル・ニコラエヴィチとやったのは、車の取引だけだ」

「イーゴリ・バラトフはどうだ？」ダニーロフが訊く。

「知らない。やつに訊いてくれ」

「バラトフはどこにいる？」

「知らない」

「おまえとビジネスをやってるのか？」

「ときどきな」

「車の売買か？」

「ああ」

「ほかには？」

「何もない」

「武器の取引は？」

「ない」

「オシポフは武器を扱っていたか？」

「知らない」

「なぜ知らない？」パヴィンが割って入った。「やつの下で仕事をしているんだろう」

「ミハイル・ワシリエヴィチのやってることをぜんぶ知ってるわけじゃない」

「しかし、やつの下で働いてるのはたしかだな？」

「車の面倒を見てるんだ――サービスとかメンテナンスとか――あの人がビジネスで使う車を」空威張りはすっかり影をひそめていた。独房のなかは暑くはなかったが、それでもラシンは汗みずくだった。

「じゃあ、やつがほかになんのビジネスを手がけているかも知ってるはずだろう？」ダニーロフがふたたび訊問（じんもん）にくわわる。

「知らねえよ！　みんなおれのところに来て、こう言うだけだ。自分はミハイル・ワシリエヴィチの下で働いてる、車を持ってくるように言われた、と。おれはそいつがたしかにミハイル・ワシリエヴィチの知り合いかどうかたしかめてから、車をまわすんだ」

「さぞ大勢の人間に会ってるだろうな？」

「それほどでもねえ」

「いろいろおもしろい話も聞いただろう？」

「軍が縮小されてから、武器はいくらでも出まわってる」

「特殊な兵器はどうだ？ 細菌弾頭とかは？」

ラシンは首を横に振った。「特殊な兵器のことは知らない。弾頭とかは」

「通常の兵器については？」

「知らない」

「あのウラジーミルはいつからの馴染みだ？」ダニーロフは隣の独房のほうをあごでしゃくってみせた。

話がいきなり思わぬ方向にそれ、ラシンは目を瞬かせた。「あんたらには関係ねえ」

「あれだけ若ければエイズの心配もないからな、だろう？」

「よけいなお世話だ」

「気に入らんやつだな」ダニーロフはくだけた口調で言った。「おまえのその態度が気に入らん。もっと話せることはいくらもあるはずだ、おまえはしゃべらずにすむと思っているだろうがな。なら、どうするか教えてやろう。ニコフ殺し、カルポフ殺しと例の銃を照合しているあいだ、おまえを勾留する。縄張り争いで起きた殺しとの関連も調べる。おまえが面倒を見ていたという車のなかに盗難車が見つかって、オシポフを訴追できるのはまちがいないだろう。しかしおまえの男友達をここに置いておく必要はない。

ウラジーミルは釈放しよう。おまえが拘束される理由を話してやることだな。おまえがわれわれに協力的だということが伝わるだろう。少なくともおまえは、ここで手荒に扱われる心配はない」

「おれは盗難車のことは、なんにもしゃべっちゃいねえぞ!」

「レフォルトヴォに行ったことはあるか?」パヴィンが口をはさむ。「最悪の監獄だ。今度の調べがすべて終わるまで、あそこに入ってもらおう。やつらはコンドームは使わない。あそこで最初にエイズがえらく広がったのはそのせいだ。気をつけるんだな、アナトリー・セルゲーヴィチ。相手は選んだほうがいい、かんたんにはいかんだろうが。何があろうと、輪姦されんようにな」

「やめろ」ラシンはかすかな声で訴えた。「やめてくれ、頼む。助けてくれ。どっちにしたって死んじまう」

「おまえはわれわれの名前を聞いたことがあった」ダニーロフが言った。「われわれのことも知っているだろう。まっとうに職務を果たし、やると言ったことはやる警察官だと。手に入る情報を調べあげなくてはな。ほかの方法は思いつかない……」

「オシポフはたしかにここのやつと通じてる、このなかにいる警官と。だれかは知らねえが、なんとかつきとめて――あんたに教えるよ――

「外のやつだ！」ラシンは口走った。「どこか外のブルだ。そういううわさが広まってる。特別に外から呼び寄せて、ニコフともうひとりのやつを殺らせたんだ」

「どこから呼び寄せた？」パヴィンが訊く。

「そいつは知らねえ。ほんとうに知らないんだよ、嘘じゃねえ。おれが知ってるのはこれでぜんぶだ。殺しのことは」

「ニコフはなんと言っていた？」とダニーロフ。

「何人か、人と会うと言ってた。取引の段取りをすると」

「細菌弾頭をか？」

「だと思う」

「ニコフはここに来たとき、弾頭を持っていたのか？」ダニーロフは勢いこんで訊いた。

ラシンは首を横に振った。「なんとも言えない。持ってなかったんじゃないか。大金がかかってるんだとあいつは言って、アリバイ作りにおれを巻きこんだ。おれはただ、何度か車でゴーリキーへ行ったり来たりしただけだった。あいつは何か運ぶつもりなんだと、そう思った」

「ニコフはこのモスクワにいるあいだに、バラトフに会ったのか？」

「いずれ会うと言ってた。実際に会ったかどうかは知らない」

「バラトフはどこに住んでる？」パヴィンが訊く。

「クラシーナ通りの二八。三階だ」

「ニコフはモスクワにいるあいだ、どこに泊まっていた？」

「今度はメトロポール・ホテルだった。これから会う連中を感心させてやりたいんだと言ってた」

「その連中が何者か、ほんとうに知らないんだな？」とパヴィン。

「知らねえ！」

「どういう連中だったか、見当はつかないか？」ダニーロフが食いさがる。

「知らねえって言ってるだろ！　もう話せることはねえよ」

「当面おまえはここにいたほうが安全だろうな、レフォルトヴォではなく」オフィスに引き返していく途中で、パヴィンが言った。「どこまで信用できるでしょう？」

「外部の人間を手配して殺しをやらせた、というのはおもしろい」ダニーロフは論評した。「まんざら出まかせでもないだろう。どこかこちらには調べのつかない場所から来たとか言って、かつごうとしなかったところを見ると。それにメトロポールは、金をたっぷり持った西側の人間が――アメリカ人が――最初に選ぶホテルだ」

あまり愉快そうではなかったな」

「鑑識や弾道検査の証拠がちゃんと残っているかどうか、疑わしいのですが」

「とにかく調べてくれ」

「あの少年はどうします？」

「ほうっておくさ。たぶん休みもほしいだろうしな。クラシーナ通りを調べてもらいたい」ダニーロフは階段を昇りきったところで足を止めた。「わたしがイーゴリ・イヴァノヴィチ・バラトフを調査したことはあったか？」

「思い出せるかぎりでは、ありませんね」とパヴィンは答えた。彼も事情を知るとおり、ダニーロフはラリサ殺害に関わった二つのギャングの構成員を残らず――ほかの一切をなげうって――追いかけてきたのだった。

「どこかで聞いた名前だという気がするのは、なぜだろう？」

前夜のワシントンの爆弾騒ぎでしばらく手が離せないだろうとは、当然予想できたことだが、ダニーロフが内務省に向かう直前に電話を入れたときも、カウリーとパメラはつかまらなかった。

連邦保安局長官のヴィクトル・ケドロフがすかさず訊いた。「時間稼ぎをして、きみからの電話を避けているのだと思うか？」

「いえ」またぞろダニーロフは、新旧勢力の板ばさみというおのれの立場を意識させられた。「最新の攻撃のことで手一杯なのだと思います。もし今回もわが国とのつながりが出てくるとすれば、こちらも考えるべきでしょう。向こうとは今日遅くにでも話をします。これはたまたまですが、わたしは一両日中にワシントンへ行く予定なので」

「なんのためにだね？」ゲオルギー・チェリャグが訊いた。

「きちんと顔合わせをしておく必要があります。それまでは、言われるような〝実質ある合同捜査〟にはならないでしょう。それに、わたしが向こうにいたほうが何かと便利ですし」キサエフに視線を向けた。「ニュース映像としても、多くの人間が期待しているものではないでしょうか？」

「そのとおりだ」外務副大臣が応じた。

「するときみは、向こうが情報を出し惜しみしているとは考えていないのだな？」ケドロフが食いさがる。

「そのことについては、ワシントンに行ってみるまで、確実な判断は下せません」話はダニーロフの歓迎する方向に進んでいた。「わたしと信頼関係にあるカウリーは、昨日病院から出てきたばかりです。まだおたがい話をするひまはありませんでした……何か言はどのようなものでしょう？」

ユーリー・キサエフが言った。「ワシントン駐在の大使に指示して――モスクワのアメリカ大使にも伝えたが――向こうの国務長官にこう伝えさせた。わが国は一九九三年の協定の文言を遵守しようとしているものの、同様の兵器を廃棄しているアメリカには理解してもらえるだろうが、このプロセスは急ぐことのできない長期的な手続きなのだと」

ゲオルギー・チェリャグが称賛もあらわに微笑んだ。「外交上きわめて賢明な回答だ」国防副大臣のほうに向きなおる。「つぎはあなたの番だ、将軍。再召集されたこの会議の眼目でもある」

セルゲイ・グロモフは咳払いをし、会議中ずっと前にひろげていた見るからに古い書類を繰った。「これまでのところ――まだ調査は継続中なので、そう断わっておきますが――国連ビルに撃ちこまれたミサイルに記されていた19-38-22-22-0もしくは20-49-88-0-6のバッチ番号に一致する分配記録は見つかっておりません」黄ばんだ紙の一枚を指で軽くたたいてみせる。「あの数字はたしかに、サリンと炭疽菌の組み合わせによる兵器を示す識別コードでした。一部クロスリファレンスがあり、これとおなじ兵器が計八カ所の工場で製造されていたことが確認された――ベラルーシで二カ所、ウクライナとラトヴィアで一カ所ずつとありますが、完全ではない」古いトランプからカードを一枚取るように、つぎの紙片を取り出してみせる。「これは省の指令書で、一九七五年の日付が入っているが、計画の放棄にしたがい、兵器類と同様に記録も処分してかまわないとあります」

グロモフは部屋にいる全員が向ける唖然とした視線の的になっていた。いまの説明はほぼすべて事実なのだろう、とダニーロフは判断した。いくら七十年にわたる混乱と非能率、犯罪的な操作、失政のすえに崩壊した社会とはいえ、ここまで不条理な官僚制の愚かさを示す説明をでっちあげるのは不可能だろう。

がぜん有利になったのはチェリャグだった。「こうしたミサイルが何基製造され、いまどこにあるかを、国防省は把握していないというのか！」

「はい」グロモフは認めた。必死に抗弁する。「われわれが引き継いだときからこうした状態で、是正のために打つ手もありませんでした」

「まさしく手のほどこしようのない事態だ」チェリャグが言った。まっすぐダニーロフを見すえる。「こんなことは西側のだれにも伝えるわけにいかない」

「今度また、おなじ設計のミサイルを使った攻撃が――一度とは限りません――あったとしても、公然と認める必要はないでしょう」ダニーロフは指摘した。「電話番号のほたが、その後ほかの電話には使われていない」グロモフが言う。

「科学省は？」キサエフが訊いた。「あそこの記録はどうだ？」

グロモフは肩をすくめた。「そこまで調査の幅をひろげる時間はなかった」

「わたしがやろう」チェリャグがすみやかに決断した。「この調査の機密保持も保証する」ほとんど芝居がかった様子で、部屋のひとりひとりを見渡す。「この場にいるだれも、壁の外の人間にこの件を話すことはおろか、ほのめかしてもならない。いいかね、諸君――すべて了解してもらえるか？」

同意を示す身じろぎやうなずき、つぶやき声が起こった。ダニーロフは、この事実をどちらの側がどうやって、相手方の不利になるように利用するのだろうと思った。少なくともどちらかが試みるのはまちがいない。

「この兵器に関する完全な文書の証拠はないのだな――どの国で、どれだけ造られたかを示すものは？」ヴィクトル・ケドロフが訊いた。

「残念ながら」制服の将軍が認めた。

チェリャグが言った。「今日明かされた事実は、国家機密に相当するものだ」

それを知った自分はどうなるだろう、とダニーロフは考えた。強大な存在か、それとももろい存在となるのか？　ほかの連中の多くと同様、どちらとも答えられる。彼自身はどちらも気に入らなかった。

ペトロフカにもどってオフィスに入ると同時に、パヴィンがつづいて入ってきた。

「イーゴリ・バラトフを下の三番独房にぶちこみました。なんと言ってると思います？」

「なんと言ってる？」

「自分はもうオシポフとは関係ない。結婚して子供もいる、合法的なビジネスマンだ、と」

「ガレージを経営してるのか？」

「当たりです」

カウリーははるか遠くから自分の名が呼ばれるのを、それからやさしく体を揺すられる不快感――痛みはなかったが――を意識し、ようやく目を覚ましたものの、すぐにはどこにいるか思い出せなかった。パメラが目の前にかがみこみ、眉根(まゆね)を寄せて、だいじょうぶですかとたずねているのを見て、やっと記憶がもどってきた。会議が中断になり、簡易ベッドが彼のオフィスに――パメラの部屋にも――運びこまれ、ほかの全員は長官専用のダイニングルームに昼食をとりにいったのだった。

片肘(かたひじ)をついて体を起こそうとしたが、うまくいかず、手をかしてくれたパメラに礼をがもどらないかと思ったわ」

「どうした？　いま何時だ？　どうなった……？」

「いま二時十五分です」パメラはすこしのあいだ彼の机のほうを向くと、使い捨ての剃刀（かみそり）、歯ブラシ、歯磨き、シェービングフォームの缶を持ってきた。「あなた用に買ってきました」

「どうなったんだ？」カウリーは訊きながら、脚を回してベッドの外におろした。ありがたいことに、もう肋骨（ろっこつ）の痛みはなかった。

「金メダルですよ」パメラはにっこりした。「リンカーン記念館の内部と周辺に、爆薬が押しこまれているのが見つかりました。建物をカリフォルニアまで吹き飛ばせるほどの量です。ぜんぶ処理するのに、最低でもあと一時間はかかりますから、様子を見にいく前にあなたが身ぎれいにするひまはあるでしょう」また机のほうを向く。「コンビーフとライ麦パンのサンドイッチが――お好きならピクルスも――あります。それにコーヒーと、タイレノールと、薬を飲むときの水も」

「タイレノールはあとにしよう」

「いい徴候ですね」

　この個人的な気遣いもいい徴候だ、とカウリーは思った。

アン・ストーヴィを見つめる銀行の支店長の顔には、以前スネリングに苦情を持ちこまれた刑事とほぼおなじ驚きが浮かんでいたが、彼のようなシニシズムは見られなかった。まだ何か続きがあるものと予想して、支店長は首を横に振った。「ただのコンピューターのミスでしょう。ほかにどんな可能性があるのです？」

「べつに心配はないと？」

「ほんの少額ですよ」支店長は退けた。「そう珍しいことではありません。ミスター・スネリングにはいつも不足額を補塡（ほてん）しております」

「ほかのお客からの苦情はないのですか？」

「ええ、一度も」誘うような笑みを向ける。「正直なところ、ミスター・スネリングは、銀行にとってありがたいお客様とはいえません」

「自分の口座にたえず目を光らせ、きちんとした管理を要求するからですか？」

笑みが消えた。「細かすぎる人だということです」

「あなたは銀行にお勤めになってどのくらい？」

「二十年になりますが」支店長が眉をひそめる。

「では、あの話のことはご存じかと思っていました。かつて銀行を標的にし、最も成功

「銀行がコンピューター化された直後に起こった事件です」アンは言った。「わたしはクアンティコにあるFBI訓練アカデミーの講義で聞きました。銀行の名前はいま思い出せませんけれど、たしかニューヨーク州だったと思います。たいていの人は自分の当座預金口座の、ドル単位の差額まではよく把握しているものの、十セントや十五セントの範囲ではまったく気がつかない。ある窓口係がそう考えて、とくにお金の出入りの多い複数の口座から数セントずつかすめとり、近くの町の支店に偽名で開いた自分の口座へ移していったんです。その男は一年のうちに、ウェストチェスターにプールとテニスコートのついた別荘を買い、愚かにも週末に自分の銀行の同僚を招いていました。さらに間抜けなことに、毎朝キャデラックの新車で通勤していた。そして人に訊かれると、金持ちの伯母さんから遺産が入ったんだと答えていた。苦情がぱらぱらと何件か——ミスター・スネリングからそちらにあったように——寄せられるようになって、やっと金持ちの伯母さんなどどこにもいないことを、銀行の保安担当者がつきとめたのです」

「それで、わたしどもに何をしろと？」すっかり真剣な顔になった支店長が訊いた。

「ミスター・スネリングの口座のように、ごく少額のお金が消えている口座がほかにないかどうか調べてください」

13

　ホワイトハウスにも避難の指示が出され、大統領はヘリコプターでキャンプ・デーヴィッドまで移動した。農務省までのフェデラル・トライアングルのあらゆるビル、コンスティテューション・アヴェニュー沿いのすべての政府官庁とヘンリー・ハーツの国務省のあるフォギー・ボトム、そして北はケネディ・センターにいたる地域に避難勧告が出された。ペンシルヴェニア・アヴェニューに築かれた、緊急用車両がスムーズに動けるようにするためのバリケードは、FBIビルの前からはじまっていた。カウリーとパメラは、十重二十重に人のひしめくフェンスの外側を歩いていった。ウィラード・ホテル前のテレビカメラや記者を規制する囲いにさしかかるだいぶ前から、カウリーの姿は目ざとく見つけられ、名前を呼ぶ叫び声とカメラのシャッター音がいっせいに浴びせられた。インタビューの要請に首を振りながら、カウリーは注意深く歩いていったが、不意に痛みが襲ってくることはなかった。

　やがてふたりは突然、カウリーがヘリコプターから降り立ったときのマンハッタンよ遠くのリンカーン記念館だけで、その一画が黒い蟻の群のように激しく沸き返っている。ようやく人の姿が見きわめられるようになったのは、いまは無視されたワシントン記念塔を通り過ぎたころだった。

パメラが言った。「振動で爆発が起こる危険はないとわかってるなら、なぜ車を使っちゃいけなかったのかしら。ほんとうに、だいじょうぶですか？」

「さっきから言ってるだろう、だいじょうぶだ」カウリーの言葉は嘘ではなかった。もう頭痛は消え、街路を歩くのになんの支障もなかったが、それでもパメラは彼を気遣ってゆっくり進んでいた。胸を締めつける感覚は包帯のせいで、それ以上のものではなかった。

そのとき警察本部長を乗せた車が、停まりもせずに通り過ぎていった。

「なんなの、あの態度！」パメラがなじった。「爆弾の危険を察知したのが自分じゃなくて、あなただったからだわ」

「政治家の見本なのさ、あの警官は」

「まちがっても警官の見本じゃないわ。ディミトリーが二度電話をよこしたという報告がありました」

「彼とも話をして、〈ウォッチメン〉とやらに心当たりかあるかどうか訊いてみなければ」

「これまで問い合わせたかぎりでは、その名前への反応はひとつもありません」

カウリーの目に、記念塔の近くにあったスキャナーが、半円を描くように通行止めになったリンカーン記念館の前まで移され、警察本部長のものをふくむ新たにくわわった三台の車両の横に駐められているのが見えた。デヴィッド・フロストは、中断された午前中の会議にも出ていた制服警官ふたりを従え、司令車両の横に立っていた。カウリーとパメラがやっと着いたとき、あくびまじりのネルソン・ティバートが伸びをしながら、一台のヴァンから降りてきた。装甲服姿のままだが、バックルはもう外している。同時にポール・ランバートが、リンカーン像の鎮座するギリシャ建築のドーリス式円柱の陰から現われた。どちらの男も本部長に呼びつけられたのだろう、とカウリーは察した。

「さあ早く!」フロストが勢いこんで言った。「何があった?」

ランバートは警察本部長を無視して、カウリーに話しかけた。「あれがしかけられてるかもしれないと考えたのは、あなただって話ですね」

本部長の顔がこわばった。だれがFBIの鑑識チームのリーダーに話したのだろう? ふだんは生気にあふれた顔のランバートだが、いまは疲労で目が落ちくぼみ、肩も下がっていた。自分はしばらく眠ってひげを剃っただけで、どれほど気分がよくなったことかってうなずいてみせる。「すべて不発処理しましたが、撮影用にそのままの場所に残してあります。うちの連中はみんな――ネルソンのところも――あんなものははじめて見たと言ってる。訓練マニュアルの見本になるでしょう」

「まちがいなく安全なのか？」フロストが訊く。

「イエス・サー」ティバートがうんざりした口調で言う。「でなけりゃ、あなたはいまここにいないんじゃないですか」

「どんな爆発物なの？」パメラが訊いた。

「おおむねセムテックスです」ランバートが言った。「まだ重さは測ってませんが、とりあえずの印象では、千ポンドは超えてるでしょう。つまり重さほぼ半トンで、しかも――」

「花火なみの仕掛けでしたよ」ティバートが口をはさんだ。眠気を追いやろうと顔をこする。「あれならたぶん、ここの全体がぶっ壊れてた」彼はそのまま階段を昇っていき、彫刻のほうに向かった。

像の前に立つと、ティバートは大理石のフロックコートの襞の部分を指さした。「見てください。ここだけで別々に二つの爆薬がセットされ、その上に破砕性の対人地雷が載せてあります。さらに彫像の漏斗効果が銃身のような働きをする。地雷には金属片が詰まっているし、大理石の破片も剃刀みたいに飛び散ったでしょう」

「われわれが退去させた人間は、この一帯だけで三百人以上にのぼる。コンスティテューション・アヴェニューにもさらに大勢集まっていた」いま明かされた事態へのショックもあらわに、フロストが言った。

ランバートが言った。「命をとりとめた人も——ほとんど生きちゃいなかったろうが——手や足を失っていたでしょうね」

「地雷は何発あった？」カウリーは訊いた。

「六発です。どれもロシア製でした。一日か二日で確認できると思いますが、たぶんニューロシェルで使用されたのと同一のものでしょう。しかけられていたのはこの像のまわりだけじゃない。北と南のホールにも線がつながっています。リンカーンのゲティスバーグの演説と、二度目の就任演説の銘板や碑文がそっくり吹っ飛ぶところでした。もちろんゲリンの壁画も」

「クレーターの深さは八フィートか、十フィートに達したかもしれませんね。あとに残るのは、そんなどでかい穴ぼこだけだ」ティバートが大あくびをしながら言った。「アーリントン橋は全壊しなかったとしても、まちがいなく基礎の部分に亀裂が入っていた。そっくり造りなおすことになったでしょう」

した。「やはり漏斗効果です。衝撃と破片はまっすぐホワイトハウスへ向かいます。たぶんガラスが割れるだけじゃなく、構造的な被害も生じる。もし大統領が執務室(オーバル・オフィス)か近くのオフィスにいたとしたら、ガラスだけでも重傷を負っていたでしょう。国務省もひどくやられたはずです」

「ひととおり見せてもらえるか」カウリーは言った。

像の内部や下の彫刻の椅子(いす)は、考えうるありとあらゆる場所に、セムテックスか地雷、あるいはその両方が詰めこまれていた。深さが足りずに爆薬を隠しきれないところは、像のコロラド産大理石と溶け合うようにオフホワイトの塗料で塗ってあった。つながれた導爆線やそれを固定する留め具もおなじ色で塗られ、外からはほとんど見えない。いま信管は残らず取り外され、その箇所があざやかな赤色のクリップでマークされていた。

パメラが訊いた。「このぜんぶを爆発させる仕組みは？」

「単純なタイマーです」ランバートが言った。「やはり確認に一日か二日かかるでしょうが、ワシントン記念塔のほうとおなじものだと思います。ここにあったのは合計十二で、ロシア製です。うちの弾道学の専門家によると、標準的なタイプでした。どこかのアジトであらかじめ大半の配線と接続をすませてから、ここへ持ちこんだのでしょう。どれも今晩の六時きっかりに爆発するようセットされていました」

「ちょうど帰宅途中の通勤者が、すでに集まったやじ馬にくわわるころだ」カウリーは言った。「しかもアーリントン橋は渋滞のピークだろう」

「訓練マニュアルの見本になると言ったでしょう」

まちがいなくジャングル訓練を積んだ連中です。例の文句がカウリーの脳裏によみがえった。「われわれが相手にしてるのは、どんなやつらなんだ？」

「その道のプロを訓練できるほどすぐれた連中です」ランバートは強調した。「まさしく最高レベルの専門技術ですよ。別の場所でほとんど準備したにしろ、これをぜんぶ夜のうちに、しかも明かりに照らされながら、公園の警備員や警官に見つからずにしかけたとすれば。あの配線の隠し方を見てください！　かならず襞か湾曲した部分にきっちり押しこみ、外から目につくようなへまはしていない。爆発の危険がなくなってから、一インチ刻みで調べてみました。セムテックスに指紋やくぼみはないし、髪の毛や糸くず一本も落ちていない。床に洗剤が残っていないかもテストしましたが、実際にやつらがひきあげる前に床を洗った証拠が見つかるにちがいありません」

パメラが言った。「信じられない！」

「わたしも、糞も出ないほど怯えてます」ランバートが言う。「いつだって悪者よりこっちのほうが上手だと思いたいですが、今度ばかりはやつらのほうが上手で頭がいいよ

「ビル！」科学者が叫ぶ。その顔は苦痛に満ちていた。「ほんの十五時間内にあったことを思い出してください。ワシントン記念塔でおとりの爆弾が爆発したあと、半トンの爆薬が別の建物を吹き飛ばして何百人もの人間が——ひょっとすると大統領まで——死ぬか手足がもがれるのをすんでのところでまぬがれた。それでもホワイトハウスの住人や大勢のやじ馬を避難させなきゃならず、この偉大な国の首都の機能を麻痺に追いやってるんですよ！　これがゆゆしい問題だと——相手はおそろしく本気の連中だと——察してるのが、わたしひとりだとはまさか思わないでしょう」

「たしかに本気だ。しかし、そこまで頭がいいわけじゃない」カウリーは言った。「この場所が木っ端微塵に吹っ飛ぶのを、われわれは食いとめたじゃないか？」

「幸運だと言ったのは、あなたですよ」

レナード・ロスの反応は違った。すばらしい功績だとカウリーを称えた。つづいて国務長官、さらにフランク・ノートンもおなじ台詞を言い、それが三度もくりかえされるころには、カウリーも不審に思いはじめた。この称賛はカウリーに名誉を授けるというだけでなく、自分たち自身を納得させるためのものではないのか？　しかもそのせいで、ただでさえ不機嫌な警察本部長がよけいに気分を害することになった。パメラが彼の車の前に立ちはだかり、J・エドガー・フーヴァー・ビルまで自分たちを送っていくよう要求したのだった。おかげでフロストの補佐役ふたりは歩いて帰るはめになった。

会議が再開され、いかにぎりぎりのところで惨事が回避されたかをカウリーが説明していくと、部屋に不信と恐怖の空気が満ちた。彼が説明を終えたあとも、急いで口を開こうとする者はなく、だれもが時間をかけて事の次第を呑みこまなければならなかった。

「殺戮だ」ようやく大統領首席補佐官が、ほとんど独り言のように言った。「まぎれもない、純粋な大量殺戮だ……貿易センターのツインタワーにも匹敵するほどの」

「もう疑問の余地はない、大統領は警備の厳重なキャンプ・デーヴィッドにとどまるべきでしょう」ジョン・バターワースが断言した。

「そのとおりです」点数を稼ごうと躍起の警察本部長が同意した。「州軍もメリーランドへ移動させたほうがいい。避難場所の周辺に、目に見える軍備をつくりだすべきです」

「わたしはそうは思わない」ノートンが言下に否定した。「最高司令官たる大統領がさっさと首都を放棄するとは！　国民に向けての適切なメッセージとは思えない。いや、むしろまったく誤っていると思える」

「まさしくそうだ」ハーツもやはり即座に言った。「これ以上メディアに、われわれををくれてやることになるだろう」

「こちらのミスは、増員すべき警備の規模を低く見積もりすぎていたことです」警察本部長の鋭い視線も意に介さずに、カウリーは言った。「今日のような事態は二度と起こらないでしょうね、本部長？」

「もちろん起こらない」ノートンが割って入った。「わたしが直接シークレット・サーヴィスに状況を伝えよう」そして彼もデヴィッド・フロストを見た。「行政当局のほうには当然、そちらから連絡してもらえるだろうね？」

ほぼ命令に等しいその言葉に、警察本部長の顔はますます紅潮した。「車内から市長と話しました。すでにはじめています」

「何かはじめてもらえているなら、ありがたいことだ」ノートンのその言葉は、DC警察への公然たる批判に近かった。

「ランバートは、もう何もないと言っているのだな？」ロスがあらためて訊いた。

「予備的な調査では、どちらの現場もそのようです」カウリーは答えた。

「とりあえず明日の午後までは、あの一帯すべての封鎖をつづけ、それから再検討します」フロストが言う。

「今後、どのように捜査を進めるつもりなのかね！」バターワースが言った。本人としては批判をこめた要請のつもりだったが、カウリーには敗北を認める弁のように聞こえた。部屋じゅうに身じろぎが起こったところからすると、ほかの者たちもそう感じているようだった。

カウリーは公園管理局のマイケル・ポールソンに目を向けた。「まだワシントン記念塔の話が終わっていなかった。おとりの爆弾が破裂したあの階段だが、昇り降りに関してはどうなっているのだろう？」

「ふだんは昇ることはありません」ポールソンは答えた。「五百五十五フィートもある階段を昇るのは、多くの人にとって医学的に安全とはいえないでしょう。観光客はかならずエレベーターを使って昇ります。塔の歴史の一部として、建設のときあちこちの州から寄贈された大理石が展示されています。一日二回のツアーがあり――一回目は午前十時、二回目は午後です――そのとき、寄贈された石について説明するガイドと一緒に、参加者も降りることができます」

「一日二回だけか！」カウリーは言った。「昨日のガイドの名前はわかるだろうか？とくに午後のツアーの？」

「勤務当番表に載っているでしょう」ポールソンが請け合った。

「階段を降りる途中の写真撮影には、制限があるかね？」

それでもかんたんにはいかないだろう、とカウリーは内心で認めた。前日に記念塔にいた旅行客は、いまごろは地球の反対側にいるかもしれない。しかし昨日――あるいはその前の数日に――あの階段を使った全員に、不審な行動をしていた者がいなかったか訊いてまわるのは、実利的で理にかなった手続きだろう。さらに実利的な手段があるのを思いつき、スミス将軍とその隣のコンピューター・セキュリティの責任者に目を向けた。「ペンタゴンから解雇されて恨みを抱いているかもしれない者たちを、そちらでリストアップされたとのことでしたね？　名前のほかに写真もありますか？」

「あります」カール・アシュトンが答える。

「それで、大統領にはどのように伝えればいい？」ノートンがうながした。

カウリーは記念館から回収された爆発物と、回避された大惨事について、詳細を説明した。「これだけのことをやってのけられるのは、特殊訓練を積んだ兵士以外にはありえない。そのことから――運がよければ――捜査の対象を狭められるかもしれません」

国防総省のふたりを見る。「かといって、直接ペンタゴンと結びつく人間とは限らないでしょうし、わたしもそうは思っていません。国連ビルを攻撃し、記念塔に爆薬をしかけたやつらは、活動的な実戦部隊――作戦を遂行する兵士です」

「秘密結社でもあるというのかね？」将軍が訊いた。

「その可能性はもう検討されていると思っていました」カウリーは眉をひそめた。「わたしが言っているのは、活動的な実行班と──リンカーン像にしかけるには数人の手が必要でしょう──ペンタゴンの通信およびコンピューター・システムの知識とアクセスを有している何者か──もしかするとひとりの人間かもしれません──とのつながりです。しかも犯人像は男と限定できない。メッセージひとつから判断するのはおそらく早すぎるでしょうが、あれは極右中の極右のテロリスト集団が発するものではないかと思います。これまでのところ、〈ウォッチメン〉と名乗るグループはつきとめられていません。心理学的に見て──こんな言葉を使うのは口はばったいですが──やつらはすでに、進んで大量殺戮を犯すだけの覚悟のできた集団であることをみずから証明している。もし全員が追いつめられ、逃げるチャンスもないとなれば、最後には自爆といった行動をとり、可能なかぎり多くの人間を巻き添えにして害をおよぼそうとするでしょう。あのウェーコの事件やハイジャッカーの自殺行為がまたしてもくりかえされるのです」

「ロシアだ」大統領首席補佐官はただ一言そう言い、それ以上うながすまでもないとばかりに口をつぐんだ。

カウリーはパメラ・ダーンリーから向けられる格別の注意を意識し、楽しんでいた。

「やはりモスクワの組織犯罪局との緊密な連絡が必要でしょう。〈ウォッチメン〉がロシア・マフィアが押さえている。今回はマフィアではないとすれば、わが国の極右グループと、やはり急進的なロシアのグループとが手を結び、たがいに冷戦当時の古い、対立的な状況にもどることを望んでいるのです」

ＣＩＡ長官が不信感を声にあらわした。「そんなことは愚の骨頂だ！　われわれのほうにそんな情報はまったく——」

「実のところ、だれよりわたしも、あなたのほうが正しく、自分がまちがっていることを強く望んでいます」とカウリー。「しかし万一わたしの考えどおりだとすれば、おそらくわれわれが考えたくもないような事態の拡大が起こるでしょう」

「たしかに、わたしは考えたくはない」とヘンリー・ハーツ。

「わたしもだ！」フランク・ノートンも強調した。「しかし例のコンピューターのメッセージは、その分析に合致している」

「〈ウォッチメン〉は生物兵器もふくめ、じつに大量の兵器をロシアもしくは東側ブロックの供給元から入手しています」カウリーは言った。「つまり、その動機は——政治的なものか、心理的、哲学的なものか——どうあれ、やつらは多額の、数百万ドルにおよぶ資金を引き出せる手段をもっている。テロリスト集団は通常、犯罪を通じて資金を得ますが、しばしばその際に政治的な主張をおこないます。しかしここ数カ月間、テロ

リストの資金調達につながりそうな犯罪行為は、わたしの知るかぎり起こっておらず
――」

「たしかに起こっていません」パメラが主張した。「わたしがチェックしてみました。あらゆる現場担当官に質問表をまわしています」

「わたしも心当たりはない」ロスが言う。

「そんな地球最後のシナリオは、どうにも気に入らない」ノートンがうなるように言う。

「わずかながら、明るい材料もあります」カウリーは指摘した。「リンカーン記念館の爆破は、どう見てもあきらかに、大々的な見世物として計画されたものです――おなじことを二度くりかえさなくてもいいように。われわれはその爆発物を回収できたし、やつらが以前に使ったものも知っている。そしてやつらは手持ちの武器を使い果たしたかもしれない。そこからこちらに有利な二つの材料が出てきます！　しばらくの猶予期間と、モスクワを通じてやつらの供給ラインの源をつきとめるチャンスです」

「やつらがほかにも細菌弾頭を持っていたとしたら？」デヴィッド・フロストが訊く。

「もしそうであれば、すでに発射しているはずです」カウリーは平板な口調で断じた。

「マンハッタンのときのように。今日は恐ろしい被害がもたらされていたかもしれない。しかし細菌戦争用の弾頭が破裂すれば、もっとひどいことになっていたでしょう」

今日はやつらを打ち負かしたのだ。そのことがわれわれのメッセージとなる。わたしから大統領に、つぎのテレビ演説を勧めるつもりだ」

「わたしも支持する」ヘンリー・ハーツが言う。

「しかし、犯人グループに対する挑戦にもなるでしょう」カウリーは警告した。「もしわたしの考え違いで、やつらが別の弾頭を持っていたとすれば、まずまちがいなく使うはずです」

「きみはこの案に反対なのか？」純粋に意見を求める口調で、ノートンが訊いた。

「いいえ」カウリーは答えた。「今回がわれわれの勝ちであることは、向こうも言われるまでもなくわかっている。もし何か別の兵器を持っていれば、こちらが何を言おうと何をしようと関係ない。いずれ使うでしょう」

　イーゴリ・イヴァノヴィチ・バラトフは、ずんぐりした体つきの、見るからに平凡な男だった。ペトロフカの廊下をずっと行った先の独房にまだいるアナトリー・ラシンのような、空威張りやこけ脅しのような態度はみじんもない。スーツは西側製だが地味なデザインで、所持品にもダイヤモンドや金ぴかの装身具はなかった。時計はロシア製でセコンダだった。札入れのなかには、じつに魅力的な黒い髪の女がくしゃくしゃの髪の赤ん坊を抱いている写真があった。ロシアの民警ビルでは金目のものがあっという間に消えることを知っているのか、パヴィンとダニーロフが独房に着いてまもなく、バラトフが自分の持ち物でたずねたのはその写真だけだった。金目のものでなければ心配はないので、ダニーロフはだいじょうぶだと請け合った。訊問の最初はパヴィンにまかせ、男の様子をじっと観察し、その言葉に聞き入っていたが、以前どこかで会ったことがあるという印象がどうしてもぬぐえずにいた。ほんの一瞬だが、自分が制服の大佐としてモスクワの一地区を統轄していたころに手を組んでいた――対立していた可能性のほうが高いかもしれない――相手だろうかという思いさえ頭をよぎった。この男の個人ファイルはすでに調べてあり、ラリサ殺害の調査で浮かんできた名前でないことはわかっていた。

「とにかく、おれは何も知らない」バラトフは明言した。「もうオシポフのファミリーとは手を切った。一切から足を洗った。妻と子供もいる、いまはただそっとしておいてもらいたいだけだ」

「ヴィクトル・ニコラエヴィチ・ニコフははるばるゴーリキーからおまえに会いにきたという話だぞ」パヴィンが誇張して言った。

「たしかにゴーリキーから電話があった」バラトフはすぐに認めた。「二週間ほど前か、

「ニコフがこっちに着いたとき、おまえは会ったのか?」

「言ったとおり、おれは興味がなかった」

「なんの取引だった?」

「訊かなかったし、知りたくもなかった」

「だれとの取引だ?」

「アメリカ人だと言っていた」バラトフはあっさりと認めた。

「そのアメリカ人とは?」ダニーロフは勢いこんで訊いた。

バラトフはかぶりを振った。「名前は言わなかった。どこかのアメリカ人の連中とすごいつてができた、大金が手に入る、これでおれも身を立てられる、おまえも一枚かまないかと誘ってきた。だがおれは断わった。おれには何もかも昔のことだし、いまさら会っても意味はないと。だから会ってはいない」

「身を立てられるとやつが言ったのは、どんな意味だと思う?」

「やつがゴーリキーで関わってるミャグコフ・ファミリーから独立して、このモスクワで生計を立てるということだろう」

「なんの商売で?」

「車だ。だからおれは知りたくなかった。アメリカの車を持ちこみ、おれのガレージを販売店に使って売りさばく話だと思った。アメリカの車には大きな需要がある」バラトフは両手をひろげた。「どういう仕組みかは知ってるだろう。あんたらに何も言うつもりはない。おれは元手を出して、ちゃんと商売をしてる。しかも順調だ。だれにもねたまれたくはないし、現金払いのばか高い車をやたら増やしたくもない」

「いまはどう思う？」

「いまはなおさら断わってよかったと思ってる。でなけりゃ、おれも口を撃たれて、川に浮いてたかもしれない」

「兵器を取引しているモスクワのファミリーは？」

「知らない。足を洗ったのはもう一年以上も前だ。そのときですら知らなかった」

「おまえが更生したという話を、われわれが信じると思っているのか？」ダニーロフは訊いた。

男は左右の手のひらを上にしてひろげた。「あんたらが何を信じようとしかたのないことだ。おれはオシポフの運転手をしてた。それは秘密でもなんでもない。だが、やってたのはそれだけ、運転だけだ。給料はよかったし、まわりの敬意もあった」ズボンの左足をまくりあげてみせる。ふくらはぎの部分に、大きくえぐったようなくぼみがあった。「ショットガンだ。出血多量で死ぬところだった。少なくとも脚は失うだろうと思方を決めるうえではありがたかった」

「もうなんの関係もないのか？」

「ない」とバラトフ。

「まだアナトリー・セルゲーヴィチとは会っているか？」

「アナトリー・セルゲーヴィチとは車の取引をしている。それだけだ」

「ラシンはおまえに、いまの事情を話していないか？」パヴィンが最後の望みをかけて訊いた。

「事情など聞きたいとも思わない。ただ女房と子供のところに帰りたいだけだ。おれは脱け出せて運がよかった。ずっとその幸運な身の上でいたい。何にも関わり合いにならずに」

「すべて裏がとれました」パヴィンが請け合った。「スヴェトラーナ・ドゥバスがクリニスカヤ病院でやつの看護をしたことまで」ダニーロフが答えずにいると、信心深い補佐役は言った。「罪人が悔い改めることもあるんですよ」

「ラシンの拳銃（けんじゅう）の弾道テストはどうなった？」

「縄張り争いのほうからは何も出ていません」

「鑑識にまわした塗料のサンプルは？」

「まだ報告はないですね」

「例の弾頭と地雷のケーシングを、自分から進んで外務省に持っていったのはだれだ？」

「上級大佐のアショット・エフィモヴィチ・ミジンです。やつを特別な監視下に置きますか？」

「いや」ダニーロフは判断した。「バラトフとあの少年を釈放してやれ。わたしはラシンと取引をする」

「あのふたりになんらかの監視をつけますか？」

「その必要はないだろう。さしあたっては全員に、わたしが完全に混乱しているように思わせたい。実のところそう言っても、あながち誇張ではないが」

ダニーロフが独房に入っていったとき、ラシンはまるで敬意を示すように立ちあがり、以前の虚勢はまったく影をひそめていた。

ダニーロフは言った。「わたしがこれから話すことを、ちゃんと聞いて理解したほうがいいぞ、アナトリー・セルゲーヴィチ。われわれはおまえの拳銃を残らず持っている。これからその銃を抗争での殺しに使われた弾丸と照合していく。それでどれかが一致し

「まだおれからしぼりだそうってのか？」ラシンは悲鳴をあげた。「もう質問にはぜんぶ答えただろう」

「まだまだだ。これからおまえを解放するが、それには理由がある。オシポフから金を受け取っているここの警官の名前を調べ出し、わたしが聞いたときに答えられるようにしておいてもらいたい。もし調べがつかなかったら——たしかな名前だぞ、でたらめは許さん——われわれは、オシポフの縄張り争いでだれかを殺した弾丸が、おまえの銃のどれかから発射されたものだということを立証する。わかったか？」

「わかった」ラシンは口を堅く結んでいて、その言葉はほとんど音にならなかった。

「けっこう」ダニーロフは言った。「よほどレフォルトヴォがいやと見えるな」

アナトリー・セルゲーヴィチ・ラシンは無言だった。

その日ようやくカウリーと連絡がついたとき、ダニーロフは、〈ウォッチメン〉という言葉には自分にも心当たりはないが、できるかぎり調べると約束した。

「話すことがたくさんあります」カウリーは言った。

「そちらに着いたときに」ダニーロフが制した。

ダニーロフは車で自宅に向かいながら、ペトロフカ内部にいるオシポフの情報源が見つかったらどうすればいいかと考えていた。ただちに追放するか、それともその警官にお膳立てさせてマフィアに近づくべきだろうか?

パトリック・ホリスは、もともとキャロルには彼と愛し合う気などなかったことをさとった。すべてロバート・スタンディングが仕組んだ、たちの悪い冗談だった。その日、スタンディングが人差し指をぐんなりと垂らしながら大げさなジェスチュアをしてみせ、キャロルもふくめたテーブルの全員が笑っているのを見て、そう察したのだ。

天誅をくわえてやる、とホリスは決意した。まだその方法はわからないが、かならずやってやる。やつらを傷つけ、辱めてやる。ぼくが受けたのとおなじ屈辱を味わうがいい。

今夜がその始まりだ。別の隠れ場所のシステムから銀行の本店のオンラインに侵入し、オルバニーの支店に入りこみ、スタンディングの個人口座の詳細にアクセスする。やつの定期的な支払い記録からいろいろな情報が得られるだろう——保険を通じて医療記録がわかるように。そしてスタンディング本人が支店のコンピューターにアクセスするためのログイン・パスワードも。

ロバート・スタンディングについてわかることは、何ひとつ残さず探り出す。そしてそれを利用してやる。

14

駐車場の地面に凹凸があり、カウリーはつまずいた。パメラがすかさず横に来て肘を取ってくれなければ、そのまま転んでいただろう。

カウリーは言った。「砂利が浮いていたんだ」

「わかってます。わたしがお世話しましょう」パメラは自分から、カウリーを車でアーリントンまで送ると申し出た。この男に手をかしてアパートまで行くというのは、まったく衝動的な思いつきだった。でも彼から学ぶこと、吸収すべきことはいっぱいある。野心だけでは——パメラが抱いている絶対的な野心ですら——足りないのだ。この日カウリーが見せつけたような先見の明や分析力でそれを補わなければならない。それどころか、当初とはほぼ百八十度考えを変え、自分にはたしかにこの男が必要なのだと思いさだめていた。

「病人じゃないんだぞ!」

「もちろんです」

共同のプールのすぐ前に整備された庭園があり、その一角のバーベキュー・ピットにほかの居住者たちが集まっていた。そのなかの、カウリーには見覚えのないグループが彼の姿を認め、手を振ってよこした。カウリーはおざなりな会釈を返した。「わずらわしくてしょうがない」

「住所が知られてしまえば、こういうこともあるでしょう。病院にいたときのように、警備をつけることを考えてみたらどうです？」

「いや」カウリーはきっぱりと言った。

「まだ自分の面倒が見られる体調とはいえないんですよ。武器も携帯していないし」

「いらない」とくりかえす。パメラが玄関のドアを先に開けると、カウリーは言った。

「やめてくれ！」

「サービスさせてください」

「ごめんだね」彼はパメラが先にエレベーターに乗りこむまで待った。

「意地っぱりね」

カウリーは笑みを返した。「砂利のせいだと言っただろう。わたしはだいじょうぶだ」

「もう上に昇りはじめてますし、大統領の演説まであと五分だわ。お宅で見せてもらってかまいませんか？」

「もちろん」いまアパートのなかがどうなっているか、カウリーは思い出せなかった。

川を見おろした。

「すてきですね」パメラが言った。「すみません」

「何が？」

「厚かましく上がりこんで」手振りで部屋全体を示してみせる。「どなたか、いらしたんじゃ……？」

「いやしないさ」カウリーは言った。「スコッチしかないが」

「いただきます」パメラは窓ぎわに立ったまま外を眺め、カウリーはキャビネットから

ボトルを出して酒を注いだ。

キッチンへ行くついでにテレビをつけ、水と氷を持ってきた。演説は夕方のニュース

の時間に合わせておこなわれる予定で、番組はもうはじまっていた。現場の空域閉鎖は

すでに解除され、ヘリコプターのカメラからの映像では、人気のないモールや周辺の政

府ビルとその外側の交通の混乱した街並みが目をみはる対比を示していた。警察本部長

の長ったらしいインタビューが流れたが、その間じゅうフロストは、リンカーン記念館

の発見はひとえに警察の監視によってなされたものだと主張していた。

「ろくでなし男」パメラが言った。

「あの渋滞と人の集中ぶりを見たまえ。もしやつらに別の弾頭があれば、外しようのな

い標的だ。その意味ではほかの武器でも変わりはないが」

「それで、答えは?」

「いまはわからない」

大統領の演説は、当人が落ち着いた態度で執務室にすわっていることを強調するロングショットではじまった。フランク・ノートンが今日の午後の会議で話していた、国民を安心させようとする政治的配慮なのはあきらかだったが、しかし窓とその向こうのローズ・ガーデンを通して、テレビにはがらんとしたモールの様子も映し出されていた。

大統領は開口一番、こう宣言した。〈ウォッチメン〉と自称するテロリスト集団は敗北した。やつらの仕組んだ凶行は阻止され、リンカーン記念館からは大量の重要な情報や知識が得られた。テロリストどもはいまや追われる側となり、恐れおののいている。おそらく自暴自棄になり、つぎの犯行を試みるだろう。国民は今後も警戒を怠ってはならない。いずれまもなく殺人者どもは捕えられ、アメリカの法にのっとって最高の処罰を下されるだろう。

「重要な情報と知識って、なんのこと?」スピーチが例によって大統領から視聴者への祝福で締めくくられると、パメラがつぶやいた。

「それも国民を安心させる方便というやつだ」カウリーは言った。「少なくとも前回より出し、グラスになみなみと注ぎ足すと、自分にも注いだ。

「つぎの攻撃があるという話と、つじつまが合わないのじゃないかしら？」

「警戒しろと呼びかけることで、自分を守る予防線を張ったんだ」

「FBIはどうやって守ってくれるんでしょう？」

「どうせ、手のつけられない騒ぎになってからさ」またスタジオでの分析がはじまり、例のふたりの男——以前ニューロシェルの爆発のあと、犯行グループは恐れをなしてつぎの攻撃をしてこないだろうとしゃべっていた——が出てくると、カウリーはリモコンでテレビを消した。「さっきは下で、恩知らずな口をきいてすまなかった。ありがたいと思ってる。気を使ってくれてありがとう」

「忙しい一日でしたもの。気にしてません。わたしにもわたしの都合がありますし」

「患者としては看護婦のことを、もうすこし知っておくべきじゃないか？」

パメラはまっすぐに彼を見つめた。風向きの変化と解釈してよさそうだ、と判断した。

「三十二歳。離婚歴あり。今現在、特定の相手はなし。でも気にしてはいない。心理学修士。二年前にマイアミから本部に異動。大きな昇進のチャンスには最後まで食いついていく覚悟でいる」それは嘘だ、だまそうとしているなとは、さすがに言われないだろう。

「いわゆる略歴ってやつかい？」

「なるべく手短にしました。そちらの番です」

「四十歳。離婚歴あり。三年前からＦＢＩロシア課課長。特定の相手はなし。今回の件は最悪の悪夢だと考え、ポール・ランバートの台詞を借りれば、糞も出ないほど怯えている」

パメラは彼のグラスのほうにうなずいてみせた。「スコッチはタイレノールと相性がいいでしょうか？」

「もうすぐわかる」

「差し出がましかったですか？」

「ああ」

「怒ってます？」

「いいや」

「昼食を食べなかったでしょう。何かありますか？」これもまずかったかしら？　そうでなければいいけれど。

「どうだったかな」

パメラは自分のグラスをキッチンへ持っていった。「卵とハムがありました」と声を彼は成り行きを楽しんでいた。パメラが見えない位置にいるのをたしかめると、また酒を注ぎなおした。

「テーブルの準備をしてください、すぐにできあがりますから」

そのとおりだった。パメラはカウリーも忘れていたニンニクを見つけ、ハムと一緒に炒(いた)めると、オムレツに添えて出した。得意というだけあってじつにうまく、カウリーはそう言葉にした。

「今度の件でしくじって首になったら、レストランでも開こうかしら。あなたはウェイターになってくださる？」

「当面わたしには、それ以外にすることはないよ。待(ウェイト)つしかない」

パメラは目をそらし、しばらく無言でいた。「今夜は謝ってばかりみたいですけど、あのことも申しわけなく思ってます。あなたの早い復帰に腹を立てたこと。わたしでは、リンカーン記念館のことは気づかなかったでしょう。心理学を専攻したはずなのに」

カウリーはにんまりと笑った。「わたしも心理学の専攻だよ」

「わたし、やりすぎてるでしょうか？」

「いや」実はそのとおりだとカウリーは思ったが、べつに不愉快な気分でもなかった。

「さっき言ったことです、今回の件にはできるかぎり食いついていくつもりだということ。願ってもないチャンスですから」

「なるほど」カウリーは疑わしげに言った。

「それで、誤解しないでほしいんですけど」

「何を？」

「ここに泊まりたいんです」

今度はカウリーがしばらく黙りこんだ。「それはどうかな――」

「あれはソファベッドでしょう？」パメラは彼を制し、さっきまですわっていたソファを指した。

「ああ」

「あなたはずいぶんひどい様子だし、だからここに泊まりたいんです。上司と寝るとか、そういうのじゃなくて。どうせむりでしょう、肋骨が折れてるんですから。悪い心理状態とかいうのともまったく違います。わたしにはあなたが必要なんです。あなたの能力についていけるようになれば、そのときは自分でやっていきますけど、でもまだその域には達していけない。今日のあなたみたいな一日を過ごしたら、健康な人でもくたくたになるでしょう。自分ではなんと言おうと、あなたは健康じゃない。だからだれかそばについているべきだと思うんです。わたしにも都合があると言ったでしょう？」彼女はおメラのほうはたしかに自分の欲求に興味を覚えていたものの、どう判断していいかよくわからなかった。セックスは嫌いではないけれど、ここ六カ月はだれとも寝ていない――航空会社のパイロットがまた彼女とよりをもどそうとやってきた、あのろくでもない週末以来。いまは職業上の決意のために欲求を抑えつけているのだ、と彼女は思った。ときにはこのシングルズ・バーの時代を謳歌し、気軽な、後腐れのない相手を選んでもいいと感じることもあったけれど。パメラは言い添えた。「言いだす順序がまるで変だったかもしれませんが、わかっていただけますね」

「そう思う」

「それで？」

「どこまで落ち着いていられるか、なんともいえないが」カウリーが感じているのは疲労だけだったが、パメラがこのアパートにいてくれるというのは悪い気分ではなかった。

「条件をひとつ。まずシャワーを使わせてください」

「いいとも」彼女には謝ってばかりの夜、こちらには承諾ばかりの夜だ。

「また差し出がましいまねをしてもいいですか？」

「どんな？」

「そのセーターとジーンズを脱いで。それが人間のすることです」

カウリーはコーヒーの香りで目を覚ました。八時に迎えにきます、という書き置きがあり、そのとおりパメラはもどってきた。

「ぐっすり眠れたよ」

「派手な音でね」パメラが言った。「いびきをかいてました」差し出されたコーヒーを受け取る。「わたしの手が必要になることがなくて、よかったですわ」

「こっちもありがたかった」この期におよんでカウリーは、なぜ彼女が泊まることをあれほどかんたんに了承したのかよくわからず、漠然と困惑を覚えた。

「またきびしい仕事の始まりですね」パメラが言う。

「それが事件を解決するのさ、どのマニュアルにもそう書いてある」

「そのとおりであることを願いましょう」

モールとアーリントン橋の封鎖から生じるラッシュアワーの混雑を緩和しようと、ルーズベルト橋およびジョージ・メイソン橋に車の流れが誘導されていたが、警察のアナウンスを聞く通勤者の数が足りず、何もしないときよりよけい渋滞がひどくなっているようだった。車がやっとペンシルヴェニア・アヴェニューに着いたのは、ワシントン記念塔のガイドがやってくる数分前だった。ふたりはいったん別れ、パメラが事件対策室ジョン・バークリーはおどおどした、ためらいがちに話すくせが吃音すれすれに聞こえる男だった。記録をつけるよう規則で定められているため、彼は午前十時のツアーで、オベリスクの頂から十五人の客をひき連れて降りてきたことを覚えていた。子供が三人——ひとりは十一歳ぐらい、あとのふたりはもうすこし上だろう——残りの大人は男が七人、女が五人だった。階段を降りるあいだ、とくに爆弾が破裂したあたりで、だれかが不審な行動をとっていたという記憶はない。ガイドはいつも先頭に立って降りていき、振り返って上を見上げながら、贈呈された石を指し示していくので、何か異常があれば目に入っただろうが、そんなことはなかった。カメラを手にした人間、使っている人間が何人いたかは思い出せないが、旅行客はたいていカメラを持っているものだ。

午後のツアーを担当したのは、ジャニス・スモールボーンという、名前とはうらはらに大柄な黒人女性だった。彼女のグループは十七人いたが、全員が成人で、女七人に男十人だった。迷彩ジャケットを着た男がひとりいたことを覚えている。ヴェトナム戦没者慰霊碑で祈りを捧げるために退役軍人がときどき着るような、ジャングル・ファティーグの迷彩ジャケットだった。たしかもうひとりの男と一緒にいた。どちらも軍人っぽい短い髪型だったが、思い出せるのはそれだけで、もう一度会っても見分けはつかないだろうし、絵描きやコンピューターが顔を再現するのに必要な特徴もたぶん思い出せない。このふたりにしても、ほかのだれにしても、とりたてて注意をひくような行動はしていなかった。カメラはたしかに見かけたが、何人持っていたかも、降りるあいだ使っていたかどうかもわからない。たぶん撮っていた人間はいただろう。

FBIの要請に応じて、記念塔の頂から歩いて階段を降りた四人――男ふたり、女ふたり――の客が正午までに出頭してきた。ヒューストンから来たヒラリー・ペティという幼稚園の先生が、訊かれないうちから迷彩ジャケット姿の男のことを話しだした。

「わたしみたいなテキサスの人間には、ずいぶん変わったものを着てるなという印象でした。それに黒いベレー帽もかぶってましたわ、まるで制服の一部みたいに」たしかにふたりめの男がいて、肩から鞄をさげていた。このふたりはまちがいなく、グループの最後尾から降りてきていた。彼女自身も列のほとんど最後のほうにいたからだが、爆弾をしかけるようなまねをしているところは見ていない。どちらの男も年齢は三十から三十五というところだろう。ふたりとも軍人っぽい髪型だったが、それ以上のことは覚えておらず、復顔写真を作れるほどの詳細な特徴はとても伝えられない。今日じゅうに国防総省から写真が届けられるだろう、とカウリーが説明すると――週の終わりまでワシントンを離れる予定はなかった――もちろん目は通すけれど、見分けがつくかどうかはあまり自信がないと答えた。そしてニューロシェルのハイウェイ・パトロールにかかっムを譲り渡した。フィルムはすぐに現像され、そのプリントには男ふたりのうちどちらの姿も写っていなかったが、午後のグループにいた別のふたりのツアー客——男ひとり、女ひとり——は、新しくFBIへの情報提供を求める呼びかけのなかで写真を公表できるほど鮮明に写っていた。

「どこまで信用できるでしょうか？」パメラが訊く。

「有力な手掛かり以上のものといっていい」カウリーは判断した。「だが慎重にやらなければ。あまり細かい話——朝のツアーか昼のツアーかといったこと——をすると、こっちにほとんど情報がないことに気づかれてしまう。ヒラリーの写真がものを言うだろう。ほかのプリントのこともにおわせるんだ、こっちがふたりの男の写真を持っているように。やつらがびくついて、ミスを犯してくれるかもしれない」

そのとき、カウリーの直通電話が鳴った。ペンタゴンのコンピューター・セキュリティの責任者、カール・アシュトンだった。「あいつらが何をしでかしたか、信じられないでしょうね。わたしもまだ信じられない。政府のホームページを開いてみてください」

たった一語——〈ウォッチメン〉——が何万の何万倍という数でくりかえされ、やがて国防総省のVDUのサーバーは完全にいっぱいになり、システムが停止した。ウィルスはその過程で、リンクされた副次的なプログラムに感染し、商務省、農務省、保健社会福祉省、社会保障局のコンピューターをつぎつぎクラッシュさせた。

カウリーは受話器を耳に当てたまま立ちつくし、目の前のスクリーンに映るものをよく理解できずにいた。アシュトンが言った。「いまあなたが見ているのは、まだ最悪のものではありません」

「ほかにもあるのか？」

「コンピューターは静電気を発生し、埃（ほこり）や髪の毛などをスクリーンにくっつけます。それで供給線に取り付ける静電気防止用のバンドというものがある。コンピューターの店にはこの静電気防止バンドとそっくりの道具が売られています。これは主供給にぴったりおさまり、あるコンピューターからダイヤルされた最新のアクセス番号とエントリー・コードを十個まで記録し、あとでダウンロードできるのです」

「なんだって！」カウリーは叫び、呆然（ぼうぜん）とした。「いくつあるんだ？」

「まだ探している最中です」アシュトンが言った。「これまでのところ、低レベルのVDUすべてと、個々のハードディスクをもつ十五のステーションで見つかりました。まだまだ出てくると思います」

れでも個々のコンピューターからわかるのは――運がよくて――最新の十回までです。やつらがどれだけの時間、入りこんで出ていったかは、まったくわかりません。どこか別の場所にある新しいホスト番号から接続があれば、それに相乗りできるのですから」

「わかりやすく説明してくれ」カウリーが言う。

「〈ウォッチメン〉はすでに、世界中のどこかにある五千ものプログラムの内部に、気づかれないままひそんでいるかもしれないということです。その跡をたどれるチャンスは万にひとつもない。しかもやつらは、その気になれば、政府の公式ページにしかけたようなブロックや混乱を作り出せる」

「具体的にどうやるんだ？」

「トロイの木馬です。意味は説明するまでもないでしょう。それがいつシステム内部に置かれたか、いつ開くかといったことは知りようがない。コードの単語かフレーズが入力されれば、まさしく文字どおりコンピューターを感染させ、何度でもくりかえし自己複製する。人間は悪性の感染によって死ぬ。プログラムは悪性のコンピューター・ウィルスによって死ぬ。おなじ原理です。それにわれわれはおそらく、自分の手でそれを引き起こした」

「それも説明してほしい」カウリーが要求した。

「あれはやつらにとっての警報装置だったのでしょう。わたしは三十人のオペレーターを使い、調べられるところは残らず調べさせました。そのひとりが眠っていたトロイの木馬に近づいたとき、警報が作動し、木馬を開けた。そして最悪の事態が起こったのです」

「ペンタゴンに恨みをもつ連中のリストはどうなった？　もう出力したのか、それともディスク上にあるのか？」

「そのことも最悪の事態のひとつです。ちょうどプリントアウトしていて、三分の一のところで止まってしまいました」

「それが警報装置を作動させたのかもしれない」カウリーは即座に指摘した。「ある特定の名前に近づいたことが」

電話の向こうからの反応が、しばらくとだえた。やがてアシュトンが言った。「それは思いつかなかった！　大いにありうることです」

「リストはアルファベット順だったのだな？」

「ええ」

「マスターファイルは——バックアップは——なかったのか？」

「あったはずです。なのに、ないのです。すでに調査をはじめていますが」

「ありません。われわれは現代科学技術の失敗を目のあたりにしているんです」

「いや。職員の解雇のシステムはどうだ？　契約の解除や、退職金とかの記録が……？」

「ありえます！」アシュトンはすぐに理解した。「どれだけ時間がかかるかわかりませんが、クロスリファレンスが見つかるかもしれない」

「それに写真もある」ヒラリー・ペティとの約束を思い出し、カウリーは指摘した。

「そっちも調べられるはずだろう？」

また沈黙があった。「それも問題なのです。写真はデジタル化されていました」

「コンピューター上にあるという意味か？　プリントはないと？」

「クラッシュの前に、いくらかプリントしましたが」

「これまでわたしが、ずっとどう考えていたと思う？」カウリーは言った。「ペンタゴンは戦争を遂行し、自由主義世界の安全を守る、超効率的な組織だと思っていたんだ」

「ここにはスパイがもぐりこんでいました」とアシュトン。「正体のわからない何者かが」

「それが言い訳になると思っているなら、お門違いだ。わたしならそんなことは、ほかの人間には口にしない」

このやりとりの間じゅう、パメラ・ダーンリーはカウリーの横に立ち、じっとスクリーンを見すえていた。その彼女が言った。「これだけ聞けば、よくわかりました。アシュトンの言うとおりだわ。最悪の事態です」

「ともかぎらないぞ」カウリーは反論した。「もう別のミサイルはないということだ。これ以上の爆弾も」

「いまのところは、です」パメラが訂正した。


ディミトリー・イヴァノヴィチ・ダニーロフは、機が水平飛行に移る前からシートをそっと後ろに倒し、眼下に消えていくモスクワの後背地にはなんの興味も示さずに、ただ目を閉じた。これほど急いで渡米するほどの材料がそろっていないことは承知していた。だがそれにおとらず、いや、それ以上に、みずからワシントンに赴き、例の鑑識検査——結果についてはほぼ確信があったものの——を判断する必要があった。大きな疑問は、実際に裏づけが得られたときに何をするかだった。自分が直面する障害や障壁を、どう評価すれば——そもそも評価できるとして——いいのか。しかし少なくとも、オリガのことで気を散らされずにすむ。その後の彼女はますます不可解だった。ダニーロフの出発前には、脅すようなけんか腰の態度は見られなかった。まるでおとなしく、彼がまたすっかり風向きが変わっているだろうが。

「たしかに収支の不一致はあります」銀行の保安主任が言った。ハンク・ヒューイットという細面の、まばたきの癖のある男だった。

「窃盗でしょう？」アン・ストーヴィが主張した。

「意外でしたが、ミスター・スネリング以外に、実際に苦情を言ってくる人はいませんでした。あとは、わたしどもが特別に調査をはじめたために、不一致があると思いこんだお客がひとりふたりいただけです。苦情の申し立てがなければ犯罪は成立しない、そうでしょう？」

「それは法的な観点です」アンは言った。「これまでのところ、何件ありましたか？」

「まだ早すぎて、なんとも申しあげられません。あなたご自身がおっしゃったように、今回の不一致はほんの数セントか、多くても一ドルにしかならないのですから」

アンは苛立ち(いらだ)を抑えつけた。これまで三つの銀行に調査を頼んできたが、どこでもおなじ反応だった。ある銀行は、客からの苦情がないかぎりはと言って、はっきり拒絶したぐらいだった。「もしも長期間にわたって、おたくの銀行の顧客すべての口座から四、五セントのお金が引き出されていたとしたら、いったいいくらの額が盗まれたことになるでしょうね？」

まばたきの多い男は、尊大な笑い声をあげようとしたが、あまりうまくいかなかった。

「ありえない仮定です。しかも大げさすぎる」

「もうすこし聞いてください」アンはなだめるように言った。「それがたとえば、二年か三年もつづけば、何十万、何百万ドルという額になると思いますけれど？」

「そのような仮定にはまったくついていけません」

「銀行内の従業員としか考えられませんね？」

「一日の取引の終わりに、口座の収支が一致することはないのです」

「どんなチェックが可能でしょう？」

「わかりませんね、毎日の始まりと終わりの取引と、その日の預入れとを目で見て照らし合わせることぐらいしか。しかしそんなことは、まったく論外だ」

「調査の範囲をおたくの支店全体にひろげてほしいんです」アンは要請した。テロの資金源と考えられる窃盗事件を報告した例の通信に、もうそろそろ反応があっていいころだ。

レンセラーの自宅の鍵(かぎ)をかけた書斎で、パトリック・ホリスは常連のウォー・ゲームのサイトのいくつかに出入りした。そのうちの二つにこんなメッセージがあった。「〈将るような医療記録はあの男にはなく、収支の記録もかなり無計画ではあったものの、赤字や不正なものは見当たらなかった。

ホリスは長いあいだ、じっとスクリーンとメッセージを見つめていたが、やがてあるアイデアが形をとりはじめた。ロバート・スタンディングは、口座から金を引き出しても問題のないタイプだろう。自分の口座の残高を、最後のセントの単位はおろか、数ドルの単位でも把握していないようなやつだ。

ホリスは何年もかけて集めてきたスクリーンいっぱいの銀行口座番号のリストを呼び出し、無作為に番号を選んでいった。これはうまくいくという確信があった。かならず、きっとうまくいく。

15

写真からディミトリー・ダニーロフの見分けはついたものの、その印象までは伝わらず、パメラ・ダーンリーはしばらく到着ロビーの柱のそばに立ったまま、その男を見つめていた。カウリーより六インチは背が低く、体はずっとやせている。薄くなった金髪を丹念に後ろになでつけて地肌を隠していて、スラヴ人らしい頬骨のせいで顔が細く尖って見える。目立たないが自信に――少なくとも外見上は――満ち、出迎えを探しておろおろとあたりを見まわすでもなく、まわりの喧騒とわざと距離を保ちながら、自分の空間をつくっている。独りでいるのに慣れた男だ。あるいは、そのほうが好きなのか。

ダニーロフの視線がロビー全体を見渡すのと同時に、パメラの目にタクシー乗場を示す表示板が入った。わずかなためらいのあとで、ダニーロフがそちらに向かって動きだし、彼女のほうに近づいてきたおかげで、パメラはその行く手に足を踏み出すだけでよかった。

「ディミトリー?」と声をかける。「パメラです」

ぶつかってしまったもので」

「なんでもないですわ。ビルは世間にすこし顔を知られすぎてますし、病院の予約にもぶつかってしまったもので」

「何か問題でも？」すぐに気遣いの言葉が出てきた。

「傷口の抜糸をするだけです。もういまごろは局にもどっているでしょう。局に直行しますか、それともマリオット・ホテルに寄ったほうが？　いちばん手近なホテルなんです」

自分の車でダレス空港までやってきたパメラは、帰りのドライブを利用して、ダニーロフに最新の情報をすべて伝えた。アーリントン橋がまだ封鎖されているせいで、ラングレーに着くずっと前から、ジョージ・ワシントン・パークウェイは渋滞しはじめた。

ダニーロフが言った。「やつらはじつに巧妙に、われわれみんなをあざけってみせていますね」

「怖いのは、つぎに何をしてくるかです」とパメラは答えた。

「手持ちの武器を使いはたしたというビルの見解が正しいことを願いましょう」

「どうすれば武器の補充を防げるでしょうか？」

「もうすこしましな案があればと思うのですが」ダニーロフは認めた。

「そもそも、何か案があるのですか？」パメラが言下に訊いた。

「そちらの鑑識の人たちと話をしてからのほうが、ちゃんとお答えできるでしょう」

「前にそちらから送られてきたものは、すでに検査にまわされています」

「わたしが望んでいることは別にあります。目撃された迷彩ジャケットの男ですが、そちらではどの程度有力と考えられていますか？」

「これまでのところ、最も期待のもてる手掛かりです」

「午前と午後のツアーの参加客の身元は、どれだけ確認できました？」

「午前に階段を降りたグループからは六人、午後からは七人です。使えそうな写真は手に入っていません」

ダニーロフはシートに身を沈めると、物思いにふけるように黙りこみ、長旅のあとでほんとうに寝入ってしまったのだろうかとパメラは思った。だがそのとき、彼の目が開くのが見え、この男が沈黙に落ち着かなくなるタイプではないことを知った。パメラは言った。「モスクワでまともに働くのは、かんたんではないそうですね」

その単刀直入な言葉に虚をつかれ、ダニーロフは隣の運転席に目を向けた。カウリーが話したのなら、よほどこの女とは緊密な立場で仕事をしているにちがいない。純粋に仕事上の関係だろうか？　パメラ・ダーンリーの実物は、テレビで見たときよりもはるーのものだと認めもした。ダニーロフは言った。「それが役に立つこともありますよ」キー橋がふさがっていて、車は停止した。もっとくわしい説明を期待し、パメラは横を向いてまともにダニーロフを見たが、もう反応はなかった。ワシントン・サークルを過ぎたあたりで車の列は流れ出したものの、ホワイトハウスを迂回させられる道に入ると、また動かなくなった。

カウリーはFBIビルにもどっていた。ダニーロフが事件対策室に入っていくと、彼はちょっと待ったというように手を上げた。「ロシア式の抱擁はだめです」そして自分の頭に手を触れる。「これは笑ってすませてくれていいですよ」

抜糸がすんで包帯の必要はなくなり、カウリーの側頭部に沿ってつづく幅二インチほどの畝があらわになっていた。その部分の髪が剃られているせいで、頭皮が横向きにずれているように見える。パメラが笑顔で言った。「ファッション的には、ちょっといただけませんね」

このふたりのあいだには、たしかに気安い感じがある、とダニーロフは思った。「わたしにあげられるだけの髪があればよかったんですが」

気楽なやりとりは短かった。カウリーが言った。「それよりも、あなたがモスクワから送れなかったというものをもらいたいですね」

「そちらの鑑識に直接渡さなくては。アメリカ大使館に運ばれたものもそこにあるでしょう」

ポール・ランバートの部局で彼らを出迎えたのは、ディミトリー・ダニーロフ――アメリカの対情報組織の中枢にいるロシア人――への好奇心と、カウリーの見てくれをあからさまにからかう声だった。

ダニーロフが言った。「モスクワから送られてきたものの検査は終わりましたか？　塗料と金属の比較は？」

「ひとつも一致しませんでした」科学者が答えた。

「それでいい」ダニーロフは笑みを浮かべた。起こってはならないはずの不一致が見られるだろうとは、先刻承知だった。

「そのことが何かの証明に？」とカウリーが訊く。

「これが証明になるでしょう」ダニーロフは言い、ポケットからゴーリキーで採取したサンプル、モスクワの工場で採取したサンプル、パヴィンに採取させたサンプルの入った封筒を取り出した。注意深く別々のラベルを貼った二通の封筒を開けて、彼は言った。

「金属はこれで足りますか？」

「多すぎるほどですよ」

「どのくらいかかりますか？」

「完全な結論が出るまでは、二十四時間というところでしょう」

「それが必要なのです、完全な結論が」

「何を立証しようとしてるんです？」パメラが訊く。

「国連ビルのミサイルが、明確にどこの場所で造られたかです」ダニーロフは答えた。

鑑識の科学者に向かって言う。「国連ビルの弾頭にあったステンシルの文字と、ロシアからそちらに送られた、ゴーリキーで造られたと記されている弾頭の文字とは、比較してみましたか？――とくにゴーリキーという名前の部分を？」

ランバートはばつが悪そうに咳払い（せきばらい）をした。「それは二重にチェックする必要がありますね」

「頼みます」ダニーロフはうながした。「ゴーリキーという別の二つの文字から、そのステンシルプレートがおなじものか違うものかは、判断できるのでしょうね？」

「両方の文字の写真を拡大して、輪郭を比較するだけのことですよ」とランバート。

「すると、プレートから刷られたそれぞれの文字に不完全な箇所が現われる。その不完全な箇所が異なっていれば、プレートも違うということです」

「ゴーリキーは重要な単語ですが、ぜんぶの文字をチェックしてもらえますか。それからモスクワの工場で造られたもの――トゥシノの地雷と弾頭にある文字も」

オフィスにもどると、カウリーが言った。「何がわかりそうなんです？」

「わたしを――われわれを――誤った方向に誘導するために、たいへんな労力が払われているということです」

「どのような？」

ダニーロフが説明するには小一時間かかった。それでもアナトリー・ラシンを独房で脅したこと、そしてみずから熱心に志願して二つの弾頭と地雷を民警本部からロシア外務省へ運んだアショット・ミジンを重要な存在だと考えていることは省いた。説明が終わるずっと前から、パメラの顔には疑念がありありと浮かんでいた。そしてダニーロフが言葉を切ると、彼女は言った。「そこまでひどいなんて、ありえないでしょう」

「わたしもそう思いたいですが、しかし事実なのです。さっき車のなかで言ったのはそういう意味です、攪乱の試みにわれわれが気づけば、逆に役に立つこともある」

「この状況を利用する方法を、もう思いついたのですか？」パメラほど疑い深くはなく、より実際的なカウリーが言った。

「鑑識検査の結果が出るまで待ちましょう」

二度目は八月」ダニーロフは明かした。「ビザの申請書を提出するときには、この国での連絡先を記入しなければならなかったでしょう」

カウリーの顔に笑みがひろがった。「そのとおりだ！」

「どちらのときも、ニコフ名義のパスポートを使っています。しかし偽名の可能性もある。エドゥアルド・バブケンドヴィチ・クリクというものです。やつはその名義のロシアの免許証をもっていた。それ――」

「――それを使ってレンタカーを借りた可能性がある。車に興味のある人間なら、ほとんど無意識にそうするでしょう」パメラが興奮した声で締めくくった。「そしてレンタカーの契約には、滞在先の住所が必要だわ！」

ダニーロフは前もってJ・エドガー・フーヴァー・ビルから、もうすぐそちらに行くと電話を入れておいたが、ウィスコンシン・アヴェニューの新しいロシア大使館にはまだ混乱がうかがえた。最初に示されたのはいかにも露骨な、場違いな詐欺師が来たといわんばかりの反応だった。時差ぼけが出はじめたせいでまぶたが重く、風采のあがらない自分の姿がよけいに意識され、カウリーのアドバイスを聞き入れていればと後悔しはじめた。明日には迷彩ジャケットを着た被疑者の情報がもっと出てくるかもしれない、それまで待ったらどうかと言われていたのだ。名前のわからない、不信もあらわな受付係からパスポートと民警の証明書を見せろと言われたあと、殺風景な部屋に通されて半時間以上たったとき、ドアが急に勢いよく開いたかと思うと、白髪頭の男が怒りに顔を紅潮させて問いただした。「これはいったいどういうことだ！」その一言を嚆矢（こうし）として、さらに一時間にわたる怒りの要請、腹立ち、脅し、電話とファクスによるモスクワのホワイトハウスおよび外務省との連絡がつづけられることになった。

「このような行動は断じて禁じる！　きみはこの大使館と、わたしの権限から離れて独自に動けるとでも思っているのか！」会見がはじまると開口一番、大使のアンドレイ・グリエフはそう宣言した。「きみにはつねにわたしを――わたしだけを――通じて連絡をとってもらうし、何をするにも事前にわたしの許可が必要になる。外交官居住区の外に滞在できると考えているなら、それも問題外だ」

「大統領のオフィスから、わたしがこちらに来るという通達はなかったでしょうか？」ダニーロフは訊いた。モスクワから遠く離れたこの場所では、対立する国会とホワイトハウスの圧力の狭間（はざま）で、自分を守るすべはなかった。

グリエフが大使館の事務局長に目を向ける。ティモール・ベセディンが言った。「外務省からわれわれに向けての通達がきた」

「その件について、わたしは正式な報告を受けていない」大使館の保安部長であるイヴァン・フェドロヴィチ・オビディンが声高に言った。「民警にわたしの駐在施設へ立ち入る権利はない。まったく論外だ。だがわたしは、きみがこのアメリカに滞在中におこなう捜査に同行しようと考えている。モスクワに連絡をとってそのことを提案しよう。それならば盗聴の恐れのない駐在施設の使用は可能だ。必要な事柄は、わたしを通じて伝える」

ダニーロフはため息をつき、大統領首席補佐官が直接の通達を送っていなかったことへの苛立ちを抑えこんだ。友好関係を結べるとは期待していなかったが、ここで敵を作るのは百害あって一利なしだ。それに、いまではもう確信があったが、モスクワとのあいだで個々に会話がかわされたのだろう。この場にいるひとりひとりに、それぞれの上司から指示があったのだ。「今回の騒ぎがはじまってから、あなたがたが直接の重圧にさらされていることは、十分承知しています。まさしくその理由から、一線を画することが必要なのです。FBIはまだ有力な手掛かりを得ていない。モスクワから来たわたしもおなじです。またさらに凶行が——へたをすれば大惨事が起こる。もしもわたしが大使館に帰属し、ロシアの外交官居住区に滞在すれば——わたしがこのワシントンに来ていることはすでに知られています——新たな要求と批判の矛先が向けられるのは、この大使館と、大使、あなたでしょう。大使館と離れて独自に動くことが、外交的に見て不可欠であるというのが、大統領の見解です」そこで言葉を切った。この場所のいちばん奥深くまではいりこむ必要があることはほのめかせたはずだ。「わたしがチェリャグ首席補佐官と話をするのに、盗聴の恐れのない通信施設は必要ありません。どの電話でもけっこう」

「わたしはべつに、捜査を妨害しようなどというつもりはない」保安部長が自信なさげに言う。

「だれもそんなことは言っていませんよ」ダニーロフはさらりと返した。

「もし大統領のオフィスと話をする目的が、きみのここでの立場と役割について理解することにあるなら、われわれがここで聞いていていけない理由はないはずだな？」大使館付き武官のオレグ・シジコフ大佐が、薄笑いを浮かべて言った。

ダニーロフはむりに笑みを返しながら、この軍の情報部長が最も始末の悪い仇敵であると認めたが、さらにあることを察して活気づいた。チェリャグが直接に通達を送ってよこさなかったことで、この連中はダニーロフが自分の権限を誇張していると思いこんでいるのだ！「まったく差し支えありません」

グリエフが身振りで、自分の机の横にある電話の列のほうを示す。

フとはいえない。自分がアメリカでどのように動く必要があるかはチェリャグにはっきりと伝えてあったし、まさに初回の危機管理委員会で、大統領首席補佐官はほかのあらゆる機関による直接の関与を禁じていた。とはいえ目の前にいる連中の態度には、いささか過剰なまでの自信が感じられる。

電話のベルが鳴り、大使がまた手でそちらを示して、受話器をとるよううながした。応答したのは秘書官で、聞き覚えのない声だった。ダニーロフは自分の名をくりかえし、汗が背中に噴き出すのを感じながら、伝言では困る、ワシントンからだれがかけているかをチェリャグに直接伝えてほしいと言った。声を平静に保つのはむずかしかった。まるで通話がとぎれたように、音が聞こえなくなった。

シジコフが言った。「やはり、誤解があったようだな！」

そのとき、チェリャグの鋭い声が受話器からひびいた。「なんだ！」

ダニーロフはすぐには返答せず、大使の机ごしに身を乗り出してスピーカーフォンのボタンを押した。チェリャグの苛立った二度目の問いかけが部屋にこだました。

「わたしはいま、グリエフ大使閣下のオフィスから話しております」ダニーロフは改まった調子ではじめた。「ティモール・ベセディン大使館事務局長、保安担当のオレグ・シジコフ、イヴァン・オビディンの両氏も同席しています」はじめて不安の色が、情報部長の顔をよぎった。「解決の必要な職務上の困難が生じました」

四人の落胆ぶりは目に見えるほどで、ぴんと張っていた糸がたるんだようだった。大使がけんめいに声をはりあげて割りこもうとしたが、ダニーロフは口出しを許さず、自分が一線を画することで大使館の立場の悪化が避けられるという主張をしゃにむに推し進めたが、やがてチェリャグがそれをさえぎった。

「この通話は開かれているのかね、全員が聞けるように。声が反響して聞こえる」

「はい」ダニーロフが言う。

「よろしい」チェリャグが言った。彼の訓戒は短く、その場の全員ひとりひとりが名指しされた。今後ディミトリー・イヴァノヴィチ・ダニーロフにとってあきらかに障害となる事態が生じた場合、ホワイトハウスに対する説明が要求される。ダニーロフが大使館の施設を使用するにあたっては、なんの問題も障害もあってはならない。これらの指示は一時間以内に、それぞれの省の責任者——グリエフ大使とティモール・ベセディンの場合は外務大臣本人——に知らされるが、すでに明確な指令が無条件にあたえられていたにもかかわらず、再度おなじものを発することになった理由を問いたださねばならない。

「ディミトリー・イヴァノヴィチ？」

「もうないと思います」ダニーロフは答えた。この出来事もすべて、おそらく仕組まれたものなのだろう。やむことのないモスクワの内紛――ダニーロフも相変わらず巻きこまれている――のさなかの、一種の忠誠心テストなのだ。

共同の事件対策室でカウリーとパメラは順調に仕事をこなし、ダニーロフの手掛かりから可能になった調査の段取りをすべて終えてもどってきたのは、ほぼ七時半だった。レンタカー会社は、明日までにコンピューターによる記録のチェックは終えられるだろうと言った。しかし入国管理局からは、ビザの請求票はコンピューターに移されておらず、したがって手作業で処理するため、もうすこし時間がかかるだろうとのことだった。ただの記録の整理にあきあきしていたテリー・オスナンが、浮き立った様子で言った。

「こいつは手ごたえがありそうですよ」

「だといいがね」カウリーは応じた。

「ディミトリーですけど、わたしが思ってたような人とは違ってました」パメラが言った。

「どんなふうに？」

彼女はあいまいな身振りをした。「なんて言うのかしら。もっと無口な人でした。もし鑑識から彼の予想どおりの結果が出てきたら、上層部が関与しているということになりますね」

「証拠があがったら、そのことも彼と話し合いたいと思っている」カウリーはふとためらった。「昨夜のお礼に、夕食をごちそうしたいんだが、どうだろう？」

パメラはしばらくのあいだ、黙って彼を見返していた。「わたしはただ、白衣の天使の役をつとめようとしただけなんですよ」

「そうだったな」カウリーは言い、おのれに向かって毒づいた。くそっ！　このばか野郎、くそっ、くそっ！

「いまはややこしい状況になりたくないですし」わたしの条件どおりでないかぎりはね、とパメラは思った。

「わたしもだ」

「いつかまた、別のときに」

「ああ。また別のときがいい」

そのとき、カウリーの外線が鳴った。カール・アシュトンが言った。「やつらがまたとんでもないまねをやらかしてます。ブロックされていたスクリーンがすべてクリアになりました。そこに別のメッセージが、〈ウォッチメン〉の署名入りで出ているんです。

「こともあろうに、まだペンタゴンを使ってるんです！ やつらがペンタゴンのどこかに潜んでいるとわかっていても、われわれには捕えられないことを証明するように」

「ディミトリーを起こしますか？」カウリーがメッセージの件を伝えると、パメラは言った。

「この先何が起こるにしろ、それを食いとめるために、彼にできることは何もない。あと二、三時間寝かせておこう」

「でも、わたしたちに何ができるのかしら？」

「待つしかない」

「どうなるの、やつらが別のミサイルを手に入れたとしたら？ あるいは別の爆弾を？」パメラが相変わらず、独り言のように言う。

「そのときはまた、新たな災難を抱えることになる」

アン・ストーヴィはワシントンへの通信にさんざん頭を悩ませていた。まったく独力で、テロリストの資金調達に関わる手掛かり——それも直接の——を見つけたという確信があったが、もし見当はずれだったときのことを思うと、あまり強く主張しすぎるのもはばかられた。

でもこれは、断じて偶然の一致ではありえない。なんの関連もない別々の四つの銀行の保安部門が、クラレンス・スネリングのように腹を立てた客から、口座の残高が何ドル何セント合わないという苦情を受けていることを認めたのだ。

通信の内容を三度書きなおしたが、そのたびに自分の説を裏づける材料が少なすぎるような気がして、自信がゆらいできた。それから小一時間、保安部門に依頼した調査から何か出てくるまで、報告するのはやめておこうかとさえ悩んだ。だが、それは不可能な作業だと、彼女と話した保安主任が言ったことを思い出し、四度目に書いた内容にはその言葉もふくめるようにした。アンがようやくテロ事件対策室からの指示内容を添えた報告書をファクスしたのは、午後も遅くなったころだった。

「うちに帰るまで待てないの?」エリザベス・ホリスが訊いた。

「待ってたら、向こうが帰っちまうかもしれないんだ」また言い争いになるのがいやで、ホリスは母親を連れて出てきていたが、ショッピングモールが近づいたとき、急に電話をかけなければならないと告げたのだった。

「いったい何事?」

「職場のやつが、自分ひとりじゃどうしようもない問題を抱えちゃって。それでぼくも

「あたしも一緒にいこうかしらね。ペニーズの店をのぞいたりして」

「すごく混んでる。きっと疲れちゃうよ。車のなかにいて、音楽でも聞いてなよ」

「そのほうがいいかもね」

十分の余裕をみて公衆電話に着いたが、どこかの女が電話を使っているのが見え、急に不安にかられた。目立つようにブースの外に立ったが、女はあからさまに背を向けた。あと一分というところで、女が返却口から残りのコインを取り出した。ホリスは急いで前に進み出ると、ドアを開けて待った。出てきた女は、「心配ないわよ、あんた。彼女はちゃんと待ってるわよ、あんたみたいなすてきな男をさ」と言って笑った。シャワーを浴びていないのが臭(にお)いでわかった。電話が鳴りだした。

「ずっと命令にそむいていたな！」

「今度は来ました」

「今後もかならずそうしろ。おまえはこの戦いの一員だ」

偽(にせ)の名前やフレーズを使うのは、ウェブに入りこんでウォー・ゲームで遊ぶうえでは問題ない。だが実際に口に出されると、なんだかこっけいだった。ホリスは言った。

「追加の口座番号が手に入りました」

「いくつだ？」

「十です」

「まだ足りない！」

「足りるはずでしょう。もうすこし手に入れますけれど」

「口答えをするな。おまえにはもっと働いてもらいたい。われわれには大金が必要なのだ」

「セント単位でないとむりです。勘づかれてしまう」

「命令はわたしが出す。つぎの連絡のときは、時間どおり来るようにしろ。それからおまえ個人の額を二万ドルに上げてもらいたい」

「それはむりです！」

「このシステムを作り出したのはおまえだ。なんとかうまくやれ」

「片づいた？」ホリスがジャガーにもどって乗りこむと、母親が訊いた。

「たぶんね」ホリスは満足げに答えた。〈将軍〉が言っていたような規模の窃盗をセント単位でおこなう方法はない。したがって、見つからずにいられるすべもない。

16

米ロ両国の権威を失墜させようとする中国の意図からはじまった論争――一方は世界各国の代表を守ることもできず、もう一方は条約を無視して大量破壊兵器を製造し、あげくにテロリストの手に渡してしまった――は、対象を特定しない新たな脅迫というつぎの爆弾で木っ端微塵にされてしまったかのようだった。問題のメッセージが全世界に伝えられてから一時間以内に、テレビ局や新聞社に泊まりこんでいる――ときには効果をねらってひげも剃らない――情報やテロの自称専門家たちは、国連ビルがふたたび標的になるというお気に入りの分析を振りかざした。

ほぼ時をおなじくして北京は、壇上から攻撃をおこなう自分たちの援軍として慎重に養成してきたアフリカ・アジアの代表たちが、会議の始まりに合わせてマンハッタンの五十マイル以内に足を踏み入れる可能性はまずないことをさとったが、延期を要請することで逆にみずからの面目が丸つぶれになるのを防ごうとした。この難局を打開したのは、またしても国連事務総長のイブラヒム・サーズだった。彼がふたたび国連本部からの避難を命じたことで、逡巡していたニューヨーク市長もついに腹を決め、通勤者は翌日いっぱい市街への立ち入りを禁じられると発表し、居住者にはただちに街から離れるよう勧告した。

大脱出の様子は前回よりほんのわずかながら秩序立っていて、何も考えずに移動していく人々を上空から映したテレビ映像には、どこか見なれた感さえあった。ニューヨークの空港はニューアークもふくめ、すべて閉鎖されたが、給油のための着陸は一部許可されていた。カナダが自国の東海岸と中部の空港ではコース変更に対処しきれない可能性があるという警告を発すると、ヨーロッパからの出発便やアメリカ東部に向かう国内便は欠航になりはじめた。鉄道のグランド・セントラル駅とペン・セントラル駅は閉鎖された。掠奪(りゃくだつ)と放火が発生し、午前三時までに七人の暴徒が銃で撃たれた。

ワシントン市長は公式にDCからの避難を指示しようとする直前、事態に圧倒されつつある警察本部長からきわめて多数の住民がすでに移動しているとの説明を受け、いまさら勧告は不要だろうと判断した。もう自分の首が涼しくなっているというのに、のちのちの悩みの種を増やすのは気が進まなかったのだ。モールと政府官庁の封鎖の範囲は、議事堂とその管理棟すべてにまでひろげられ、上院・下院議員の三十名が個々に、国家的危機のさなかには地元の選挙区民のもとに帰る義務があるという宣言を発した。再選の点からも適切なこの口実を思いつけるほど頭の回らなかったほかの議員たちは、こんない船を急いで見捨てていった。ダレスとレーガンの各空港、そしてDCのユニオン駅も閉鎖された。早朝にキャピトル・ヒルのすぐ向こうのアナコスティアで、商店に放火していた掠奪者に向けて警察が発砲し、黒人三人が死亡した。

やはり標的となりそうな全国のその他の施設を守ろうとする努力が、長い夜を徹して懸命につづけられた。陸海空軍のあらゆる基地——すでに敵に潜入され、嘲笑の的となっていたペンタゴンもふくめ——が厳戒態勢に置かれ、フロリダのケネディ宇宙センター、テキサスのヒューストン管制センター、モハーベ砂漠のスペースシャトル帰還基地でもおなじ措置がとられた。ディズニーワールドとディズニーランドは閉館を宣した。マクドナルドが、例の脅迫文の意図が理解、阻止されるまでは開店を見合わせると発表したあと、その他のファストフードのチェーン店もすべて右にならえをした。

連邦政府のインターネット上のホームページには、五行のメッセージ以外には何も表示されず——したがって今後を予測するすべもなかった——二時間以内にホワイトハウスに集まった危機管理チームは、フランク・ノートン、ヘンリー・ハーツ、FBIとCIAの各長官、大統領報道官のピーター・プレンティスに限られていた。プレンティスは大統領執務室のテレビの横に立っていたが、つけっぱなしのその画面からは、国じゅうに広がっていく恐慌(きょうこう)の模様が伝えられていた。

「わたしは何か言わねばならん、だがいったい何を言えばいい！」大統領が問いかけた。「またテレビで四度目に書きなおしたスピーチをしゃべろうものなら、わたしは史上最も間抜けな大統領として名を残すことになる。もう実際に、史上最低の支持率に落ちこんでいるのだぞ」

「FBIの評価では、この事態は過剰反応です」レナード・ロスが口をはさんだ。「カウリーは〈ウォッチメン〉のメッセージを、ある種の暴露だと見ています」ロスは自宅からホワイトハウスへ来るまでのあいだ、ずっと車内電話で事件対策室と話していた。

「なんの暴露だ」

「それはわかりません」ロスはみじめに認めた。

「感謝するぞ、長官！　それだけ聞けば、すべてはわれわれの統制下にある、何もあわてる必要はないと、アメリカの全国民に納得させる方法がわかろうというものだ！」指をぐいとテレビにつきつける。「あのありさまを見ろ、なんたることだ！」

「たしかにいまは、何も言える材料はありません」フランク・ノートンが明言した。彼としては、惜しまれつつ舞台を去る大統領から、ノートン自身の野心を推し進めるためのお墨付きを得なければならず、そのためには時機を失したメディアへの露出から大統領を守る必要があった。「ですから、もう一度テレビ演説をおこなうのは得策ではないいることをはっきりさせなければなりません、大統領は断じて逃げも隠れもしないと――」

「どんな声明だ?」大統領にくだくだしい説明は必要なかった。「すこしは実質的な内容がなければならん」

「ロシアです」ハーツがある案を思いついた。「ロシア大統領に直接、電話連絡をとるのです。ロシアの外務大臣をここに招いて、わたしと話させるのもいいかもしれません。前向きで、しかも高レベルです。それに〈ウォッチメン〉が最初に出した、両国間の雪解け(デタント)に異を唱えるメッセージに対して、正面から立ち向かう大統領の姿勢を示すことになる」

「それはいい」ノートンが賛成した。

「うむ」大統領はさらにゆっくりと言い、反芻(はんすう)しながら咀嚼(そしゃく)した。「よし、それでいこう。いいか、ピーター? すぐに連絡をまわしてくれ、まもなく重大発表があると。主要なメディアにはそれぞれ直接――わたしからの指示だと言って――夜のニュースに間に合わせると確約しろ。だが、わたしは職務中で――〝多忙〟ではやみくもに動きまわっているように受け取られる、かならず〝職務中〟だぞ――カメラの前で語りかけることはできないと言うんだ」手を波打たせるような動きをはじめる。「われわれは断じてテロリストに屈しはしない……」FBI長官を見た。「例の男がロシアから着いたと言ったな？」

「今日早くに」とロスが答える。

「よし」大統領は言い、また指示をつづけた。「ロシアの上級捜査官がすでにこっちへ来ている……最高レベルでの協力……逃げも隠れもできない……そんなところだ、いいか？」

「けっこうだと思います、大統領」くしゃくしゃの髪をした、大げさな手振りをまじえて話す報道官が言った。「テレビに映せる絵も用意しておいたほうがいいでしょう。あなたがロシアに電話をかけているところ……世界のリーダー同士の会話、というのは？」

「だんだんよくなってきたぞ」大統領は満足げに言った。「ポーズも大事だな。ワイシャツ一枚でネクタイもゆるめ、危機にあって職務に精を出す大統領、でいくか？　それともジャケットとネクタイの落ち着いた感じで、決してあわてず騒がずという感じか？　どっちだ？」

「むずかしいところです」メディアの専門家は、この重大な決定を前に眉根を寄せた。

「ワイシャツがいいでしょう。しかしネクタイはゆるめるべきでないかもしれません。

くてはならん」

「ワイシャツでしょうね」やはりホワイトハウスのプロフェッショナルであるノートンが言った。

ハーツとバターワースは気まずそうな顔でうなずいた。レナード・ロスは知らぬ顔を決めこんだ。

プレンティスが言った。「ロシア大統領との直接連絡ですが、先に働きかけるのがこちらであることも強調するべきでしょう。なんらかの攻撃があったあとで、ロシアに反応を示すようこちらから圧力をかける。そうした印象を広めるのです」

「完璧だ！　すぐにやろう。あと一時間しかない。それから、ピーター？」

「はい、大統領？」

「そのネクタイは替えておけ。派手すぎる。明るい気分でいるようなイメージはまずい。わが国民が死ぬかもしれんのだからな」

ダニーロフは放送直前にカウリーに起こされ、ホテルの部屋にあるテレビで、ピーター・プレンティスがホワイトハウスの記者団に相対する様子を見ることができた。カウリーとパメラは事件対策室のテレビでおなじ場面を見た。その直後には、今後の避難と道路や施設の閉鎖の情報がつづき、どのチャンネルを見ても、どこかへ逃げ出そうとする車の何マイルも延びるテールライトとヘッドライトの帯が映し出されていた。カウリーはもう一度ダニーロフに電話をかけた。自分はオフィスのベッドを使うつもりだが、あなたがただじっとすわって待つために、ホテルからこちらまで来る理由はない。もし〈ウォッチメン〉が脅迫を実行に移したときは、十四丁目からFBIビルまで五分で着くことができる。

「じつに巧妙だ」ダニーロフは言った。「心理学的にも、軍事的にも。プロフェッショナルな反乱の訓練を積んでいる。恨みをもつ者たちの調査を、ペンタゴンからCIAにまでひろげることは考えましたか？」

「いままで思いつきませんでした」カウリーは認めた。たしかに妥当ではあるが、空恐ろしくなるような助言だった。

「ヴェトナムからは学ぶことが多かった――たくさんのことを教えられました。その前のアフリカや、ラテンアメリカからも。とくにチリからは。〈ウォッチメン〉の最初のメッセージには、あの時代が――そして意識が――反映しています」

パメラはいったん家に帰ると言った。そのときカウリーははじめて、彼女の自宅が北の、ウェストミンスターのコンドミニアムであることを知った。そして自分が眠れたこレーターがどうしますかとたずねてきただけだった。

シャワーを浴びにいったが、取り散らかした洗面所には新しいタオルも石鹸もなく、ひげを剃るためにやむなく細かいかけらから泡を立てようとした。なんとか切り傷を作らずに剃り終えたとき、ありがたいことに肋骨にも頭にも痛みはなかった。さらに何分かかけて、鏡に映る自分のいびつな頭をじっと眺め、残りの髪をいまよりずっと短く刈りこめば、もっとましになるかもしれないと思った。パメラはクルーカットのほうがファッション的にましだと判断するだろうか？　偶然に新しい脅迫の声明があったおかげで、夕食の誘いを断わられた気まずさは拭い去られたが、自分が状況をひどく見誤っていたことに変わりはない。まったくパメラの言うとおりだ。カウリーはまた認めた。いまはごく基本的な社交上のつきあいでも入りこませるわけにはいかない、ということはつまり、ほかの状況でも彼女に歓迎する気はないのだろう。自分のほうはどうか？　離婚から三年もたっているのだから、ポーリーンの再婚宣言の反動だとは考えづらい。だれかが――ただの女ではなく、知性ある魅力的な女性が――自分に興味を示してくれたことで、浮かれてしまった。それで勘違いし、ナイーブなまねをしでかした。お笑いぐさだ。あれだけですんだのは幸運だった。もう二度と、あんなリスクは冒すまい。

この早い時間のテレビの解説番組は、昨日の夜から早朝にかけての再現ばかりで、カウリーは音量を下げた。映像もおおむね再映のものだったが、たまに新しい、だが以前にも見た人気のないニューヨークとワシントンの様子がはさまれた。画面には見えない記者の声が、今日の朝の早い時間に見られる通勤の車の量は、アメリカのあらゆる大都市の通常時の五十パーセントにも満たないと伝えた。ワイシャツ姿の大統領が真剣な表情でモスクワと電話をしている前夜のスチール写真が何度も映り、今日のうちにロシアのホワイトハウスから回答がくるという確約があった。

午前六時半にやってきたパメラは、ダニーロフのぶんもコーヒーとデニッシュを買ってきた。そしてちょうど間のいいことに、ロシア人がやってきたのがその五分後だった。もっと早く来るはずだったのだけれど、いつものコーヒーショップが二軒とも閉まっていたので、とパメラはわびた。三人は食べながら、ほとんど言葉もかわさずに、くりかえしばかりのニュース番組を眺めていた。ひとつだけあった目新しい知らせは、世界的な株式市場の下落だった。東京での狼狽売りが引き金となって、ロンドン、パリ、フランクフルト、香港であいついで急落が起こった。悪循環を食いとめるために、ウォール街の取引は開始前から停止される可能性があるという。

パメラが言った。「頭がおかしくなりそう！」

ダニーロフが言う。「それがやつらの目論見なんです！　みんなの頭をおかしくさせカウリーは言った。「何もかもめまぐるしく動きすぎ、その変化についていけていない日常とは、ずいぶんかけ離れている」

レナード・ロスが七時に、事件対策室のカウリーの直通番号に電話をよこし、十一時からの大統領へのブリーフィングに間に合うように、あらゆる最新情報を求めてきた。そしてロシア人がおなじビルにいることを知ると、ダニーロフも同席するよう要請した。

その機をとらえてダニーロフは——実際はパメラと同様、手をこまぬいているのに苛立ち、動きたくてならなかった——彼女から車を借り、がらんとした街路をロシア大使館まで走らせた。事務局長は言下に、大使に助言できるような有益な情報がなければ、会って話をしても意味はないだろうと認めた。イヴァン・オビディンはみずから玄関まで出てきてダニーロフに付き添い、保安部の通信センターまで連れていった。ひどく皮肉な、常軌を逸した話のようだが、モスクワの謀略という汚水だめのなかで働くのも、ときには利益をもたらすことがある、と彼は思った。ペトロフカの水準からすれば、こんなものは子供だましに近い。

通信施設へ向かう途中で、保安部長はそわそわと、昨日の問題がすべて解決したのであればいいが、と言った。決して私的ないやがらせや妨害をするつもりはなかった、喜んで自分のオフィスを使ってもらいたい。ダニーロフはほとんどこの男を哀れに感じた。

オビディンのオフィスはすばらしく広く快適で――大使の続き部屋とほぼおなじ大きさがあった――まさしくこの男の縄張りだった。オビディン本人の種々の辞令や賞状が額に入って壁にかけられ、低い本棚に立てられていた。何かの表彰式で撮られた当人の公式の顔写真と、その横には公式のグループ写真があり、ダニーロフは駐在施設の人間たちだろうと思った。机の上には、両隣に十代とおぼしき少年ふたりを従えた小太りの女の写真があった。背景には赤の広場の聖ワシリー大聖堂が映っていた。

ダニーロフの視線の先を見て、オビディンは言った。「家族はもう帰国した。わたしの勤務もあと三カ月で終わりだ」

オビディンの机のシステムは、一見ふつうの電話五台のコンソールのようで、電話線が通されている盗聴防止用の区画――そしてダニーロフが本来案内されるはずの防音ブースのようなもの――は建物のどこか別の場所にあった。ここの連中が昨日考えていたような支配を手にできると考えて、この会話を盗聴していてもおかしくはない。これとおなじ施設、おなじ状況にあれば、自分もそうするだろう。

ゲオルギー・チェリャグと連絡がとれたとき、ダニーロフは傍受されているという前提をふまえ、声に敬意をあらわさないようにし、上層部同士の対等の関係という印象をシントンの政治的な真意についてなんらかの見通しをあとで得たいと思っている、もし何かわかったらすぐに連絡する。モスクワの姿勢をほのめかすことができれば——必要な協力態勢を示すことで——役に立つだろう。FBIはワシントン記念塔の小爆発に関して、ふたりの被疑者を特定しようとしているが、手掛かりはきわめて乏しい。FBIはたしかに百パーセント協力的だと感じられるし、こちらももっと貢献できればと思う。チェリャグのほうは、アメリカのリーダーからの申し出は受け入れられそうだが、モスクワとしてはロシアの外相がわざわざ国務長官に会いにワシントンまで行くという印象を避けるためにどこか中立の場所を望んでいると言い、ダニーロフはその助言に感謝した。

ユーリー・パヴィンとの連絡がつくと、ダニーロフは迷彩ジャケットを着たツアー客について多少くわしい話をしたが、やはり盗み聞きしている人間のことを考え、問題の男と肩掛け鞄(かばん)を持った仲間の跡をたどれる可能性は低いだろうと告げた。

「こちらで何か、つづけて手配しておくべきことはありますか?」

もしあったとしても、別の電話からかけようとダニーロフは決めた。FBIビルからでもいいかもしれない。「ゴーリキーのレツォフからは、何かあったか?」

「二十四時間以内にもどると言っています」

ダニーロフがオフィスから出たとき、オビディンが駐在施設のずっと奥の部屋からやってきたことから——話を終えたことがなぜこの保安部長にわかったのか——やはり傍受していたのはまちがいないとわかった。ふたりで大使館のなかを引き返していくあいだ、オビディンはモスクワから、この建物周辺の警備を強化せよという指示があったことを明かした。どうやってミサイルを止めるつもりだという台詞を、ダニーロフはぐっと飲みこんだ。知らせを受けたらしいティモール・ベセディンが、玄関前の最後の廊下で待ちかまえていて、万事順調にいっているかと機嫌をうかがい、今日のウォール街は開かないという聞いたばかりのニュースを自分から言いだした。FBIビルまで車でもどるあいだ、ダニーロフは彼らの見えすいた態度の判断がつきかねていた。向こうの支配のおよばない存在になったと信じこんでいる彼をあからさまに愚弄していたのか、あるいはただの無能さのあらわれなのか。

鑑識検査の目的について、自分はおおむね事実だとわかっているが、完全に裏づけられるまではあいまいにすませたいというダニーロフの注文に、カウリーは同意していた。レナード・ロスはみずから、ヴィクトル・ニコフが二度アメリカを訪れた際のビザ申請やレンタカーのチェックから、あまり大きな収穫があるとは請け合うまいと判断を下した。「みんなが藁にもすがろうと必死なのだ。これで何も出てこないと、またわれわれーからはふたりの男の被疑者と男女各一名が未確認である。〈ウォッチメン〉が例の脅しを実行したあとにまたなんらかの主張か自慢のメッセージを出すことを想定し、その出所をたどるために、カール・アシュトンがコンピューターの専門家二十人からなるチームを国防総省に配置した。ペンシルヴェニア・アヴェニューでは動員できるＦＢＩの技術者全員が、新しいメッセージが出された瞬間からおなじ作業に入るようにとの指示を受けた。主要な電話会社の通信センターでも、技術者たちが追跡のために動員されている。ロシアの外相がアメリカの国務長官を訪問する件でモスクワの出してきた条件は、すでにヘンリー・ハーツかアメリカのホワイトハウスに直接送られたかもしれないが、ダニーロフの助言に感謝する、とロスは言った。

「われわれとしてはできること――そしてやるべきこと――はすべてやっているが、それでもまだ十分ではない」と長官は締めくくった。「やつらはどんな好き勝手な脅しであろうと、たしかに実行することができる」

カウリーとダニーロフがもどってみると、パメラ・ダーンリーが事件対策室でいらいらと待っていた。「ランバートから鑑識結果が出たという報告がありました！」と彼女は告げた。「でも、どうも理解できない点があると本人が言っています」

「わたしに理解できることを願いましょう」ダニーロフは言った。

鑑識の科学者は、自分が作業をする実験室からすこし離れた小さな会議室にすべてのサンプルを集めていた――モスクワから送られてきたものとダニーロフがあとで持ってきたものが、まるで展示品のように、しかしごく明瞭に区別して並べられている。どの品にもひと目でわかるようにラベルが貼られていた。いまは中身を抜かれた国連ビルの弾頭が、専用のテーブルの上にあった。隣の別のテーブルには、リンカーン記念館から回収された不発処理済みの地雷とセムテックスとタイマーが、ワシントン記念塔で見つかった残骸とははっきり区別されて置かれていた。ランバートの部下の専門家たちは、まるで講義を受けようとするように、主任のまわりに集まっていた。

ランバートがすぐに切り出した。「いくつか矛盾が出てきました」

「予想されたことです」ダニーロフは言った。「ひととおり聞かせてください」

ランバートは国連ビルのミサイルを軽く手でたたいた。「これがわれわれに向けて発射された兵器です。あらゆる鑑識検査にかけ、可能なかぎり金属組織学のテストもおこないました。塗料も分析し――」言葉を切って、ダニーロフのほうを見る。「――側面にステンシルされた文字も写真に撮って拡大した。これらをもとに、同様な武器とその金属、塗料、文字の比較が可能になります」

にかけられました」彼は一方の手に無傷のタイマーを、もう一方の手にワシントン記念塔の壊れた信管の残骸を持ち、重さを測るようにそれぞれの手を上げ下げしてみせた。「この二つはまったく同一のものです。金属と線が一致するし、記念塔の装置にはかなりの文字が残っていて、これらがおなじ組み立てラインの、おなじ製造番号の一部であることが確認できました」彼は肩をすくめた。「セムテックスはセムテックスです。記念塔で爆発したのはこれでした」

ランバートはタイマーをもとの場所に置き、また大きなほうのテーブルにもどった。「ここの右のほうにあるのが、すでにわれわれの手もとにあるものと比較するためにモスクワのアメリカ大使館から送られてきた、空の弾頭、地雷のケーシング、さらに塗料のサンプルです。このうちのどれも――ゴーリキーで造られたと記されているものも、モスクワの第四十三工場で造られたものも――金属、塗料ともに一致しませんでした」

「文字は？」ダニーロフが口をはさんだ。

「第一の矛盾ですが、最初からこの国にあった弾頭と比較してではありません」ランバートは言った。「ゴーリキーのものと記され、大使館から届けられたサンプルにある名前――ゴーリキーという文字――はあきらかに、それ以外の文字とおなじステンシルプレートによって刷られたものではなかった。つまり別のプレートです。そして国連ビルのミサイルにある文字とも一致しなかった」

ダニーロフは自分の横で、カウリーとパメラが不安げに身じろぎをしているのに気づいた。そちらに目をやったとき、パメラが困惑に首を横に振るのが見えた。ダニーロフは言った。「では、わたしが直接持ってきたものの話も聞かせてください」

ランバートはふたたび左右の手を使い、全員に見えるように両方のサンプルを持ち上げてみせた。「これは起爆装置のピンです——マンハッタンで幸運にもはずれ、炭疽菌とサリンが漏れ出すのを防いだもの——そしてこれは、ここにある——」指をさす。「——リンカーン記念館の地雷のケーシングの留め金です」

ランバートは芝居がかった様子で、自信たっぷりにトリックを披露する奇術師よろしく間をおいた。「このピンは、ゴーリキーというラベルがありますが、国連ビルのミサイルのものと完璧に一致しました。さらにトゥシノの第四十三工場と記されているこの留め金の金属は、リンカーン記念館にあった地雷と完全に一致しています」

「両方ともか！」ダニーロフが眉をひそめた。

「まちがいありません」ランバートが断言した。「そしてまた、あなたから渡された第三十五工場と第四十三工場の塗料も一致しました」言葉を切る。「わたしには科学的な話はできますが、それ以外のことは皆目説明がつけられない——

言った。「はじまりました！　急いで！」

17

三人とも急いだが――カウリーは速く走りすぎて胸に痛みを感じ、すぐにやむなくスピードをゆるめた――その必要はなかった。人で満杯の、だが静まり返った事件対策室に入ると、あらゆるコンピューターのスクリーンがデジタル化されたふたりの男の写真で分割され、それぞれの下に包括的な経歴とおぼしきものが映っていた。

「なんだ、あれは……？」カウリーが訊(き)いた。

「北京(ペキン)の最後のやつです」オスナンが言った。「わが国のCIA現地支局の職員全員が、ロシアのFSB（連邦保安局）の職員と対照されているんです。今回のメッセージでは、また例の不信の表明からはじまり、世界の主要都市にいる偽善的なアメリカとロシアのスパイの正体を暴(あば)くという宣言がつづきました」

そのときスクリーンに、イヴァン・フェドロヴィチ・オビディンの写真が――ダニーロフが大使館の本人のオフィスで見たのとそっくりだった――CIAのモスクワ支局長の写真と対になって現われた。そしてつぎからつぎへと対になった写真が映り、両国のの写真が現われた。

「なんてことだ！」だれかが言った。

「跡をたどらなくては！」パメラが主張した。「向こうがずっとこれをつづける気なら、どこから流してるのかつきとめられるはずよ！」

「すぐ全員にとりかかってもらいたい」カウリーは広く呼びかけた。「これはやつらの大きなミスになるはずだ」オスナンに向かって言う。「すぐペンタゴンに連絡しろ。向こうの様子を聞いてくれ」

「アシュトンのところにも人はいるし、うちからもふたり行っています」事件対策室の主任が異を唱えた。

「やるんだ！」とカウリーは言い、苛立って大声を出したことをたちまち後悔した。

オフィスにかかってきた電話にパメラが応答し、カウリーと代わった。「まだです」とレナード・ロスの問いかけに答える。「ちょうどいま、ペンタゴンにあたっているところです。聞き次第すぐ——」

周囲のスクリーンには、千変万化する画像が映りつづけていた。ワシントン、モスクワ、ニューヨークの国連の完全なリストが終わったあと、ロンドンを筆頭にヨーロッパの各都市がはじまり、パリ、ローマ、マドリード、リスボンとつづいた。やがて北京、そして東京へとつづきアジア方面がはじまった。

カウリーは言った。「ぜんぶコピーしてるか！」

「三つの端末で、できるかぎり急いでプリントアウトしています」端末のオペレーターのひとりが答えた。

オスナンが受話器をもどしながら言った。「専門的な言葉はわかりませんが、アシュトンの話では、あれはひとつのサーバーからきてるのではないそうです。やつらは複数のサーバーを使っている。そしてアシュトンの部下のだれかが近くまで調べにきたとたん、いわゆるファイアウォールに逃げこんでしまう——コンピューターの用語ですが、その名のとおりの意味で、こっちには通り抜けられない。そのあと別のサーバーからプログラムがはじまり、またおなじことをくりかえさなきゃならないんです」

「ちくしょう！」カウリーは叫んだ。

スクリーン上ではいま、キャンベラのCIAおよびFSBの駐在員の名前が暴露されていた。パメラがそこから離れたとき、ディミトリー・ダニーロフがテーブルの端に腰かけ、あごを片手で支えながら、かすかな笑みを浮かべているのが見えた。パメラが言った。「何かおかしなことでも？」

「われわれの役に立ちそうなことです」ダニーロフは言った。「向こうの大きなミスと油国六カ国がつづき、さらにイスラエルにおける米ロの諜報網がすべて明かされた。

パメラが鳴りだした二台の電話の一方に応答し、すぐに送話口を手でふさいだ。興奮した声で言う。「マンハッタンに明瞭なトレースがありました。支局の連中がすでに向かっているところです」

もう一方の電話に出た男が、大声で叫んだ。「こっちはシアトル。ボーイング社の資材購入部門のようです。そちらにも向かっています」

「やっとか！」カウリーは言った。

「あまり期待しないようにしましょう」ダニーロフが釘を刺した。「コンピューターのことはよくわかりませんが、追っ手に対して障壁のようなものを築けるなら、ほかのものにもできるのではないですか？」

「そんなことは知らないし、いまはどうだっていい」カウリーはまた苛立った声を出した。「とにかく何か前向きなことがしたいだけです」

まだ手に持っていた受話器に向かって、パメラが言った。「ちくしょう！」また送話口を手で押さえる。「国連図書館のコンピューター・プログラムでした。発行されたパンフレットや報告書や総会議事録の索引を保存してるやつです。というか、一分前まではそうだった。もうやつらのバグと一緒に消されてしまった。残っているのはただ、

〝ウォッチメンが参上した〟というメッセージ。それだけです。その一言だけ」

「止まった」だれかが言った。

すべてのコンピューターが突然、やはり二つに分割された画像で満たされた。ワイシャツ姿でポーズをとっている前夜のアメリカ大統領と、ちょうど向かい合う形の、やはり電話で話しているロシア大統領の写真。下のキャプションにはこうあった。

信頼する友人同士が語り合う。

しかしおたがいに向こうの言葉を信じてはいない。

どちらも相手が嘘つきだと知っているからだ。

この最後の画像はひどく長いあいだとどまっているように感じられたが、実際はわずか数秒のことだった。やがてそれが薄れ、〈ウォッチメン〉の別のメッセージに変わった。

あの連中の再配属は高くつくぞ！

われはたったいま、米ロの情報将校六十五人が完全に身元を暴かれるのを見たんだ」
そのとおりだ、とダニーロフは思った。イヴァン・フェドロヴィチ・オビディンはもう、小太りの妻と十代の息子ふたりに会うために三カ月も待つ必要はない。もしもあの日の朝、自分があの禿(は)げた男の、記念品やしかつめらしい公式の顔写真だらけのオフィスに入らなかったとしたら、いま〈ウォッチメン〉がしでかしたことの意味がこれほど早く思い浮かんでいただろうか？　ウィリアム・カウリーもパメラ・ダーンリーも、たしかに気づいていないようだ。コンピューターのプリントアウトを前に置いて、完全なひと揃(そろ)いの画像をじっくり見れば、彼らにもわかるかもしれない。

そうはならなかった。

三台の端末をフルに使い、すべての暴露の画像がなんとかプリントアウトされると、紙の上でコピーされ、まとめて綴(と)じられた。ダニーロフはスクリーンに現われては消えた情報員の身元の羅列を丹念に調べ、自分の考えを検討しなおした。カウリーとパメラは、彼ほど時間はかけなかった。このふたりにとっては、メッセージのもたらす手掛かりを追うほうが先決だった。

パメラはある部屋にひっこむと、一本の長い電話をかけた。そしてペンタゴンのカール・アシュトンや、彼のところへ出向いて追跡の試みの間じゅうそばにいたＦＢＩの専門家たちとかわるがわる話をした。カウリーはボーイング社の工場にいるＦＢＩシアトル支局の捜査員と連絡をとった。彼らが暫定的に見つけたものと、国連にいるニューヨークのチームの発見について聞き出したあとで、どちらからも意味のある材料は出てこないのをさとり、新たな苛立ちと落胆に襲われた。そしてすぐにＦＢＩ長官に連絡し、だれもが望んでいた突破口は見いだせないようだと告げた。

およそ一時間後、三人は事件対策室のカウリーのオフィスに集まった。カウリーがすぐに切り出した。「やつらはどうやら、国連とボーイング社のシステムに侵入し――いつかアシュトンが言っていたトロイの木馬です――ただ二台か三台の中間の端末を通じてあの写真を中継していたらしい。ニューヨークとシアトルは、その中間のコンピューターをつきとめられるだろうと考えて――」

「アシュトンの部下がすでにつきとめました」パメラが口をはさんだが、行き詰まりであることを意識してか、もはや興奮の色はなかった。「トレースはペンタゴンから、侵入されたそれぞれのシステムを通じて元をたどるという形でおこなわれた。その結果、一連の番号とパスワードがわかりました。それにアシュトンはユーザー・ログから、中間のリンクとボーイング社と国連の番号が、コンピューター・ケーブルに取り付けられた。「そういえば！　向こうのミスってなんです？」

　カウリーは困惑顔でふたりを見た。「なんの話だ？」

　ダニーロフはコピーの束を綴じていたホチキスの針を外し、米ロの情報将校のデジタル化された写真を注意深く並べ、全体の組み合わせがひと目で見られるようにしていた。

「何が見えます？」と訊いた。

「さあ、わたしには……」カウリーはすぐに気づき、笑みを浮かべた。「つまり、そういうことですか？」

「暗号で話してるのなら、わたしにも教えてもらえませんか？」パメラは抗議した。まだ頭が混乱していて、このふたりの男の前で自分があまり無能に映りませんようにという必死さと腹立ちの入り混じった思いだった。

「見たまえ！」カウリーが言った。「それぞれの写真の違いがわかるだろう？　どの例を見ても？」

「ああ、もちろんわかるわ！」パメラもやっと気づいた。

「アメリカ人の写真はすべて、隠し取りです。どれも鮮明でない。監視写真です。しかしロシア人のはすべて、公式職員のファイルにある写真だ」

「あなたはたしかに、不満か恨みをもつＣＩＡの人間が関与しているかもしれないと言いましたね」

「あるいは元KGBか」ダニーロフは言った。「この写真すべての出所はそこだと思います。ルビヤンカの記録から取られたのでしょう。機関の規模縮小のために、職を失った何者かの手で」

「〈ウォッチメン〉が抗議しているデタントの結果として、ですね」パメラがけんめいに足しになることを言おうとする。

「もしくは、まだKGBの情報を入手する手段をもっている人間だろう」とカウリー。

「そのどちらなのか、つきとめる方法はあります」ダニーロフは指摘した。「今日身元を明かされた情報将校全員がまだおなじ部署にいるかどうか、CIAにはすぐわかるでしょう。もしいなければ、配属しなおされた日付がわかるはずです。その再配属の日付から、例の暴露がどこまで最新のものか判断できる。そしてその時間枠に合わせて、防諜活動の記録が入手可能な元KGB局員をチェックすればいい」

「元KGB要員の多くが、通りを渡ってマフィアに鞍替えしているのではないですか？」パメラが訊いた。

「ほとんどがそうです」ダニーロフはあっさり認めた。「運がよければ、そこから正しい方向に進んでいけるでしょう」

「わかりません」ダニーロフはまた認めた。モスクワに帰るべき理由がどんどん増えていく。こちらに着いてからの時差ぼけも、まだほとんど抜けていないというのに。

「この騒ぎで、下での話が中断してしまいました」とパメラが指摘した。

ダニーロフはすぐには答えなかった。やがて言った。「わたしは——わたしたちみんなが——ロシアからくるものの供給元は一カ所しかないと思っていました。そちらの鑑識でつきとめられたとおり、二カ所あるのはまったくあきらかですが、しかしゴーリキーとトゥシノで造られたもののように、見かけほどあきらかではないのかもしれない」

「あなたから以前うかがったこととは、あまり一致しないように思えますね」パメラが不満げに言った。

「ゴーリキーの組織犯罪捜査を統轄（とうかつ）している大佐は、一生分の給料でやっと買えるようなＢＭＷを乗りまわしています」ダニーロフは言った。「こちらが例のロシアの流儀に加担していないことがわかったとたん、わたしはその大佐と、実際の捜査の任にあたるはずの少佐にたえずつきまとわれることになった。そして第三十五工場から比較用のミサイルを持ち出したあと、わたしはホテルの部屋にもどると、その起爆装置のピンを一本外し——国連ビルに命中したミサイルからピンがはずれたのとおなじように——さらに大量の塗料を掻（か）き取った」暗い笑みを浮かべる。「それはすり替えられました。モスクワへミサイルを持ち帰ったあと、わたしは折り取ったピンと塗料をずっと持ち歩いていた。トゥシノの第四十三工場から持ち出した地雷のケーシングのひとつからも、あれが外務省へ、省からアメリカ大使館へと運ばれる前に、留め金を折り、さらに塗料を掻き取っておきました。わたしはその留め金と塗料を肌身離さずに持ち歩き、ここへ来てから直接ポール・ランバートに渡したのです。下でランバートの話を――わたしより先に第四十三工場からきたはずのものから何が見つからないかを――聞いたとき、そちらもやはりすり替えられたことがわかった」

「それは悪徳警官の仕業なのですか、それとも政府高官の妨害？」パメラが口をはさんだ。

「悪徳警官です、まちがいなく」ダニーロフは言った。「しかしロシアを破産させ、超大国の座から滑り落とさせた改革よりも、共産主義のほうがましだと考える連中は少なくない――そんな人間はまだ政府や省にもいます。彼らは古い流儀や、古い時代を懐かしがっている。それどころか、〈ウォッチメン〉が惜しんでいるようなモスクワとワシントンの対立関係が復活すれば、大喜びでしょう」

「つまり、〈ウォッチメン〉と結びついたグループが、ロシアに存在するかもしれないということですか？」カウリーが訊いた。

がいない」

「それは、さっきそこらじゅうのスクリーンに映っていたものに、元KGBが——ひょっとすると後身のFSBが——関与しているというあなたの説と符合しませんか？」パメラがたずねた。

「そういうことです」ダニーロフがうなずく。

「だとすると、国際的な陰謀じゃないか！」とカウリー。

「これまでにわかったことを考え合わせれば、そういうパターンを見いだすのはむずかしくないでしょう」

「それはありがたくない」カウリーは言った。「どの部分がどこまで一致しようとしまいと、そんな話を長官や危機管理委員会に聞かせる気にはなれません。キツネをニワトリ小屋に投げこむ前に、もっと確証がほしい。モスクワの状況を認めるとして——実際、認めます——そもそもあなたにとって明るい見通しはありそうなのですか？」

「これまでよりずっと明るいですよ」ダニーロフは請け合った。「それにヴィクトル・ニコフとヴァレリー・カルポフの剖検にもとづいた、もうひとつの説があります。このふたりは恐ろしい拷問を受け、半分溺れさせられ、また拷問されたあと、最後にまた溺れさせられて銃で撃たれた。ほかの者たちへの見せしめだったのでしょう。それにカルポフはトゥシノの第四十三工場で働いていた」

「で、どんな説なのです？」カウリーが眉根を寄せた。

「ギャング──ファミリー──というものは、戦うか、さもなくば散り散りになるかです」ダニーロフは言った。「なかに入りこむか、抗争を激化させる手があるかもしれない」

「何か出てくる可能性はありますね」カウリーがうなずいた。

「ただしそこから、ロシアの武器供給業者と正体不明の〈ウォッチメン〉を結びつける手掛かりが得られるかどうかは、なんとも言えません」ダニーロフは釘を刺した。ゴーリキーとモスクワで危ない橋を渡ったのは正解だった。彼自身が手にしたこの爆弾を破裂させれば、どの連中が不安にかられて逃げ出し、どこに隠れようとするかがわかるだろう。さらに不確定な要素は、自国の危機管理グループにもある──ことによると、あのメンバーのなかにいるかもしれない。

部屋のドアが開き、事件対策室の捜査員のひとりが言った。「お探しのふたりの男が、下に来てますよ。ひとりは軍用の迷彩ジャケット姿です」

「またひとつ、ファイアウォールに突き当たったみたいね」パメラが言った。

で、本部はみんな頭がいっぱいになり、ほかのことは何も考えられないだろうと覚悟はしていたが。

現実もそのとおりだった。銀行から数セント単位の金が消えているという彼女の報告書は、ふんと鼻であしらわれたあと、フィラデルフィアの特別捜査官という本来の役割から今回の捜査の応援にまわされていたアル・ベッキンズデールの手で、雑多な未決のファイルにしまいこまれた。

アンのほうは、反応があるまでには一日か二日待つことになるだろうが、それ以上長くならないことを望んでいた。たとえおかしな話に思えても、たしかにこれは重要な手掛かりだという直感があった。

これまで〈将軍〉に提供してきた口座すべてにロバート・スタンディングの銀行のログインを残しておいてやりたいという誘惑はあったものの、スタンディングの不注意だと見せかける必要があったので、パトリック・ホリスは三つに制限しておいた。もちろんその三つの口座にはアクセスすることになり、選び出したときにダウンロードしてあったので、彼は十五ドルという高額の金がすでに引き出されているのを見ることができた。内部調査がはじまるまでに、そう長くはかからないだろう。

18

またしてもファイアウォールに突き当たったというパメラの予測は的中し、悪循環はその日一日じゅう、最後の最後までつづいた。

ブラッド・ピルトーンは迷彩ジャケット姿、その友人のデューク・ルーカスは肩から鞄(かばん)をさげ、どちらも髪を短く刈りこんでいた。その丁重な態度——連邦捜査局のまさしく中枢(ちゅうすう)にいるという畏怖(いふ)の念——の陰には、自分たちがアメリカ史上最高の大統領の記念建造物に爆弾をしかけたと疑われていることへのごくかすかな憤(いきどお)りがあった。あんなまねをする畜生どもはたたきのめしてやるべきだ、できるものなら自分がやってやりたいとピルトーンは言い、ダニーロフもその言葉を信じた。ふたりとも年齢は二十八歳で、テキサス州サンアントニオのおなじ通りに住んでいた。ピルトーンは電話会社の架線工、ルーカスはガレージの自動車修理工だった。ジャケットはヴェトナム（ピルトーンは〝ナム〟と呼んだ）のプレイクで戦死したピルトーンの父親の形見で、その父親の名前がコンスティテューション・ガーデンズの慰霊碑に刻まれていることが、ふたりがはじ指さしているピルトーンの写真を何枚か撮っていたが、現像のために快くフィルムを差し出した。

パメラはフィルムをＦＢＩのラボまで持っていき、その足で事件対策室に向かうと、そこからサンアントニオのＦＢＩ支局に電話を入れた。支局員はものの十五分で、男ふたりの住所と職業の詳細、そして地元の警察に両名の記録が残っていないことを確認した。ルーカスのフィルムには、ヴェトナム戦没者慰霊碑の前に立つピルトーンの姿が四枚——うち二枚に父親の名前がはっきり写っていた——、ワシントン記念塔の頂から撮ったものが三枚、歩いて降りてくるあいだに撮ったものが三枚あった。うち一枚にまだ身元が確認されていない男の顔が半分、別の一枚にやはり身元不明の女の後ろ姿の一部——顔はまったくわからない——が写っていた。女はジーンズと格子縞のシャツを着て、黒い髪をポニーテールに結わえていた。ピルトーンもルーカスも、記念塔の階段を降りてくるあいだ、あやしい素振りをしている者は見ていなかったし、グループにいた身元不明の男や女やほかのだれかについてもとくに記憶はなかった。

「覚えていればよかったんですが」とピルトーンは言い、友人もうなずいた。「お役に立てたでしょうか？」

「おそらく、あなたがたの想像以上に」カウリーは言った。

それから一時間のうちに、身元の知れなかった最後の男が、ノースカロライナ州チャールストンのFBI支局に電話をよこし、自分が呼びかけを受けている人間のひとりなのかどうか自信はないがと言いながら名乗り出てきた。その男は要請に応じて地元の支局に出頭したとき、デューク・ルーカスの電送写真にあるのとおなじウィンドブレーカーを着ていた。問題の午前と午後に階段を降りた者たちの身元確認の手続きには、進んで協力しようとする全員の写真を撮ることもふくまれていた。ドイツ移民の息子でタクシー運転手のハンス・ボールは、自分のいた午後のグループのうちの八人をよく覚えていた。ルーカスの写真から記憶をたどりながら、ポニーテールの女は三十歳ぐらいだったと思う、たしか「アメリカ人じゃなく」、ヒスパニックかアジア系かもしれないと告げた。またボールには、降りていく途中でこの女がしゃがみこみ、何やら靴をいじっていたという記憶があった。自分も列の後ろのほうにいて、遅れた女が駆け足で追いついてきたことを、いまになって思い出したのだ。この女は体の前に、ルーカスの写真には見えないバックパックを抱えていた。たぶん色は緑で、バックルは黄色だった。ボールは復顔の専門家とともに長い時間をかけて、その女の容貌(ようぼう)を電子的に再現した。それがワシントンまで電送されてきたとき、ディズニー・アニメのポカホンタスに似ているとカウリーは感じた。パメラもダニーロフも、これは新しい情報提供の呼びかけのなかでた地元オフィスすべてに電送した。そして事件対策室の捜査員たちを、まだワシントンにいる旅行客の滞在先のホテルやモーテルに送りこみ、当人たちの印象や新しく思い出したことを探らせた。

カウリーの専用オフィスでひとりになると、ダニーロフはロシアのホワイトハウスにいるゲオルギー・チェリャグと連絡をとった。そして、アメリカ側は例の情報将校たちの身元がロシアの公式記録からきたものだと結論し、CIAの記録から時間枠が定められることが期待できると告げた。

「公然たる非難があるだろうか?」大統領首席補佐官は、言下にたずねた。

「わかりません」ダニーロフは認めた。

「妥当な非難だと、きみは思うかね?」

ダニーロフはひそかに笑みを浮かべた。「きわめて妥当でしょう」

「またわれわれに圧力がかかってくるだろうな」

「だとしても、やむをえないでしょう。例の暴露への反応はありましたか?」

「すでに北京(ペキン)から、正式な抗議の通達があった。名指しされた者たち全員が退去させられている。当然こちらも、モスクワにいる中国の情報部員におなじ処分を下すつもりだ。ほかの都市にいる者たちもすべてひきあげさせる。ワシントンはどうするのだ?」

「それもわかりません」ダニーロフは認めた。

「そっちで十分な情報は入手できているのか？」チェリャグがずばりと訊いた。

「そう思います」アメリカの鑑識で判明したことは、まだこの相手には話していなかった。「CIAによる再配属のチェックのほうから重要な手掛かりが得られるかもしれません」

「このモスクワが出所だというのなら、ここに手掛かりがあるだろう」チェリャグが言った。「ならばきみには帰ってきて、直接処理にあたってもらいたい」

「ケドロフ長官のほうは？」ダニーロフは不安な思いで訊いた。また戦いの最前線にほうりこまれるのか。

「とにかく帰ってきてほしい」首席補佐官はその質問を無視した。「アメリカで起こっている一切の源がここにあるなら、きみがいるべき場所もここだ。それをつきとめてくれ」

もし実際につきとめられたとして、ゲオルギー・チェリャグはどこまで積極的に――腹を決めて――動くだろうか。ダニーロフは思ったが、すぐに訂正した。もし自分につきとめられればの話だ。その思いが浮かんだのは、事件対策室へ引き返し、ほぼ同時にカウリーがFBI長官とのブリーフィングからもどってきたときだった。パメラ・ダーエイヴィスもまだ、ニコフもしくはエドゥアルド・クリクの名義で借りられた車を見つけ出せていません。すこしでも明るい話は、アシュトンから聞いたことだけです。明日までに、ペンタゴンを首になって恨みを抱いていそうな連中の身元の一部がわかるだろう、と」

ＣＩＡ長官ジョン・バターワースは、インターネットによる暴露の情報源がどこであるかという指摘——そしてその日付を割り出す手段——を聞かされたのが、自局の防諜部ではなくレナード・ロスからだったことに憤っていた。だがその怒りを押し隠しつつ、こう認めざるをえなかった。「たしかに、単純なチェックですむだろう」

「だったら、すぐにやろうではないか」フランク・ノートンがうながした。「これを機に、やつらにひと泡吹かせてやるのだ！　はじめての突破口になるかもしれん」

「北京がアメリカの諜報活動に関して、正式に抗議してきた」ヘンリー・ハーツが言った。

「宣伝用のポーズにすぎん」ロスは切って捨てた。「わたしの局もすでに今日のリストを見て、ウィスコンシン・アヴェニューにいるロシアの情報部員すべての正体を知っている。その他の国にいるあらゆる防諜機関もだ」

「わたしの局は、外国ではもうすこし成功をおさめていると思いたいが」バターワースが言った。

「いくら思いたくても」ロスは言った。「今朝われわれがすわって眺めたショーからすると、まちがいなくそうでないことがわかる」

「われわれがここにいるのは、大衆の反応について論じるためだ」ホワイトハウスの首席報道官が言った。「こちらはどう反応すればいい？」

「われわれは苦境に立っているが、いまここにはロシアの一刑事がいて、実際にFBIへの協力をおこなっている」ハーツが言った。「わたしからグリエフ大使を通じてロシアに呼びかけよう。公式の抗議や報復、追放などの措置はやめにして、おたがいに自国の人間をひきあげるだけにしようと」

「それがいちばん実際的だろうな」ノートンはうなずいたが、目はロスのほうに向けられていた。「いまどうしても必要なのは、現実の捜査でのたしかな進展だ」

「ワシントン記念塔のリストは、ひとりの被疑者までしぼりこまれた」FBI長官は言った。「明日までには、コンピューターで復顔できるだけの目撃証言と、身体的な特徴も得られるかもしれない」

「とりあえずその線でいけそうですね」ピーター・プレンティスがすばやく口をはさん

「そこまではいっていないし、男でもない」ロスが苦言を呈した。

「女ですか！」見出しでものを考える報道官が飛びつく。

「身元をたどれるまで、女であることは絶対に公表してもらいたくない。まだしぼりこみの段階なのだ。タイマーは数日前にセットされているかもしれん」

「〝包囲された被疑者〟ではどうです？」プレンティスがもちかける。「〝二十四時間以内に劇的な進展が期待される〟は？」

「なかなかいい」ノートンが加勢した。「わたしは気に入った」

「女であることは、絶対に明かさないでほしい」ロスがさらに言う。

「わかりました」プレンティスは同意し、話をつづけた。「以前のダニーロフ関連の記事を調べてみました。前回あのロシア人がアメリカへ来て、合同捜査のシステムができあがったときは、じつに多くのスペースが割かれています。昨夜の声明から、今回のロシアの捜査官はだれかという問い合わせが殺到している。彼の名前を出してもかまいませんか？」

「わたしから当人に確認して、さらにモスクワの了承を得るまではだめだ」ロスは答えた。「カウリーは自分のメディアへの露出を喜んではいないし、捜査の支障になるとも言っている。それに個人的な危険も忘れないようにしよう」

「しかし、頭にとめておいていただけるでしょう？」プレンティスは食いさがった。「メディアには毎日餌をくれてやらないと、食いつかれるのはわれわれですからね」

その夜、パメラはカウリーと夕食に出かけたが、目的はふたりでディミトリー・ダニーロフをもてなすことにあった。ジョージタウンのMストリートにあるフレンチ・レストランに行くと、ダニーロフも前回来たときのことを覚えていて、ここのウォッカはモスクワで手に入るものよりもうまいと強調した。カウリーはスコッチを頼み、ほかのふたりのペースに合わせようとしたが――パメラはすぐにワインを選んだ――真っ先に空になるのはかならず彼のグラスだった。

パメラが頭をぐいと動かし、ウェイトレスのいるほうを示した。「もうあなたの顔が知られてますよ」

「わかってる」カウリーは言った。いつ床屋に行って、この不揃いな髪型をちゃんとできるだろうか？　この日のスペシャルを暗唱したウェイトレスは、三人の注文を聞き取ると、カウリーの名前でそれを読みあげた。

「無名でいられるのはありがたいですね」とダニーロフが言う。

「長官には、だめだと言うつもりですか？」ダニーロフの名前を公表したいというプレう」

「無名のままのほうが、安全でもありますわ」パメラが主張した。彼女自身の感覚からは、いくら困難な事件とはいえ、ダニーロフのような理由から自分個人の名をあげるチャンスをみすみす棒に振る捜査官が多くいるとは思えなかった。

カウリーはパメラの気遣いに興味を覚えたが、たちまち自分の反応に驚いた。なぜ彼女が個人的な気遣いを示さなくてはならない？　今夜ついてきたのはパメラにとっては当然だろうが、ほんとうはダニーロフとふたりだけになりたかった。いや、これも無用な考えだ、と彼は苛立ち（いらだ）を感じた。これから先、旧交を温め合う――ほかのこともいろいろと話す――時間はいくらでもある。

しかし当面、騒音で声の聞きとりにくいこのレストランでは、会話はいきおい事件対策室での議論の延長、もしくは再検討になった。ゲオルギー・チェリャグとの会話についてダニーロフが話したとき、カウリーはすぐに、ついさっき思ったような時間が自分たちにあるだろうかと疑問になった。あと二、三日中にヴィクトル・ニコフのアメリカでの滞在先がつきとめられなければ、ポール・ランバートの発見からあきらかになった事柄をさらにくわしく調べるために、ダニーロフはモスクワに帰らなければならないだろう。

「お国の人たちがあなたをだましていたことがたしかめられるまで、ずいぶん長くかかりましたね」パメラがいつもの率直さでずばりと言った。

自分自身の迷いにも決着がついた、とダニーロフはさとった。これから自局の内部の腐敗を暴かなければならなくなる。またぞろ例の流儀にくわわることなど夢みている場合ではないし、実際あれは夢想にすぎなかった。いまはそんなことを考えた自分自身に戸惑いを感じていた。「科学的な方法でしか、確認できなかったでしょう」

「今後も障害があるかもしれません」とカウリー。

「あなたと一緒にいたほうが、そういうことは起きにくいかもしれない」ダニーロフは言った。

パメラが口を開こうとしたとき、彼女のポケットベルが鳴った。パメラはテーブルから立ちあがり、相手をたしかめ、ものの数十秒でレストランの電話ブースからもどってきた。「エドゥアルド・バブケンドヴィチ・クリクが、バジェット・レンタカーでレクサスを五日間借り出していました。契約書にある滞在先は、ブルックリンのベイ・ヴュー・アヴェニュー」にっこりと笑い、つけくわえる。「ロシア移民がこよなく愛する、有名なゲットーですわ」

の凶行を犯すより——あるいは犯そうとするより——よっぽどましだ。〈将軍〉自身がやっているのか、やはりサーフィンを得意とするコンピューター狂がほかにいるのか？　銀行からの盗みを実行している人間は、かなり大勢——一部隊は——いるにちがいない。露見するのを防ぐためだと称して、決まった時間に電話に出させるというあの取り決めを、ほかのやつにも守らせているのだろうか？　ホリスはその疑問にほくそえんだ。もうすぐそのひとりの正体が露見することになる。

19

仕事をするうえで二手に分かれるほうが妥当だったため、カウリーとダニーロフはFBIの飛行機でニューヨークへ飛ぶいっぽう、パメラはワシントンに残り、翌日ペンタゴンから渡されるはずの元職員のリストの個別チェックを監督することになった。

FBIの法律顧問がふたりに同行して、機内で捜索令状とベイ・ヴュー・アヴェニュー六九番地の盗聴許可の申請書を作成し、そして彼らがニューヨーク市街に到着するころには、マンハッタンの支局にベッドから引っぱり出された判事が執務室で待っていた。またそれまでに、マンハッタンの捜査員ふたりがブルックリンへ向かい、問題の住所の前を車で通り過ぎていた。そこはニュージャージー州トレントンの不動産会社が所有する、下見板張りの荒れた家で、どこにも明かりはついておらず、人気もなさそうだった。一切を機上から手配するカウリーの指示を受け、ふたりの捜査員は近所の聞き込みにまわろうとはせず、できるだけ目立たない場所に車を駐め、張り込みをつづけた。さらにカウリーは、地元の警察本部長の自宅に電話を入れ、FBIが彼の管区内にいる事実とる巡回はおこなわれていないが、パトロールカーには連絡しておくと答えた。もし自分にできることがあれば、いつでもそう言ってほしい。

盗聴の件でカウリーは、電話会社の夜勤の主任と電話で話し合った。そのとき相手は、ベイ・ヴュー・アヴェニュー六九番地を発信元もしくは受信元とする通話の請求書の記録は、明朝八時になって事務職員が出勤してから五分後には入手できるだろうと言った。盗聴機自体はその夜の十時三十分までに取り付けられ、捜査員八名からなる交代制のタスクフォースによって、二十四時間体制で傍受されるはずだった。カウリーはマンハッタンの支局の負担を減らすために、部下の捜査員を飛行機に同乗させたうえ、中西部のナンバーのある、わざと傷めつけて使い古しのように見せた通信監視用車両も要請していた。車両は夜のうちにワシントンからまわされる予定で、一台だけニューヨークにも使える車があったものの、カウリーは実物を見るなり、これは新しすぎて物騒な近郊地区では目立ちすぎると断わった。さらに彼は、駐車しっぱなしの車もしくはヴァンが注意をひかないように、明朝までに別の車を六台——連邦好みの公用車を思い起こさせる4ドアのフォード以外に——調達しろと指示した。

三番街にあるFBIのニューヨーク支局では、最も広い部屋が事件対策室に転用されていた。展示ボードのひとつめには、ベイ・ヴュー・アヴェニューとその周辺にある海沿いの道路を拡大した街路図が貼り出されていた。さらにヴィクトル・ニコラエヴィチ・ニコフの写真もあり、一枚はまだ生きていたときの民警の公式の逮捕写真、残り二枚はモスクワ河から回収された死体を写した写真だった。

深夜をまわったころ、カウリーが訊いた。「いまの段階で、何か抜け落ちていることはありますか？」

「なさそうです」ダニーロフは言った。それどころか彼は、全体の手配がこれほどのスピードで、しかも完全におこなわれたことに畏怖を覚えていた。ジョージタウンのレストランでパメラのポケットベルが鳴ってから、まだ三時間ちょっとしかたっていない。モスクワではどんなに早くても――そして妨害がなかったとしても――これだけのことをやるには二日以上かかるだろう。ダニーロフはまた、FBIの捜査に参加している自分への好奇の視線にはかなり慣れていたが、このマンハッタンの支局のほうは彼の存在にまだ十分慣れてはいないようだった。

「一杯やりながら、手はずを確認しましょう」アメリカ人が言いだした。

予約した店は国連プラザにあった。ダニーロフが以前ニューヨークに来たとき、カウリーはおなじバーに案内し、ガラスとクロームからなるアメリカニズムを見せびらかしたものだった。

せてスコッチを頼んだ。これでようやくこのアメリカ人とまともに話ができる。ダニーロフはずっとその機会を望んでいた。おかしな話だと感じながらも、彼はカウリーを自分の唯一の親友だと考えていた。

「ニコフが鍵だと、ほんとうに思いますか?」カウリーは言った。本気でこれまでの進展の再検討をするつもりだった。一杯やるための口実ではない。この昂揚感は酒よりもアドレナリンによるものだ。なぜいまさらこんなことを考えている? おれの飲酒は完全にコントロールされているというのに。

「あきらかに一部ではあります——わたしがまだ、気持ちを固められずにいるものの」

「捜索令状を持って踏みこむまで、あと二十四時間待ちましょう」カウリーは決断した。

「まだあの家にいてくれればいいのですが。それが糸口になるでしょうから」

「だれかがいても、逮捕はしないつもりですか?」

「ひとりふたりではなく、一網打尽にしたいんです。あれだけ決意の強固な連中なら、訊問されても仲間のことは吐かない。自分たちを戦争捕虜と考えて、名前も階級も、認識番号も明かさないでしょう」

「危険なやり方ですね、もし取り逃がしでもしたら」

「このアメリカでは法的に、なんらかの犯罪を示す証拠は——示唆するものすら——ないんです。あなたがモスクワの人間を逮捕できるだけの材料が得られることを願いましょう。それに例の人たちがじゃまをしないことを」

「モスクワでも状況がましになることはありません。もっと悪いかもしれない」ダニーロフは口ごもり、自分のグラスを見おろした。「腐敗の一掃は頓挫してしまいました。あまりに問題が多すぎて」

ダニーロフは何か話したがっている、とカウリーは感じた。「何があったのです？」

「わたしはやつらを始末しました」ダニーロフは静かに、カウリーを見ずに言った。「コソフの殺害を命じたチェチェンのファミリーをです。やつらはコソフに渡した賄賂の見返りが得られなかったために、ラリサもろともあの車を爆破させた。だからわたしは、チェチェンとオスタンキノ・ファミリーの間に抗争をつくりだし、やつらがつぎつぎ殺されていくのを眺めていた――わたしの知る上層部の連中がすべて始末されるまで」ロシア人はようやく目を上げた。「それでモスクワがどんな状態か、見当がつきませんか？　わたしがやつらに共食いさせたのは、やつらはかならず賄賂や殺人といった手段を使って自分に科せられる罪をまぬがれるとわかっていたからです！」

カウリーは肩をすくめた。「世界中のどこに行っても、似たようなことをしていない警官はいません。たぶんあなたも首謀者たちがコソフ殺害を命じたことは立証できなかされていなければ、きっと自分の手で殺していた」

「本気ですか？」カウリーは信じられない思いで訊いた。

「本気です」ダニーロフは即座に答え、またグラスから顔を上げた。「まだ満足はしていません。ギャングを潰し、ラリサの死に責任のある連中も片づいた——しかし実際に爆弾をしかけたブルは見つけていない」

「やめるんです、ディミトリー！」カウリーはいさめたが、同情のこもった声だった。「そんな憎しみは、自分を食いつくしてしまう」

「もう遅いかもしれない」ロシア人は肩をすくめた。「ギャング同士の抗争が終わったあと、部局や民警内部の改革を進めるのはあきらめました。どっちを見ても、あまりにいろいろありすぎて、とてもひとりの人間の手には負えない——何人かのチームにすら」

「さっきのは復讐の話です。おなじものじゃない」

「どちらにしろ、やめてしまった」

「では、もう一度はじめればいい」

「かもしれませんね」オリガとの離婚のことを話すのは、たいして重要とは思えない——いや、なんの意味もないだろう。ダニーロフは、二杯目を要求するカウリーの身振りを見つめて言った。「そちらはどうです？」

「順調ですよ」カウリーは言下に答えた。そしてまた、ダニーロフもさっきまでおなじ思いを抱いていたことに気づかぬまま、自分のキャリアを終わらせかねない秘密を知っている唯一の人間がロシア人だという皮肉――ほんの数年前なら敵として、その情報が武器になると考えていただろう――に思いをはせた。しかしダニーロフは、逆に彼のキャリアを救ってくれた。前回のモスクワでの合同捜査のさなかに、チェチェン・ギャングが正体なく酔いつぶれたカウリーと百戦錬磨の娼婦にポーズをとらせ、その写真を種に恐喝しようとしたとき、ダニーロフはその試みを握りつぶしたのだ。

「ほんとうに？」

「もう一年以上、しくじったことはありません」カウリーは主張した。「いまもないし、これからもない。きれいなもんです。正真正銘まちがいない」

「それはよかった」

「まったくです。こんなふうに話ができるのも、じつにいいものだ」カウリーは言葉を切り、こちらも何か伝えるべきだと思った。「ポーリーンが再婚します」

「よりをもどしたい気持ちがあったのでは？」ダニーロフは先回りして訊いた。黒い髪の、華奢な体つきの女性だった。パメラ・ダーンリーに似ていなくもない。

「友人として、何度か会ってました。いまも友人に変わりありません。でもわたしは酒に溺(おぼ)れていたころ、何度も彼女を裏切った。とくに深い仲になったのはひとりですが、ほかにも何人かと関係があった。わたしがどんなに変わったといっても、彼女には信じられなかったでしょう」

ダニーロフは鼻を鳴らして笑った。「おたがい、未練がましい失敗者ですね？」

カウリーはスコッチを飲み干すと、空のグラスを勢いよくテーブルに下ろし、無言の主張をした。「しかし今度は、失敗は許されません。絶対にありえない」

「ええ、ありえません」ふたりのどちらにとって、自分に対して自分を証明することがより重要だろうか？　たぶんおなじだ、とダニーロフは思った。

ベイ・ヴュー・アヴェニューの下見板張りの家は、その夜はずっと空き家のままで、ふたりはＦＢＩ支局に着く前からそのことを知っていた。何か動きがあればすぐに連絡するようカウリーが指示していたからだ。電話の請求記録が午前八時五分に届いた。請求書にあったのはアーニー・オルレンコという名前だった。

「オルレンコはロシアの名前だ」カウリーがすぐに指摘した。

「アーニーもあきらかに、アルセニーをアメリカ風に呼んだものです」とダニーロフ。

「たった一度で道が開けるとは、すごいじゃありませんか？」

「そんなことが起こるのは、推理小説のなかだけですよ」

パメラ・ダーンリーも午前八時前に、タスクフォースを結成するための管理担当者を集合させたが、それが失敗だった。ペンタゴンから来るはずのリストがまだ届いていなかったのだ。空いた時間を埋めるために、彼女は八人の男とふたりの女の上級捜査員にマンハッタンから伝えられたことを説明したが、いかにも情報が少なすぎた。さらに――彼女自身だけでなく、事件対策室の全員の目にも――歴然としていたのは、アル・ベッキンズデールからの質問のうち少なくとも三つに、彼女がまともに答えられないということだった。パメラは苛立ちとともに、いまさら自分に言い聞かせるまでもない事実を認めた。彼女は特別なタスクフォースをただひとりで、担当捜査官ウィリアム・カウリーの権威なしに管理・監督する立場にあるということ。そしてまた、ベッキンズデールが自分より少なくとも十五歳は年長だということ。彼女にとっては連邦捜査局長官レナード・H・ロスに自分の真価を示すはじめてのチャンスなのに、この時代錯誤のろくでなしは、男の優位を見せつける格好の機会だと思っている。それなら受けて立つまでだ。

「こんな重要な事件で、しかもこれほど時間をかけてやっと手にした唯一の手掛かりだをきつく締めることのめったにない男だ。いまは椅子にだらしなく寄りかかり、脚を前に投げ出していた。

「知ってのとおり、ペンタゴンのコンピューターは破壊工作を受けたのです」パメラは平板な声で言った。「それに入国管理局のチェックは、何枚あるとも知れない紙をひとつひとつ手作業で調べなければなりません」

「リンカーン記念館が爆発したら家族を失っていたはずの連中には、あまり納得のいく話とは思えないね。それこそ何人死んでたかしれない」

パメラが前にしている一団のなかで、そわそわと身じろぎが起こった。ある捜査員が小声で隣の男に何かささやき、相手はにやりと笑った。

パメラは言った。「でも爆発は起きなかった。われわれが防いだのです」

「ビル・カウリーが防いだんだろう」

女捜査員ふたりが苛立った表情を見せる。

「たしかに見事な手際でした」パメラは同意した。「でもあなたの言うとおりだわ、アル。おそろしく時間が――あまりにも長く――かかりすぎてるし、わたしたちはいまこの瞬間、ただここで手をこまぬいているしかない。それで、アル、あなたにやってもらいたいことがあります。入国管理局まで出向いていって、局長に――ズィーク・プラウドフットという名前ですけど――そのズィーク・プラウドフットにこう伝えてほしいの。あとどれだけ待てばいいのか、われわれはしびれを切らしている、だからあなたと部下たちの尻をたたくために自分がここへ配置換えされてきた、今日の終わりまでには、ビザ申請書の山から問題の住所を見つけ出そう、と。いいかしら？」

女捜査員ふたりは、いまでは笑みを浮かべていた。男はだれも笑っていなかった。

「いや、ちょっと待って――」ベッキンズデールが言いかけた。

「なんでしょう、アル？」

「われわれは特別な任務で集まったと思っていたが。タスクフォースだろう？」

「わたしはその監督の任を負っていて、この捜査全体の担当捜査官の代理でもあります」パメラは微笑んだ。「でも、柔軟性ももたなくてはね。わたしは聞く耳を持ってますし、だから実際にあなたの意見を取り入れさせてもらったの。お昼ごろにわたしに電話を入れて、どんな様子か知らせてちょうだい。もしみんな留守なら、テリー・オスナンに伝言を残して。もしわたしがここにいれば、さっきあなたから訊かれたマンハッタンのほうの情報についても答えられるでしょう」

ベッキンズデールは立ちあがり、しばらくパメラをにらみつけていたが、やがて足音高く部屋から出ていった。ドアが閉まると、パメラは言った。「さっきも言ったとおり、

「では、これからの仕事を伝えましょう」パメラは言葉をついだ。「みなさんを五人ずつのグループに振り分けます。もうまもなくペンタゴンから、問題の元職員すべての人事記録が届くでしょう。いちばん重要なのは当然、本人が首を切られた理由ね。チェックできるものはすべて、社会保障番号でも医療記録でも、公的に跡をたどれそうなものは片っ端から手に入れて利用し、向こうが進んで言わないような——嘘をつきそうな——事実を見つけ出す。たとえば前科とか。民間人なら、以前の軍関連の記録に集中する。秘密の軍法会議とかまでわかったら、ごほうびにキューピー人形。もし可能なら、どんな組織のメンバーであるかもすべてつきとめる。わたしたちが探している男は——もしくは女は——コンピューター狂で、そしてどの専門家にアドバイスを求めても返ってくる答えはひとつです。つまりコンピューター狂は傲慢で、自分は絶対つかまらないと思いこんでいる。だから電話会社を通じて、全員のインターネットのアドレスを調べ出し、ペンタゴンが持っているアドレスとつき合わせる。この事件対策室にはオペレーターつきの端末が十台あって、いつでも使える状態です。まだわたしたちに状況がつかめていない以上、だれにも単独で立ち向かってほしくありません。こっちは不用意な状態で入っていくのだし、二度目にもどってきたときに、向こうがそこで待っていてくれることはないでしょう」パメラは言葉を切った。「ここまでで、何か修正すべき点は？」

ふたたび間をおく。「今度は意見を期待してるのですけど」

やはり口を開く者はなかった。

「それじゃ、見つけるべき人間を見つけましょう」パメラは締めくくった。これから責任者として、すべて自分の裁量で進めることを、全員に——とりわけレナード・ロスに——知らせる覚悟だった。

そのカップルは、黒い髪で胸の大きな二十五歳ぐらいの女と、くせのない髪で胸板の厚い年上の男——おそらく三十五かそれ以上——の組み合わせだった。ふたりは午前十時四十五分、タクシーでベイ・ヴュー・アヴェニューの六九番地に到着した。荷物は赤いタータン地のスーツケース一個と、揃(そろ)いの機内持ち込み鞄(かばん)一個だった。

監視用ヴァンのカメラマンが写真を三枚撮ったが、うち一枚はすばらしい出来で、ふたりの顔全体がとらえられていた。別の捜査員がタクシーのナンバーを記憶し、タクシーが走り去った方向へ向かうのに便利な場所で待機している予備車両四台のうち一台に電話で伝えた。彼らはネプチューン・アヴェニューで難なくそのタクシーを確認したが、コプシーへ折れるのを待ってから停めた。運転手はニューヨークに住みついたイタリア移民の三世で、十時ちょっと前にラガーディア空港の二番ターミナルでふたりを乗せたないが、男のほうは違った。どこの訛りかはよくわからなかった。ドイツかもしれない。ドイツの人間がしゃべるみたいに、喉の奥から声を出していた。ふたりで何をしゃべっていたかは、ちゃんと覚えていない。ジョンだか、ジョーだかのことを言っていたように思う。それが何者かまでは知らない。女のほうがたしか、だれかをクソったれと呼んでいた。ふたりともとくに親しげには見えず、くっついてすわったりも、手を握り合ったりもしていなかった——自分があんなおっぱいの娘と一緒にいたら、きっといろいろそういうことをしただろう。結婚指輪は見えなかったが、べつによく見たわけでもない。公式の陳述書を作成するために、マンハッタンの支局までついてきてほしいと捜査員たちが頼むと、運転手はだれが時間ぶんの料金を払ってくれるのかと訊いた。金は払う、と彼らは答えた。

そのころにはもう、監視用ヴァンのカメラマンが撮ったフィルムが、二台目の予備の車で支局に届けられ、現像と焼き増しにまわされていた。三十分以内にはその車を先頭に、ほかの車三台と十人の捜査員がラガーディア空港の二番ターミナルへと向かった。ブルックリンの第三の車は、タクシーの運転手が空港の名を口にした瞬間から直接ラガーディアへ行き、二番ターミナルにすでに到着した午前の便のスタッフをできるだけつかまえようとしていた。

午前八時から十時までの二時間に、長距離の到着便が八本、ボストンとワシントンからのシャトル便がそれぞれ五本あった。ＦＢＩのチームは二手に分かれ、その半分はターミナルを離れようとするクルーをできるだけ止めようとし——四本のシャトル便のクルーがもう通勤用の便にもどっていることがすぐにわかった——残りの五人は能率をあげようとして乗客名簿を手に入れた。それが成果を生んだ。〝オルレンコ夫妻〟はセントルイス発のアメリカン航空便にシカゴから搭乗しており、そのときのクルーはまだ空港ビル内で、乗客としてミズーリの空港へ向かう便を待っているところだった。

メアリ・エレン・バーフォードという鋭い顔立ちの年かさのスチュワーデスが、ふたりの写真を見て、自分の担当するＨ７とＨ８のシートにすわっていたことを確認した。捜査員ふたりがただちに航空会社の記録から、その周囲の座席にすわっていた乗客の名前と居場所をつきとめようとしはじめた。別のふたりは問題の飛行機に乗りこもうとしたが、すでに清掃係がＨ列に達したあとだった。それでもプラスチックの食事用トレイと前のポケットにあった雑誌から、なんとか五組の違った指紋を採取した。

オルレンコ夫妻はごくふつうの、目立ったところのない人たちだった、とメアリ・エレン・バーフォードは言った。思い出せるかぎりでは、女のほうは朝食を断わり、ほとんどのあいだアイマスクをつけて眠っていた。男のほうはブラディメアリを二杯飲んだ。

カウリーが捜査を指揮している三番街のFBI支局では、ベイ・ヴュー・アヴェニュー六九番地の電話の請求記録からさっそく成果が得られ、しかもあとで興味深いことがわかった。リストにある国と都市別のコードを見たダニーロフは、すぐにその国際電話――三本がこちらからの発信、二本が向こうからの受信――の通話先がロシアであることに気づいた。発信した一本、受信した二本の通話先は、ゴーリキーの同一の番号だった。発信した別の二本の通話先はモスクワだった。最後の通話は、国連の攻撃から二週間前の日付になっていた。

ダニーロフがユーリー・パヴィンと連絡をとると、パヴィンは今日じゅうにその番号に該当する名前と住所をつきとめられるだろうと答えた。ゴーリキーの民警は無視して、現地の電話会社と直接に交渉してみる、とも彼は言った。電送されたカップルの写真と名前は、すでにモスクワの犯罪記録と照らし合わされている。ゴーリキーの記録との照合は、さすがにレツォフとアヴェリンに頼むほかに手はないだろう。機内で採取された指紋のほうも、電送されしだい調べる準備はできている。

「そっちではいろいろなことが起きているようですね」パヴィンがほのめかした。

「通常の手順だが、なかなかおもしろい」ダニーロフは認めた。

「ホワイトハウスから接触がありました――チェリャグ本人です。あなたからの連絡をほしがっています。ベリクもです」

「例の情報員の暴露には、どんな反応があった？」

「わたしは公式には関係していないもので。新聞やテレビは、偽善がどうのと言いたてています」

「〈ウォッチメン〉のメッセージだ」ダニーロフは指摘した。今朝のNBCの調査によると、アメリカでもそれに似た論評が非常に増えている――大部分は中西部だが、いくつか南部もあった――とのことだった。

「少なくとも人が死んでるわけではありません」

「いまのところはだが」

ダニーロフが電話を切ったあとで見ると、カウリーはベイ・ヴュー・アヴェニューの通話リストにあるアメリカの番号すべての追跡を監督しているチームリーダーと話しこんでいた。カウリーが言った。「奇妙なパターンが見つかりました」

「どんな？」

カウリーが請求書のコピーを差し出す。いくつもの数字のかたまりが並び、アルファベットの文字が振られていた。「すべてオルレンコの家から発信されたもので、通話先は公衆電話です。シカゴ、ワシントン、ニューヨーク、ピッツバーグ。これをどう読み

「なんとかして解かなければ。何か理由があるはずだ」

ダニーロフはまたじっとリストを見た。「どの街への電話も、何度かくりかえされている。通話先に盗聴機をしかけるチャンスはあるでしょうか？」

カウリーは疑わしげに首を振った。「公衆電話ですからね。判事を納得させるまでひと苦労でしょう。交換器にわれわれの盗聴装置をしかければ、二方向の会話が傍受できるはずです。しかしいまは、あの家に入る必要がある――マイクを何個か取り付けて、なかの会話をひとつ残らず聞くんです」

ダニーロフは紙をたたいた。「もしこれが警告だとしたら、こちらもやつらがあやしむようなまねは避けなくてはならない。やつらの電話が使えなくなるというようなことは絶対に」

カウリーは傷ついた、だが腹を立ててはいない表情でロシア人を見つめた。「そこまで間抜けなまねはしませんよ。ほんとうですよ！」

計画の大きさのほうが、目標をほとんど圧倒していた。アル・ベッキンズデールがいなくて困ることもありえなかった。ペンタゴンから届いたのは、わずか九人の名前と、本人の写真および経歴だけだったのだ。チャンスを失い、怒りのあまり言葉もないパメラ・ダーンリーに、カール・アシュトンが憤った声で呼びかけた。「やつらはわれわれのシステムを破壊したんですよ！ 前にも言ったでしょう！」

「何人のデータが失われたの？」

「たぶん九人です」

「たぶん？」パメラはおうむ返しに言った。「九人から、何人までのあいだ？」

「十五人です、正確には」

「するとこっちは、時間をむだにしているんじゃない？ やつらは真っ先に仲間を消していったでしょう？」

「かもしれません」

「カール！ わたしのために何かしてくれるのなら、何を訊いてものらくら返事するのはよして。わたしはたしかな答えがほしい――必要なの！ わたしたちの探している人間が、残った九人のなかにいる見込みはどのくらい？ その当人が真っ先に自分のデータを消してしまったのではないという見込みは？」

「大きくはありません」国防総省のセキュリティ主任は認めた。「しかし可能性はあります。われわれはあの最初の日――最初の一時間に――すべてのシステムにファイアウォールをめぐらせました。消去はやはりトロイの木馬のように、自動的におこなわれたれば、それも消されてしまっていたでしょう」

「ほかの何人かの名前がわかる——どこかで見つかる——見込みは？」

「ゼロです。退職手当を調べるというアイデアも、名前がなくてはどうしようもない。でもいい知らせがあります。侵入場所の範囲がしぼられました。やはり低いレベルでした。管理データ、文房具の発注処理、カープール、駐車記録といった、機密保持のリスクがほとんどないあたりです。国家安全保障局も、ペンタゴンも高いレベルのほうは無事でした」

パメラはまた怒りに襲われ、黙りこんだ。やがて、「カール！〈ウォッチメン〉と名乗るあの組織は、この一週間——管理とか文房具の補充とかカープールとか駐車記録とかの、まるで重要でないせいでほとんど素通しのコンピューターへのアクセスを利用して、大統領を、ペンタゴンを、FBIとCIAを、国務省をさんざんこけにしてきたのよ。しかもやつらは、記憶にある最新の数字によれば、すべて合わせて六十五人の人間の死を招いた。そしてさらに数百人を——大統領もふくめ——殺す寸前までいった。多くの都市や国の官庁を封鎖させ、何百万ドルもの損失も出した。なのにわれわれは、その張本人の正体をつきとめるチャンスを、十中八九失ってしまったのよ。そいつはそこのカフェテリアで、あなたのそばでのうのうと食事をして、朝も晩も一緒のエレベーターに乗っていたというのに。そこでひとつ質問があるわ。時間をかけてちゃんと考えて、答えを聞かせてちょうだい。あなたにとっては何が悪い知らせで、何がいい知らせだというの？　わたしに説明してもらえる？」

「あなたは子供のころ、蝶々の羽をむしったりしてたんじゃないですか？」アシュトンが負けを認めて言った。

「ええ、それからまだ生きてるうちにピンで刺して、標本箱に留めてたわ」パメラは言い捨てると、受話器を置いた。

彼女はだれのコメントも待たずに——さっきベッキンズデールと対決したあとで、だれかが何か言いだすかどうか興味はあったが——作業の割り当てをはじめ、さらにこう警告した。いまここにある以上のものはもう出てこないだろうけれど、いくら見込み薄に思えても、とにかく徹底的にやらなければ。

しかしペンタゴンを首になった九人の経歴とその理由をひとりずつ調べていったとき、パメラははじめて、このリストがいかに見込み薄であるかをほんとうに思い知らされた。

リストにあるのは、まず保安要員の海兵隊員ふたりだった。軽罪を二度犯して解雇されていたが、どちらもワシントン郊外のクリスタル・シティのバーでの喧嘩沙汰で、民間人がひとりあごの骨を折られていた。抜き打ちの薬物検査でマリファナの反応が陽性で領収書にサインしたコンピューター端末二台の件を説明できなかった。さらに監視カメラが最重要証拠となって、陸軍の女軍曹が女性用ロッカールームから一年も盗みを繰り返していたことが暴(あば)かれた。軍事法廷で有罪を言い渡され、軍とペンタゴンからほうりだされた陸軍軍曹がもうひとり。部下の女性職員四人から、性的いやがらせの苦情を申し立てられたのだ。女のコンピューター・オペレーターがひとり、無能力と判断され、本人の推薦状が徹底的に調べられたあげく偽造であることが判明したあとで、解雇されていた。もうひとりの女の運転手は、事故を二度起こしたあげく——二度目のときに乗せていたのは参謀長だった——お払い箱になっていた。

パメラがさっき警告したにもかかわらず、ベッキンズデールのいやがらせを楽しんでいた男のチームリーダーのひとりが言った。「どいつもこいつも、コンピューターが飛びかかってきて尻(しり)にかみつくかどうかも知らなさそうな連中だな」

「じゃあどうなの、この血の気の多い海兵隊員のどっちかが秘書とねんごろになってパスワードを手に入れ、コンピューターが尻にかみつくかどうか知ってる人間に渡したとしたら!」パメラが問いただした。「それともこの手癖の悪い女軍曹が、記録によると四十六歳、独身とあるけど、寝床のなか以外では自分が有能だってことを若い男に示したいと思ったとしたら？ 言ったでしょう、われわれにあるのはこれだけなのよ。きちんと全員の跡をたどってちょうだい、わたしの指示どおりに。それぞれの調べが終わったあとには、当人のお祖母ちゃんが死んだ日の朝に何を食べたかまで知りたいものね」

その後、パメラははじめて電話でカウリーと話した。ちょうどカウリーは、ベイ・ヴュー・アヴェニュー六九番地の外でオルレンコ夫妻の写真が撮れたという報告を受けたばかりだった。

パメラは言った。「そっちは動きがあったみたいですね？」

「まだ喜ぶのは早い」カウリーが釘を刺した。「ペンタゴンの件は長官に話したのか？」

「どう言えばいいんです？　あそこは処置なし。それでおしまいだわ」アル・ベッキンズデールとやりあった一件は、ほかのだれかの口から彼の耳に入るのにまかせよう。

「長官にはたえず情報を知らせておくんだ。ペンタゴンはなんとかいまの窮状から逃れようとするだろう。とばっちりを食わないようにしたまえ」

事件対策室の隣のオフィスで、パメラはひとり微笑んだ。「あなたはもう長官と話したんですね？」

「すこしだけだが。わたしはこのふたりを泳がしておきたい。ロスはあまり乗り気でない。こっちとしては、ふたりともこの国では罪を犯していないという論拠にしがみつくつもりだ」

「全体的に見た感じでは、きっとこちらよりも収穫があるでしょう」

「とは限らないぞ」

カウリーの言葉は、その時点ではただの励ましだったものの、やがて予言となった。仕事を割り当てられた各チームは厳密に指示を守り、まず公的な記録などをあたって、それぞれの対象の情報を可能なかぎり探り出そうとした。そしてまず最初に判明したのは、ペンタゴンのリストに載っている二年の期間中に、DC地区にとどまっていた者は四人だけという確たる事実だった。ひとりひとりの新しい落ち着き先がわかるたびに、パメラはみずからその場所のFBI支局に事情を説明し、これまでペンシルヴェニア・アヴェニューで得られたすべての情報をEメールで送ったうえ、あらゆるバックグラウンドが得られるまでその新しい住居を確認する以上のことは控えるようにと、特に念を押した。

陸軍の女軍曹は軍法会議の判決にしたがって、ヴァージニア州の軍刑務所に一カ月服役した。性的いやがらせの好きな男の軍曹はボルティモアに住み、おなじ街のヘルスクラブのインストラクターにおさまっていた。事故を起こした運転手はフレデリックに居をかまえ、いまは紳士服店で働いていた。そして福祉機関の記録によると――ペンタゴンをやめたのがわずか一カ月前で、まだ新しい職にはついていなかった――推薦状を偽造したロアン・ハーディングは、いまもこのDCの、スタントン・スクエアに近いレキシントン・プレースのアパートに住んでいた。

そしてほとんど間をおかずに浮かびあがってきたのは、そのペンタゴンの推薦状が、ロアン・ハーディングの三十二年の——二十八年という場合もあった——人生における唯一の偽造書類ではないということだった。彼女がロアン・ハーディングであるのは、ペンタゴンの職員記録の上だけで、そこには年齢二十八歳、出身地はヴァージニア州ロアノークと書かれていた。ロアノークで発行された出生証明書を見ると、彼女は三十二歳で、母親の旧姓であるローランドというミドルネームが記されていた。ワシントンDCの運転免許証の記録に付属していたコンピューター複製の顔写真は、ペンタゴンから提供されたアフロヘアで肌の色の薄い黒人女性のデジタル写真と一致していた。ロアノークに住む両親の家とおなじ住所が記された、ジョーン・ローランドという名義の別の免許証には、おなじ顔の特徴をそなえた、だが長いストレートの髪をほとんど肩まで伸ばした女性の写真があった。ワシントン記念塔の階段を一緒に降りてきたデューク・ルーカスの写真には、女の後頭部しか写っていなかった。すぐにパメラは、おなじ髪をポニーテールに束ねたものだろうと判断し、ルーカスとピルトーンがまだモーテルにいることを願いながら、捜査員ふたりをその滞在先に向かわせた。そして三人の要員をロアロスの許可を得て、FBIの法律顧問とかけあい、裁判所に捜索令状と盗聴許可を申請するよう指示した。

ピルトーンとルーカスが、J・エドガー・フーヴァー・ビルまで連れてこられた。ふたりはジョーン・ローランドのロアノークの写真を見るなり――一方がもう一方に影響されるのを避けるため、別々に見せられた――自分たちとおなじツアーにいた娘だと確認した。

レキシントン・プレースから入った報告では、ロアン・ハーディングの姿が見られなくなってから少なくとも一週間たつとのことだった。郵便受けには中身がたまり、管理人はほかの居住者から、ガス漏れの臭いがするという苦情を受けていた。

ウィリアム・カウリーがマンハッタンの支局から、レナード・ロス、パメラ・ダーンリーとの会議電話に参加した。カウリーは令状をただちに執行することに反対し、この女は〈ウォッチメン〉とより直接的に結びつく手づるなのだから、逮捕せずに泳がしておくべきだと訴えたが、長官の意向にはさからえなかった。ロスのほうは、すでに公表されたマスコミの情報がロアン・ハーディングとその一味への警告となっているだろうし、連行して訊問できるだけの証拠はそろっていると主張した。

パメラは爆発物処理班とともにレキシントン・プレースに向かい、問題のアパートのビルと隣接する三つのビルから人を避難させるように、FBIの作戦行動であることは明かしてはいけないと命じてから、アパートへの立ち入りを許可した。ドアとそのフレームにX線を当てて爆発物や関連の装置を調べたあと、FBIの技術者がロックを外しにかかったが、装甲服だけでなく厚いフェースシールドを身につけて作業するせいで、おそろしく遅々たるスピードだった。

ブービートラップはなかったものの、ガスの臭いはすさまじく、爆発物処理班のふたりが咳きこみ、やがてむせはじめた。ほかの捜査員たちとおなじ装甲服を着たパメラは、ノーズクリップがあればよかったと思いながら、戸口で待っていた。彼女のいる位置から、荒らされたリビングルームが見えた。

どこか別の部屋のほうから、処理班のリーダーの声がした。「ガス漏れじゃありません。このなかです」

荒らされ放題の寝室のなかで、ロアン・ハーディングは裸のまま、部屋におとらず破壊されたベッドの上に、脚を開いて仰向けに横たわっていた。頭を二発撃たれ、腐敗の進んだ体にはすでに蛆がわいていた。

ブルックリンでは、停電のあとの急激な電圧増加がノートン・ポイント地区にある十五の通り――ベイ・ヴュー・アヴェニューもふくめ――の電気器具の機能を停止させた。

電力会社コン・エドの管理部長が、カウリーに言った。「これでご満足ですか？」

「完璧です」

「そうであってくれるよう祈りますよ。いったいどんな事情なのかも、知りたいところですが」

「事情がわかったときは、きっとご自身の貢献を誇りに思うでしょう」カウリーは請け合った。

フリーマントル
松本剛史訳

英　雄（上・下）

口中を銃で撃たれた惨殺体が、ワシントンで発見された！　国境を超えた捜査官コンビの英雄的活躍を描いた、巨匠の新たな代表作。

フリーマントル
戸田裕之訳

城壁に手をかけた男（上・下）

米露の大統領夫妻を襲った銃弾。容疑者は英国人。三国合同捜査に加わったチャーリーは、尋常ならざる陰謀の奥深くへと分け入る。

フリーマントル
松本剛史訳

シャングリラ病原体（上・下）

黒死病よりも黒い謎の疫病が世界規模で蔓延！　感染源不明、致死まで5日、感染者250万人。原因は未知の細菌か生物兵器か？

フリーマントル
戸田裕之訳

待たれていた男（上・下）

異常気象で溶けた凍土から発見された、大戦当時のものと見られる三名の銃殺体は何を物語る？　チャーリー・マフィン、炎の復活！

フリーマントル
稲葉明雄訳

再び消されかけた男

米英上層部を揺がした例の事件から二年、姿を現わしたチャーリーを、かつて苦汁を飲まされた両国の情報部が、共同してつけ狙う。

フリーマントル
稲葉明雄訳

消されかけた男

KGBの大物カレーニン将軍が、西側に亡命を希望しているという情報が英国情報部に入

C・カッスラー
P・ケンプレコス
土屋晃訳

ロマノフの幻を追え（上・下）

原因不明の津波と、何者かに乗っ取られた米軍の潜水艦。オースチンはかつての仇敵と手を組み、黒幕に挑む。好評シリーズ第3弾！

C・カッスラー
C・ダーゴ
中山善之訳

呪われた海底に迫れ（上・下）

南北戦争の甲鉄艦、ツェッペリン型飛行船、そしてケネディの魚雷艇。著者がNUMAを率いて奮闘する好評の探索レポート第二弾！

C・カッスラー他
土屋晃訳

白き女神を救え

世界の水系を制圧せんとする恐るべき組織。その魔手から女神を守るべく、オースチンとザバーラが暴れまくる新シリーズ第2弾！

C・カッスラー
中山善之訳

マンハッタンを死守せよ（上・下）

メトロポリスに迫り来る未曾有の脅威。石油権益の独占を狙う陰謀を粉砕するピットの秘策とは？　全米を熱狂させたシリーズ第16弾。

C・カッスラー
中山善之訳

アトランティスを発見せよ（上・下）

消息不明だったナチスのUボートが南極に出現。そして、九千年前に記された戦慄の予言。ピットは恐るべき第四帝国の野望に挑む。

C・カッスラー他
中山善之訳

コロンブスの呪縛を解け（上・下）

ダーク・ピットの強力なライバル、初見参！カート・オースチンが歴史を塗り変える謎に迫る、NUMAファイル・シリーズ第1弾。

爆魔（上）

新潮文庫　フ－13－49

Published 2004 in Japan by Shinchosha Company

平成十六年十二月一日発行

訳者　松本剛史

発行者　佐藤隆信

発行所　株式会社 新潮社

郵便番号　一六二―八七一一
東京都新宿区矢来町七一
電話 編集部(〇三)三二六六―五四四〇
電話 読者係(〇三)三二六六―五一一一
http://www.shinchosha.co.jp

価格はカバーに表示してあります。

乱丁・落丁本は、ご面倒ですが小社読者係宛ご送付ください。送料小社負担にてお取替えいたします。

印刷・東洋印刷株式会社　製本・株式会社大進堂

ISBN4-10-216549-5 C0197